KB261582

너, 블랙미니
드레스 1

휴먼앤북스
뉴에이지 문학선 **5**

나의
블랙미니
드레스 **1**

김민서 지음

개정판 1쇄 발행 | 2011. 3. 7

발행처 | **Human & Books**
발행인 | 하응백
출판등록 | 2002년 6월 5일 제2002-113호
서울특별시 종로구 경운동 88 수운회관 1009호
기획 홍보부 | 02-6327-3535, 편집부 | 02-6327-3537, 팩시밀리 | 02-6327-5353
이메일 | hbooks@empal.com

값은 뒤표지에 있습니다.
ISBN 978-89-6078-116-0 04810
ISBN 978-89-6078-115-3 (전2권)

휴먼앤북스
뉴에이지 문학선 5

나의 블랙 미니 드레스 ①

김민서 장편소설

Human & Books

한국 문학에 위기가 찾아왔다고들 했다. 2000년대에 진입하면서 한국 소설은 방향성을 잃어버리고 비틀거리고 있다고들 했다. 혹자는 그것이 아니라 독서의 위기라고 말하기도 했다. 좋은 소설과 인문학 도서가 독자들에게 외면당하고 말초적인 외국 소설과 처세를 다루는 자기계발서가 베스트셀러에 포진하고 있는 사실을 두고 하는 말이다.

하지만 여전히 문단에서는 진지한 소설이 생산되고 있고, 기존 작가들의 노력 또한 눈물겹다. 새로운 문학을 꿈꾸는 젊은 작가들의 노력 또한 필사적이다. 작가와 독자 사이에서 그들을 매개해야 할 비평이나 출판과 같은 문학적 제도가 보수화되고 날이 갈수록 아카데미즘에 경도되면서, 한국 소설의 추동력은 그 날갯짓에 힘을 잃어버렸다. 그런 가운데 외국의 삼류소설이 소설이라는 간판을 내걸고, 또한 무신경하게 제작된 일회용 가판 소설에 준하는 소설 아닌 소설들이 소설이라는 이름으로 대중들의 눈을 현혹시키고 있다. 여기에 책을 책으로 보지 않고 단순하게 소비되는 상품으로 보는 출판사까지 가담하여 한국 소설 시장은 더욱더 혼란의 와중에서 좌충우돌하고 있다. 황사에다 안개까지 뒤덮인 형국이다.

21세기에 접어들면서 문학의 사회적 역할에 대한 채무가 줄어들고 대중들의 취향이 급변해가는 가운데, 잠재적 소설가들 혹은 새로운 젊은 작가들은 자신들의 문학의 별빛을 발견하지 못하고 이념의 푯대도 세우지 못한 채, 한 눈으로는 기성 문단의 눈치를 보고 다른 한 눈으로는 대중들에게 구애의 눈짓을 하면서, 문학의 강가에서 어슬렁거리고 있다.

이러한 현실인식 속에서, 휴먼앤북스는 한국 문학의 다양성과 잠재력을 제대로 펼칠 계기를 마련하기 위해 뉴에이지 문학선을 새롭게 세상에 내놓는다. 문학적 기초 소양을 가지면서도 소설의 다양한 모든 하위 장르를 아우를 휴먼앤북스 뉴에이지 문학선은, 작가들의 분방한 상상력으로 무장하여 대중들의 문학적 욕구를 소화하면서 한국 소설의 새로운 지평을 열 것이다.

문학은 모든 문화콘텐츠의 어머니이다. 그 문화콘텐츠의 방대한 영역에 뛰어들어 한국 문학의 다양성과 상상력의 한 걸음 도약을 위해 휴먼앤북스 뉴에이지 문학선은 최선의 노력을 기울일 것이다.

차례

스물넷? 스물넷!

조선시대 평민들의 평균 수명은 스물네 살이었다고 한다. 엄청난 유아 사망률이 빚어낸 슬픈 통계다. 물론 살아남은 아이들도 그리 오래 살진 못했다. 고귀하신 임금님들마저 어의들에게 연 평균 백 회에 달하는 최고급 진료를 받고도 평균 수명이 쉰을 넘질 못했단다. 물론 특별한 경우도 있다. 사도세자 뒤주 살인 사건으로 유명한 영조는 무려 팔십까지 영광을 누렸다. 하지만 이건 정말 특별한 경우다. 특별할 게 없는 나 같은 경우, 조선시대에 태어났다면 지금쯤 이부자리에 누워 유언을 남기고 있었을 것이다. 아니면 아픈 몸을 이끌고 주인 어르신의 아침상을 준비하다 솥뚜껑 위로 고꾸라졌거나. 어쩌면 엄청난 유아 사망률에 한몫하고 바로 환생의 롤러코스터에 올라탔을지도 모르지.

환생했다 치고 1900년대로 거슬러 올라가보자. 이 시절은 평균 수명이 마흔 살까지 연장되었다. 이 시대에 태어났다면 나는 지금 인생의 반절을 넘긴 것이나 다름없다. 인생의 반절을 살아오면서 무엇을 이루어 놓았을까? 피임 기구가 발달하지 않았을 때니 줄줄이 여덟 번 정도 임신을 했을 테고, 그중 넷 정도는 태어나지도 못했거나, 얼마 못 가 죽었을 것이다. 사지 멀쩡하게 살아 있는 자식이 넷이라 치자. 훗날 그들 중 몇 명에게서 귀여운 손자를 보겠지. 그게 다다. 자식 농사. 노년은 손자들과 함께. 안녕.

그리고 현재.

인간의 수명이 백 살까지 늘어날 예정이라고 한다. 온갖 질병을 감안해 평균 수명을 팔십이라고 가정한다면, 나는 인생의 사분의 일을 조금 넘게 살아왔다. 과거에 비한다면 아직 많은 시간이 남아 있는 것 같지만 21세기에서 내가 보낸 시간은 단순한 이십사 년이 아니나. 앞으로 남아 있는 육십어 닌을 위해 내 삶의 초석을 다졌어야 했을 시간들이다.

그러나 결과적으로 나는, 21세기 현재에도 이십사 년간 아무것도 이루어놓지 않았다.

조선시대나 1900년대는 그렇다 쳐도 현대 사회에서 이십사 년 동안 아무것도 이루어놓지 않았다는 뜻은(게다가 애도 낳지 않았다!) 한 단어로 정리된다.

게으름.

나는 게으름과 근거 없는 낙관이라는 병을 앓고 있는 스물넷. 엄마는 가끔, 내가 시간을 헛되게 보내야 한다는 사명감을 띠고 이 땅에 태어난 사람처럼 보인다고 했다. 나는 시간에 쫓기며 사는 인간은 악령 들렸다고 믿는 어떤 사이비 종파의 일원도 아니고, 유전자 변형으로 젊음을 평생 유지할 수 있게 된 축복받은 돌연변이도 아니다. 나는 이제 막 이십대 중반에 들어섰고, 이십대 중반이라는 어감에서 오는 무언가 엄숙하면서도 노숙한 분위기에 당황한, 아직 정신적으로 미숙하고 아무것도 이루어놓지 않은 스물넷일 뿐이다.

아마 할머니 세대의 스물네 살에게 '이루었다'라는 뜻은 '아들 생산'에 국한되어 있었을 것이다. 아들을 생산한 여자는 이룬 것이고, 딸을 생산한 여자는 절반만 이룬 것이며, 둘 다 아닌 여자는 아무것도 이루지 못한 것이다.

엄마 세대도 크게 다르진 않다. 물론 할머니 세대보다는 개선되었겠지만 그 시대에도 대학을 졸업하고 사회 전선에 뛰어드는 여성보다는, 일찍 시집가서 육아에 힘쓰는 여자들이 통계상으로도 훨씬 많았다. 게다가 엄마들이 스물네 살 청춘을 보내고 있을 때 우리 사회는 기본적으로 안정되어 있지 않았다. 격동의 7, 80년대에 마음 놓고 편안하게 공부만 할 수 있었던 엘리트 여성들이 얼마나 됐을까. 사회에서 한자리 차지하지 못해도, 누군가의 엄마, 부인으로만 수십 년을 살아가도, 전혀 손가락질 받을 이유가 없는 세대가 바로 엄마들의 세대다.

그 엄마 세대의 유산이 바로 나다.

88올림픽으로 대한민국이 세계로 뻗어나가며 눈부신 경제 성장을 이루고 있을 때, 나는 방바닥에서 뒹굴며 부모님의 희망찬 눈빛을 한 몸에 받고 있었다. 나의 아버지는 격동의 70년대를 헤치고 진정한 성인이 되어 할아버지와 함께 중소기업 전선에 뛰어들었다. 나의 어머니는 아버지가 버는 돈을 차곡차곡 저축하며 앞으로 돈이 될 만한 땅을 눈에 불을 켜고 찾아다녔다. 처음으로 장만한 24평짜리 아파트는 36평으로 늘어났으며, 곧 49평이 되었다. 화장실은 두 개가 되었으며 나와 남동생의 방은 배로 커졌다.

그 다음은 뻔하다. 위성도시에 거주하는 사람들 중 사업이 잘 풀린 사람들은 하나같이 서울로 진출한다. 우리는 밀레니엄 축포를 올린 그해 서울 목동으로 진출했다. 낡고 어딘가 기울어진 방 네 개짜리 목동 단지 아파트가 4억을 웃돌 때의 이야기다.

현재 내가 살고 있는 아파트는 10억을 웃돌고 있다. 아버지의 사업은 여전히 순항 중이며 하나였던 공장은 세 개로 늘어났다. 아버지는 '사장님'으로 불리고 나는 '사장님 따님 분'으로 불린다. 부모님이 직접 얘기한 적은 없지만 경기도 인근 곳곳에 사둔 땅값이 모두 두 배 이상 올랐다는 사실도 안다.

대한민국에서 중산층을 정의하는 말은 너무도 많다. 어느 경제학자가 당장 현금으로 30억 이상 굴릴 수 있는 가정을 중산층으로 정의해 자신이 중산층이라 믿어왔던 이 땅의 수많은 사람들을 좌절시킨 반면, 어느 인류학자는 '지금보다 더 나은 삶을 살 수 있다는 믿음을 가진 사람'을 죄다 중산층으로 정의해 버렸다. 내가 우리 집안 경제 수준을 중산층과 서민 사이에서 갈등하고 있을 때 정부에서 친절하게도 종부세 개편안을 발표했다. 나는 이 개편안이 확정되면 감세 혜택을 보게 되는 가구가 대한민국에서 2퍼센트에 불과하다는 사실을 뒤늦게 알았다. 그러나 우리 집은 몇 년 전 구입한 아파트 가격이 갑작스럽게 올라 고가의 아파트를 소유하게 된 것뿐, 대한민국 상위 2퍼센트라는 영롱한 계층에 어울리는 수준은 절대로 아니다. 그런 저런 사항들을 종합해본 결과, 나는 내가 대한민국의 전형적인 중산층 가정의 일원이라는 확신을 갖게 되었다. 나는 이 중산층 가정의 딸로 스물네 해를 살아왔다.

굳이 상류층을 넘보지만 않는다면 남부러울 것 없이 살아온 나는, 스물네 살의 나이까지 이루어놓은 것이 아무것도 없다. 돈으로 직결되는 부모님의 지원이 모자랐던 적은 이제껏 한 번도 없었다. 대책 없는 빚으로 아버지 사업이 망하거나, 가족 중 누군가 불치병에 걸리거나, 부모님이 이혼 전문 변호사를 필요로 하신 적도 없다.

나는 이 평탄하고 무난하기 짝이 없는 가정에서 놀라울 정도로 빈둥거리는 이십사 년을 흘려보냈다. 스물네 살의 나이에 스트레이트로 대학을 졸업했을 때, 가장 먼저 든 생각은 바로 이것이었다.

'아…… 너무 빨리 졸업해버렸다.'

스물넷. 재수 하지 않고 대학에 입학했다면 졸업이 마땅한 그 나이에, 정작 졸업한 동기들은 거의 없었다. 나는 적게는 한 살 위, 많게는 다섯 살 위의 선배들과 함께 학사모를 썼다. 제대로 들어가지도 않는 이상한 사이즈의 학사모를 눌러 쓰며 수십 번이나 투덜거렸다. 휴학을 하거나 학점을 파내는 한이 있어도 일 년 정도 늦게 졸업할 걸.

"졸업 축하해, 딸!"

내 어깨에 다정하게 팔을 올린 엄마의 살가운 목소리가 내겐 이런 식으로 들렸다.

더 이상 어리광 부리면 발가벗겨 집 밖으로 내쫓을 테니 소금 동냥이나 받아와!

2월, 스물넷으로 진입한지 얼마 안 되었을 때의 이야기다.

언제까지나 이렇게 살 순 없어

아직 하늘이 검푸른 새벽녘에 잠에서 깬 이유는 위장 저 깊숙한 곳에서부터 올라오는 구역질 때문이다. 나는 휘겹게 시트를 짚고 상체를 세웠다. 커다란 직사각형 창문에서부터 쏟아지는 새벽녘의 빛이 벽면을 흐릿하게 비췄다. 톤 다운된 핑크색 벽지에 화사한 꽃이 만개해 있다. 아르누보 풍의 그림이 걸린 마호가니 액자를 멍하니 바라보다가, 이곳이 내 방이 아님을 깨달았다.

나는 퀸 사이즈의 커다란 침대에 엎드린 채 누워 있었다. 고동색 마호가니로 만들어진 이 침대는 모서리마다 끝이 꽃봉오리처럼 조각된 봉이 길게 솟아올라 있다.

내 옆으로는 방 주인인 민희가 세상모르게 곯아떨어져 있다. 눈덩이가 펄로 번들거리는 것으로 보아 화장도 지우지 않고 잠든 것 같다. 저 밑으로는 수진이 러그 위에 뻗어 있다. 몸에 딱 달라붙는 섹시한 원피스 차림으로 취권 자세를 취하고 있다. 대체 무슨 꿈을 꾸는 걸까.

비틀거리며 침대에서 내려와 전신 거울 앞에 섰다. 역시 마호가니 세트 가구로 모서리마다 아기 천사와 덩굴이 장식된 화려한 디자인이다. 나는 짧은 미니스커트에 몸에 딱 달라붙고 가슴이 약간 파인 검정색 블라우스를 입고 있었다. 눈 밑으로는 마스카라가 덕지덕지 붙어 있고 파우더에 숨이 막힌 피부가 기름으로 번들거린다. 한숨을 쉬며 방문을 나섰다.

로코코 풍의 화려한 샹들리에가 달린 부엌으로 들어섰다. 민희의 집은 일주일 동안 비어 있을 예정이라고 했다. 이 시간에 누군가 나의 처참한 몰골을 볼 일은 없다는 얘기다. 우리 집 냉장고 열듯 자연스레 문을 열고 냉수를 꺼냈다. 바짝 말라붙어 있던 목구멍과 위장에 차가운 냉수를 들이붓고 나니 그나마 살만해졌다. 나는 아직도 어지러운 머리를 꾹 누르며 어젯밤 일을 되짚었다.

자정이 다 된 시각, '매스'에 갔다. 들어가자마자 데킬라를 한 잔씩 들이키고 화려한 조명과 레이저빔, 일렉트로닉 음악에 몸을 맡겼다. 신나게 몸을 흔들어대다가 혜지가 예전에 안면을 터놓은 모델 오빠를 만났다. 그 오빠의 주도로 모델 무리들을 소개받았다. 스타일이 좀 되는 모델이면 누구나 그렇듯, 그들은 클럽

VIP 석에 마음대로 드나들 수 있는 특권을 가지고 있었다. 다른 클럽보다 유난히 경호원 보안이 심한 매스의 VIP 석을 운 좋게 통과했다. 신나게 데킬라를 들이키고 처음 보는 남자들과 부대끼며 새벽을 즐겼다. 민희가 속이 안 좋다며 그만 집에 가자고 호소하기 시작했다.

그 다음부터는 단편적인 기억들뿐이다. 매스에서 나와 비틀거리며 차도를 활보하다가 가까스로 택시에 올라탔다. 신사동을 지나 청담동으로 향하다가 잠시 택시를 갓길에 세우고 민희와 내가 토악질을 한 번 한 것 같다. 그리고 눈을 뜨자 민희의 침대 위다. 만취한 다음날의 기억은 이런 식으로 토막토막 나 있다. 머리와 몸통은 찾았는데 팔 다리는 어디에 묻혀 있는지 모른다고나 할까. 나는 머리를 세차게 흔들고 민희의 방으로 향했다.

"우엑!"

방금 마신 냉수가 다시 올라오는 것 같다. 술도 약하면서 어제 그렇게 들이붓더라니. 화장실 문 안쪽으로 변기통을 붙잡고 토악질을 하는 민희가 보인다. 그리고 여전히 러그 위에 쓰러져 있는 수진이……. 잠깐만, 혜지는? 허겁지겁 내 가방 속에서 핸드폰을 꺼내 문자를 확인했다.

나 오빠랑 갈게. 너희들끼리 들어가.

"못살아, 윤혜지!"

어제 우연히 만난 그 모델과 반 년 만에 만난 사이라면서, 십 년을 보고 지낸 오누이처럼 다정하게 붙어 있던 혜지였다. 지금 어디서 무얼 하고 있을지 단번에 알아챘다. 이럴 때 오 년 묵은 친구라는 건 괴롭다. 비난을 할 수도, 나 몰라라 할 수도 없다. 나는 짜증스럽게 핸드폰 단축번호를 눌렀다. 다행히 통화 연결음이 끊기기 전에 혜지가 전화를 받았다.

"어디야?"

"왜 새벽부터 전화질이야……. 어련히 연락 안 할까봐."

"너만 멋대로 가면 어떡해? 걱정 되잖아!"

"걱정은 무슨. 내가 애냐? 지운이 오빠랑 있어."

"너……."

"합의 하에 이루어졌으니까 걱정 마. 콘돔도 꼈어."

"……."

"나 잘했지."

이런 년에게 무슨 말을 더 하겠는가. 나는 신경질적으로 핸드폰을 침대로 집어던졌다. 다 큰 성인 여자의 남자관계에 대해서 이러쿵저러쿵 참견할 권리는 없다. 그러나 적어도 그 성인 여자가 자신의 베스트 프렌드라면, 두 다리만 건너면 다 아는 압구정 죽돌이들을 순서대로 침대에 끌어들이는 남성편력을 말리는 것이 맞다. 우리 셋은 자주 혜지를 앉혀놓고 훈계를 하곤 했다. 무시무시한 협박까지 곁들이며.

"너 계속 그런 식으로 살다간 나중에 네 결혼식장에서 너랑 잤던 남자들이 줄줄이 남편 들러리로 등장하는 수가 있어!"

물론 혜지에겐 씨도 안 먹히는 소리다. 혜지에겐 언제나 지금 이 순간과 본능에 충실한 직관만이 중요했다.

"괜찮아?"

화장실에서 네 발로 기어 나온 민희가 인류 진화 과정을 보여 주듯 서서히 일어서더니 내 팔에 판다처럼 매달렸다.

"어제 데킬라 몇 병이나 마신 거야? 우리 양주도 마셨지? 스트레이트로?"

"몰라……. 속 울렁거려 죽겠어. 우리 집까지 기어온 게 장하다. 어젠 진짜 누가 납치했어도 몰랐을걸."

"지금 몇 시야?"

"열한 시."

"나 세수 좀 할게. 집에 해장할만한 거 있어?"

"뭘 바래. 라면이나 끓이자."

어제 우리는 정말 제대로 미쳤던 것 같다. 웬만해서는 취하지도, 망가지지도 않는 민희가 저 정도인 걸 보면 클럽 특유의 분위기에 취해 잠시 정신을 놓았나보다. 위험천만한 새벽이었다. 오늘 눈 뜨고 일어난 곳이 낯선 모텔이 아니라는 사실에 신께 감사드린다. 화장실로 들어와 자연스럽게 서랍장을 열고 클렌징 폼과 손님용 칫솔을 꺼냈다.

벌써 오 년째다. 우리는 대학 입학과 동시에 친구가 되었고,

함께 대학을 졸업했으며, 졸업 후에도 여전히 친구라는 이름 아래 신뢰로 엮인 관계를 유지하고 있다. 우리 넷은 가장 빛나던 이십대 초반을 공유했고 원 없이 놀면서 대학 시절을 보냈다. 수많은 남자 문제를 해결하고 개인적인 고민들을 함께하며 스물네 살에 동시에 도착했다. 스무 살, 첫 대면식에서 만났던 그 날부터 지금까지 우리는 변함이 없다. 놀고, 남자를 만나고, 또다시 놀고, 새로운 남자를 만난다.

우리는 언제까지 이렇게 살 수 있는 걸까? 아니, 우리는 언제까지 이렇게 살 것인가?

♥

"진짜 언제까지나 이렇게 살 수는 없는데."

샤워하던 내내 머릿속을 맴돌던 질문을 슬그머니 입 밖으로 써냈다. 동감하는 사람은 아무도 없다. 민희는 라면 면발을 순가락 위에 예술적으로 올려놓느라 정신이 없고 수진인 우리 중 유일하게 취직한 사회인이다.

"우리가 언제 만날 이렇게 놀았어? 어젠 졸업하고 처음 만난 자리라 다들 들떠서 잠깐 미친 거잖아."

"엄마 잔소리할 거 생각하니까 머리 아파서 그래. 졸업하고 벌써 한 달 넘게 지났는데 하는 건 아무것도 없이 밖에만 싸돌아다니니까. 클럽 가서 놀고 술 먹다 기절했다고 하면, 우리 엄마 날 죽일걸?"

나는 칼칼한 목소리로 웃으며 라면 국물을 마셨다. 해장으로는 오징어짬뽕 국물만한 게 없다.

"토요일 밤이었잖아. 주말에 이렇게 안 놀면 스트레스로 돌아버릴지도 몰라."

수진은 단호한 목소리로 어제의 일탈을 정당화했다. 졸업 후 발 빠르게 취직한 그녀는 가장 얼굴 보기 힘든 친구가 됐다.

수진이 미금역 부근의 은행 텔러로 취직했다고 했을 때, 나와 민희와 혜지는 한 번에 알아듣지 못했다. '텔러'라는 단어가 너무 낯설었다. 나는 '텔'이라는 단어에서 '전화기'를 연상했고, 은행 114 직원 같은 것이냐고 조심스레 물었다. 수진은 얼굴을 붉히며 '은행 창구 직원'으로 풀어 설명했다.

'은행 텔러 시험'이 얼마나 어려운지, 경쟁률이 얼마나 치열한지, 요즘은 경기가 안 좋아 석사나 박사 출신도 시험에 응시한다는 장황한 설명이 지속될 때까지, 나머지 셋은 당황스러운 표정을 감추지 못했다. 우리 넷 중 누군가 은행 창구에 앉아 짜증날 정도로 체크카드 가입을 권유하는 직원 언니가 되리라곤 상상조차 한 적 없었다. 게다가 수진은 우리 중 가장 똑똑했다. 우리 중 유일하게 사회적 이슈에 관심이 많은 사람도, 어려운 경제 용어를 설명해줄 수 있는 사람도, 강의 시간 맨 뒷자리에서 이름도 발음하기 어려운 러시아 작가의 책을 독파하던 사람도 수진 뿐이었다.

나는 언젠가 수진이 잘나가는 커리어우먼이 되어 있을 것이 라고 생각했다. 칙릿 영화에서 보았던, 마이클 코어스 수트에 프 라다 백을 들고 핸드폰으로 쉴 새 없이 사무적인 통화를 하며 남 자를 조랑말처럼 부리는 그런 커리어우먼 말이다. 수진은 누구 나 머릿속으로 한 번쯤 그려볼만한 골드 미스에 더없이 잘 어울 렸다.

그런 수진이 선택한 직종은, 우리가 가장 싫어하는 예술 영화 에나 나올 법한 직업이었다. 지루한 일상을 견디며 그 속에서 제 2의 인생을 창조하는 사람들의 이야기가 나올 때마다(6mm 카메 라의 우중충한 화면에 어울리지 않는 희망찬 배경 음악과 함께) 우리 는 당연히 우리 이야기가 아니라고 생각하며 엎드려 잤다. 회색 빛 유니폼을 입고 사이보그 같은 얼굴로 뭘 찍거나 뭘 계산하거 나 뭘 파는 사람은 우리의 미래가 아니었다. 적어도 그것만큼은 아니어야 했다.

우리는 온갖 직업을 무시하는 일에 통달해 있었다. 졸업 후 당 연히 이 사회에서 한자리 차지하고 우아한 생활을 누리리라 근 거도 없이 확신하고 있던 시절의 이야기다.

회사원? 고등학교만 졸업해도 할 수 있는 일만 한다던데? 내 가 아는 언니는 입사하고 일 년 동안 커피만 타다 냄새만 맡고도 원두 원산지 구분할 때쯤에 사표 냈잖아.

헤어 디자이너? 디자이너는 아무데나 갖다 붙이면 다 디자이너냐? 그래 봤자 미용실 언니 아냐. 앞치마 주머니에 가위 넣고 다니면서 연예인들 헤어스타일이나 연구하는.

루이비통 매장 직원? 장난해? 누가 백화점 가서 아, 저 여자는 루이비통에서 일하는구나, 생각해? 그래 봤자 백화점 직원이잖아. 지들이 명품인 줄 알고 설치는 애들.

학원 강사? 야, 말도 마라. 학교 선생이면 공무원이기라도 하지. 학원 선생이란 명함 갖다 어디 써먹어? 손주은처럼 성공할 거 아니면 학원 강사도 똑같은 월급쟁이일 뿐이야.

몇 년이 지난 후, 우리는 그토록 비웃었던 직업 중 어느 하나에 지원조차 할 수 없다. 내 집 마련을 위해 주택 청약을 들어놓는 것처럼 졸업 후 첫 직장을 위해 투자한 무언가가 아무것도 없었기 때문이다. 오로지 수진만이 우리에게 아무 말 없이 홀로 자격증을 따고 은행에 취직했다. 그런 정직한 세계는 우리가 사 년간 속해 있던 허영의 세계, 그 반대편에 존재했다. 나는 말없이 혼자 짐을 싸고 떠난 수진에게 왠지 모를 거리감을 느꼈다. 그와 동시에 별 볼일 없어 보이는 수진의 직장조차 내 힘으로 얻을 수 없다는 사실에 새삼스러운 당혹감을 느꼈다.

나는 도대체 어느 정도 수준의 인간일까? 수진의 취업은 내게 한 번도 생각해본 적 없는 질문을 안겨주었다. 그러나 지금 대답하기엔…… 속이 울렁거린다. 아, 숙취여.

"그건 그렇고, 너희 혹시 영어 학원 다닐 생각 없어?"

민희가 젓가락으로 냄비 가장자리를 톡톡 치며 뜬금없는 이야기를 꺼냈다. 영어 학원. 나는 그 네 글자가 고대 갑골 문자라도 되듯 못 알아먹겠다는 표정으로 민희를 바라보았다.

토익, 토플, 자격증 같은, 대학 와서 누구나 한 번쯤은 해보았을 법한 기본적인 공부들을, 우리는 한 번도 해본 적이 없다. 우리가 사 년간 다닌 연극영화과는 토플, 토익, 인턴십이나 공모전 같은 일반적인 대학생들의 취업 필수목록과는 전혀 무관한 공부를 주로 삼는다. 이를 테면 재즈 댄스, 오디션 테크닉, 딕션 같은 공부들 말이다.

"나 얼마 전에 영어 학원 끊었거든. 토플 때문에. 생각 있으면 같이 다니려고 했지."

"진짜 유학 가게?"

"응. 아빠가 뉴욕으로 보내주신내. 파슨스 들어가려고."

민희의 졸업 향후 계획이야 이미 예견되어 있었다. 청담동 토박이인 그녀는 어릴 때부터 최고급 패션 브랜드를 주기도문처럼 외우고 살아왔다. 발음하기도 어려운 명품 브랜드를 척척 읽어대는 건 물론이거니와 한국에 입점하지도 않은 해외 디자이너의 제품들을 누구보다 발 빠르게 공수해 입고 다니곤 했다.

민희의 아버지가 어떤 일을 하는지는 정확하게 모른다. 여자들은 자신의 남자관계와 현재의 심리 상태, 올해의 쇼핑 목록에 있어서는 쉴 새 없이 읊어댈 수 있지만, 아버지의 사업 현황이나 매출액의 증가에 대해서는 어떤 것도 말하지 않는다. 주는 대로 돈은 받으면서 그 돈이 어디서 나오는지는 관심 없는, 자식들 특유의 무심함 때문일지도 모른다.

청담동 노른자 땅에 있는 백 평짜리 빌라의 소유주인 것만 보아도 그녀 집안의 자산 상태를 잘 알 수 있다. 경기가 쪼그라들기 시작하면서 서민들의 생활고와 중산층 몰락에 대한 기사가 날마다 신문 생활·경제면을 장식했지만 민희에게는 먼 나라의 이야기다. 늘 애용하던 외국 브랜드의 에센스를 구입하고 나서야 "좀 비싸진 것 같지 않아?" 하고 고개를 갸웃거렸을 뿐이다. 우리 중 유일하게 차를 끌고 다니는 친구도 민희다. 유가가 천장을 뚫고 최고치를 갱신했을 때도, 그녀는 걸어서도 갈 수 있는 도산 공원 근처의 카페에 굳이 차를 끌고 나왔다. 빌렛파킹 비를 코 푸는 휴지쯤으로 생각하는 건 물론이다.

그녀는 예고의 연극과를 졸업했다. 나 같은 일반 사람들은 예고를 '어려서부터 예술을 공부하는 상류층 자제들이 다니는 학교' 쯤으로 생각한다. 물론 그 속에는 진짜 예술을 공부하고 싶어서 비싼 학비와 먼 통학거리를 감내하는 평범한 학생들도 많겠지만, 그 못지않게 자신은 일반 고등학생과는 다르다는 우월감으로 무장한 콧대 높은 상류층 자제들이 있는 것도 사실이다.

민희는 후자에 가까웠다. 몇 번 만난 적 있는 민희의 고등학교 동창들도 모두 마찬가지였다. 십대 시절부터 강남의 클럽을 제 집처럼 드나들며 오빠들의 차를 얻어 타고 다니던 그녀들은, 순수하고 때 묻지 않은 청소년이라기보다는 너무 빨리 성인의 세계를 맛본 어중간한 세대에 가까웠다.

내가 고등학생 때 빈폴 가방 하나에 목을 매고 있던 시절, 민희는 이미 샤넬과 프라다, 루이비통 같은 '기본' 명품들의 세계를 두루 섭렵한 후였다. 그녀는 다소 낡거나 지겨워진 명품들을 중고로 갈아치우고 그 돈으로 다시 새 명품을 장만하는, 이른바 '명품 사재기' 세계의 선두에 서 있었다.

그녀는 뉴욕의 패션 대학인 파슨스 졸업 후 자신의 개인 브랜드를 런칭해 디자이너로 성공하겠다는 야심찬 꿈을 품고 있다. 민희가 뜬금없이 패션 디자인을 공부하러 유학 가고 싶다고 했을 때, 솔직한 심정으로는 의자에 묶어놓고서라도 말리고 싶었다. 스물넷에 새 출발이 가당키나 하나고 몰아붙이면서.

물론 이 말은 하지 않았다. 친구의 새로운 도전에 무조건적인 행운을 빌어주는 것이 친구의 몫이니까.

"유민이 넌?"

사실은 이런 식으로 친구들의 야망과 현실을 체계적으로 분석하고 있을 때가 아니다. 적어도 저 둘은 뒤늦게나마 출발선에서 스타트를 하지 않았는가. 문제는 나다.

"난……아마 작가일 하게 될 거 같아."

얼마 전 나의 암담한 미래를 나보다 더 걱정하던 엄마가 방송국에 괜찮은 연줄을 하나 찾아냈다며 호들갑을 떨던 모습을 떠올렸다. 엄마는 내 졸업식이 끝나자마자 백수가 된 딸을 처치하기 위해 끙끙 앓았다. 엄마의 주변 사람들 모두 내가 졸업한 사실을 알고 있었다. 엄마에겐 하루 빨리 그 사람들에게 우리 딸이 사회에서 한자리 차지했음을 알려야 할 의무가 있었던 것이다.

딸들에게 압구정이 허영의 장소라면, 엄마들의 허영의 장소는 교회다. 대한민국의 교회는 단순히 하나님의 성전으로 끝나는 장소가 아니다. 젊은 청춘들에겐 가장 건전하게 시작할 수 있는 교제의 장이며, 엄마들에겐 패션을 비롯해 집안 사정, 자식의 대학 진학과 취직 등을 보고하는 주말 회의장과도 같다.

내가 간판 좋은 대학에 입학했을 때까지만 해도 엄마는 세상을 다 가진 얼굴로 주일을 기다렸다. 대학 잘 간 딸내미 덕분에 높아졌던 콧대를 이제 와서 찌그러트릴 수는 없었다. 교회 집사님들이 유민이는 졸업하고 뭐하냐고 물을 때마다, 엄마는 "지금 여러 군데 이력서 넣고 기다리나봐. 어디든 취직되겠지, 뭐" 하는 식의 대답으로 진실을 감추기에 급급했을 것이다.

"진짜? 어디서? 정해놓은 데라도 있어?"

"방송국 들어갈 거 같아. 방송작가 있잖아. 대본 쓰고 하는 거. 그거 할 것 같아."

"어떻게? 방송국 그런 데, 들어가기 쉬워?"

"엄마 아시는 분이 시사프로 쪽에서 일하시는데, 거기서 꽤 힘이 있나봐."

정확히 말하면 엄마 친구 사촌의 후배이시다. 좀 멀다.

"막내 작가 자리 하나쯤은 빼줄 수 있다고 하셨대. 자세한 건 엄마한테 더 물어봐야 돼."

"잘됐다. 너 그러면 방송국에서 일하는 거네? 그럴듯하다."

"페이는 얼마야?"

현실적인 수진은 당연히 페이부터 물어보았다. 나는 고개를 저으며 아직은 모른다고 답했다. 방송작가가 정확히 무슨 일을 하는지도 모르는 마당에 어떻게 페이를 알겠는가.

"멋있다, 작가. 첫 월급 받으면 거하게 쏘는 거 알지?"

"우리가 벌써 월급 받아서 친구들한테 쏠 나이가 됐다니 믿어지지가 않아……."

"야, 우린 빠른 거야. 우리처럼 스트레이트로 내학 다녀서 졸업하는 애들이 요즘 어디 있어? 다들 어학연수다 아르바이트다 해서 일 년 휴학하는 건 기본이지. 사실 아직까진 학교에서 더 놀 나이인데."

민희가 아쉽다는 얼굴로 한숨을 쉰다. 휴학 한 번 하지 않고 곧장 졸업한 건 동기들 중 우리 넷이 유일하다. 입학과 동시에 함께 어울려 온갖 사고를 몰고 다닌 탓에 '패키지'라는 별명을 얻었던 우리는, 그 흔한 어학연수 한 번 다녀오지 않고 곧장 학사모를 뒤집어썼다. 늦은 졸업이 아쉬운 것은 학생 신분으로 할 수 있었던 좀 더 많은 경험 때문이 아니다. '학생'이라는 메리트를 등에 업고 자유롭게 놀 수 있었던 그 유예기간이 줄어들었기 때문이다.

사실 남들 따라서 일 년 정도 휴학을 했어도 우리는 지금과 다를 바 없었을 것이다. 하루 이틀은 아침 일찍 일어나 토익 책을 뒤적거리며 영어 정복이라는 원대한 꿈을 품었다가, 일주일 뒤에는 새벽 서너 시까지 인터넷 쇼핑에 혼을 파는 한심한 여대생으로 귀환했겠지.

"다들 파이팅이야. 우리 어제 클럽에서 데킬라 짠하면서 약속했던 거 기억하지? 성공해서 같이 갤러리아 휩쓸기로 한 거."

여자들에게 성공의 척도는 쇼핑의 스케일로 결정된다. 만취한 상태에서 끊임없이 데킬라를 부딪치며 화려한 미래를 약속했었다. 갤러리아와 에비뉴엘에서 남자 없이 쇼핑하는 당당한 여자가 되자고.

백수 신세로 클럽에서 밤새 술 퍼마시다 필름 끊긴 네 여자의 다짐이라기엔 지나치게 멀리 가 있는지도 모르겠다. 우리 셋은 라면 냄비를 아더 왕의 엑스칼리버라도 되는 양 지그시 쳐다보았다. 라면 냄비를 뽑는 자가 허황된 꿈에서 가장 먼저 깨어나게 되리라.

결국 내가 먼저 라면 냄비를 들고 부엌으로 향했다. 냄비가 요란한 소리를 내며 싱크대로 굴러 떨어졌다. 아직도 속이 메슥 거린다. 이 상태로 어떻게 집까지 기어가야 할지 앞길이 까마득 하다.

이 년 전만 해도 클럽에서 밤새 월드컵 응원하고 부대찌개로 해장한 후 조조 영화를 보러 코엑스로 달려갔던 나였다. 즐기기 위해서라면 인간 체력의 한계까지 도전하던 우리였다. 오늘 아 침, 한 달 간 흡혈하지 못한 뱀파이어들처럼 눈 밑이 거뭇한 채 죽어가던 우리들을 떠올렸다.

스물넷. 겁 없이 체력의 한계까지 질주하던 쾌락의 밤들이 버 거워지기 시작했다.

♥

살기 좋은 동네 목동에서 가장 살기 불편한 점을 꼽으라면 단 연 '교통'이다. 길을 좀 안다 하는 사람들까지 목동의 일방통행 에 치를 떤다. 택시 운전기사 중 열에 아홉은 한번 들어오면 빠 져나갈 수 없는 목동의 미로 같은 길에 안 좋은 추억이 있을 것 이다. 물론 버스가 많고 지하철역이 가까워서 홍대나 신촌, 시 청, 명동 등 큰 시내로 나가기에 별 불편은 없다. 그럼에도 유독 목동의 교통편이 좋지 않게 느껴지는 가장 큰 이유는 바로 강남 때문이다.

목동과 강남 사이의 길은 마치 끊어진 거미줄 같다. 택시가 아닌 다음에야 이 거미줄을 이어가거나 돌아가는 수밖에 없다. 목동에서 압구정동까지는 지하철로 한 시간, 버스로는 한 시간이 조금 넘게 걸린다. 버스를 타면 대부분 앉아서 갈 수 있기 때문에 크게 힘든 점은 없지만, 친구와 수다를 떨기 위해 한 시간이나 걸려 강남까지 꾸역꾸역 내려가는 건 피곤한 일이긴 하다.

그럼에도 나는 버스를 갈아타고 아이팟에 의지해 한 시간을 버티며 강남을 종착지로 삼을 수밖에 없다. 나의 베스트 프렌드들이 강남권이 아닌 곳에서는 죽어도 놀기 싫어하는, 이른바 '압구정 죽순이'들이기 때문이다.

물론 '압구정 죽순이'들이 압구정동 아니면 죽음을 달라며 동네 지명과 구역을 정확하게 나눠놓고 그 안에서만 의식주를 해결하는 사이코들은 아니다. 단지 하루에 한 번이라도 압구정동을 서성이며 구역 표시를 해야 직성이 풀리고, 술자리를 비롯한 모든 만남을 강남권 안에서만 해결하려 드는 인간들일 뿐이다. 여기서 강남권이란 지리적으로 '강남'이라는 구역 안에 들어가는 모든 동네를 포함해 서초, 송파까지 이를 수 있겠다. 요즘은 '강남권'이라는 단어가 상당히 너그러워져서, 저 멀리 분당 또한 그들의 생활권에 종종 포함되곤 한다(정확히 말하면 분당권의 잘나간다는 아이들이 죄다 강남으로 모여든다는 표현이 맞을까?)

목동은 강남과 너무도 거리가 먼 동네다. 지리적으로만 본다면 강 '남'쪽에 위치하지만, 사회적 의미로 본다면 상류층의 대표 단어로 상징되는 강남에 포함되지는 않는다. 언론이 만들어 놓은, 강남과 애증의 관계에 있는 강북 또한 아니다. 아주 미묘한 위치라고 할 수 있다.

모 언론에서 목동을 '전형적인 중산층 동네'라고 언급한 바 있다. 목동에는 늘 언론과 신문을 장식하는 거물급 재계 인사들이 많이 사는 것은 아니지만, 우리 아버지처럼 꽤 잘 굴러가는 중소기업 사장님들이나 의사, 변호사, 파일럿, 펀드매니저 등의 엘리트 직업인들이 대거 거주한다는 통계 자료가 있다. 목동 땅값이 천정부지로 솟구치기 전 부동산을 굴려서 졸지에 집 부자가 된 사람들도 꽤 많을 것이다. 하다못해 우리 엄마의 친구만 해도 목동 아파트 가격이 치솟기 전 전세 놓을 집 한 채를 싼값에 구입했다가 돈벼락을 맞았다.

강남 집값이 폭발적으로 치솟을 때마다 덩달아 조용히 묻어가던 이 희한한 동네는, 대치동 아줌마 못지않은 목동 아줌마들의 열성 덕에 최고의 학구열이 동네 전체를 지배하고 있다. 목동 아줌마 네트워크는 자녀 입시 성공 신화를 무기로 집값부터 목동의 미래까지 휘두르는 파워를 손아귀에 넣었다. 이 동네 아줌마들은 아파트 단지에 쓰레기 소각장과 납골당이 들어오는 것보다 단란주점이 들어오는 것을 배로 두려워할 것이다.

어쨌거나 최고의 학구열을 자랑하는 이 동네에, 사회적으로나 경제적으로나 안정적인 수준의 사람들이 집단으로 거주하고 있다는 사실에는 의심의 여지가 없다. 나 또한 유치한 심정으로 우리 동네를 '강서의 강남'으로 지지하며 자부심을 가지고 있다. 그러나 아무리 목동이 강서에서 날고 긴다고 해도, 그저 목동일 뿐이다.

내 친구들 덕분에 새로 안면을 튼 사람들은 대부분 강남 거주자들이었다. 자기들 동네에 자부심이 대단한 강남족들에게 강남권이 아닌 동네를 소개하는 것은 가끔 곤욕스러울 때가 있다.

"어디 살아요?"

"목동이요."

"목동? 아, 면목동?"

이런 식이다.

차라리 목동을 모르면 낫다. 압구정동에서 버스 타고 쭉 가면 된다는 식으로 설명하면 그만이다. 그러나 지리적으로 목동을 잘 아는 사람들을 만나면 더 피곤해진다.

"어디 살아요?"

"목동이요."

"와, 진짜 먼 데서 오셨네. 강남까지 오는 데 힘들지 않아요?"

내가 가장 싫어하는 대화의 방향이다. 오늘 아침 고속버스로

부산에서 출발한 사람과 나누는 대화와 다를 게 뭐란 말인가. 하지만 내가 최악으로 싫어하는 대화는 따로 있다.

"어디 살아요?"

"목동이요."

"목동? 목동 사는데 왜 여기까지 와? 그냥 홍대에서나 놀지."

마치 '너무도 강남에서 놀고 싶어 버스를 타고 꾸역꾸역 기어올라온 촌년'에게 던지는 심심한 위로답지 않은가.

그래, 어쩌면 내 자격지심일 수도 있다. 알고 있다. 강남에 살지 못하면서 늘 강남을 기웃거리는 나 같은 인간들은, 마음 한구석에 형태 불분명한 자격지심이 뜨거운 시멘트 바닥처럼 납작하게 깔려 있다. 강남 사람들이 별 뜻 없이 던진 말 한마디가 소나기가 되어 내리면, 금세 자격지심이란 수증기가 뭉게뭉게 피어올라 전신을 뒤덮는 것이다.

강남이 무슨 대수야? 내 친구들 만나러 내가 나오겠다는데 무슨 상관이야. 하는 일도 없이 압구정동에 잉덩이 붙이고 사는 게 자랑이야? 한심한 인생들.

혼자서 뚱한 얼굴로 끊임없이 공격적인 자기변명을 만들다가도, 친구들에게 걸려오는 전화 한 통이면 금세 무언가에 홀리기라도 한 듯 압구정동으로 달려가는 것이다. 정확히 말한다면 우리 넷의 중간 지점은 명동이나 삼청동이라고 할 수 있다. 어째서 나만 한 시간이나 걸려 압구정동으로 가야 하는지, 그 이유는 누구보다 내가 가장 잘 알고 있다.

내가 그 동네를 동경하기 때문이다. 나도 그들처럼 되고 싶기 때문이다. 압구정동을 당당하게 '내 동네'라고 말할 수 있는 그들처럼.

♥

"팔자 아주 좋아 보여, 응?"

집에 들어오자마자 팔짱을 끼고 소파에 앉아 있는 엄마가 보인다. 자식들을 모두 대학에 보낸 후 갑작스럽게 할 일을 잃은 많은 엄마들이 그렇듯, 엄마는 시간이 흐를수록 종교와 더불어 살아간다. 늘 교회에서 집사님들과 함께하는 엄마가 어째서 이 시간에 집에 있는지 모르겠다.

"치마 길이 봐라. 요즘 허벅지 내놓고 다니는 계집애들만 골라 찌르는 미친놈이 얼마나 많은 줄 알아?"

"아, 여기가 무슨 이슬람 국가야? 차도르라도 두르고 다녀, 그럼?"

"뭐 잘한 게 있다고 큰소리야? 어우, 술 냄새 풍기는 거 봐. 스물넷밖에 안 된 계집애가 잘하는 짓이다. 아주 할 일 없어 죽겠지?"

엄마는 기다렸다는 듯 잔소리 폭탄을 투하했다. 마음만 먹는다면 엄마의 한마디 한마디에 전부 다 토를 달 수도 있겠지만, 그러다가 어제 못 다 푼 토사물이 올라올지도 모른다는 생각에 관뒀다. 나는 그만하라는 반항의 의미로 컵을 탁 소리 나게 내려놓고 방으로 들어왔다. 엄마도 잔소리가 인간을 달라지게 만들 수 없다는 것쯤은 이미 오래 전에 깨달았을 것이다. 단지 엄마라는 배역에게 주어진 대사를 다할 뿐이다.

"너 보고 있으면 한심해 죽겠어! 엄마 친구 딸은 이번에 자기가 모아둔 돈으로 뉴욕으로 어학연수 간다더라! 다들 자기 할 일 차근차근 하면서 잘 살고 있는데 너는 뭐가 문제여서 이 모양이야?"

엄친딸이 오셨다. 엄마들의 잔소리를 그래프로 통계 낸다면, 엄친딸 항목의 수치는 아마 압도적으로 솟구쳐 있으리라.

"애초에 네가 연극영화과 간다고 했을 때부터 목에 칼을 들이밀고서라도 말려야 했어. 지금 봐! 그 과에서 4년 내내 놀다 나와서 네가 할 줄 아는 게 뭐야? 영어 공부를 하기를 했어, 아니면 학점이 좋아? 그렇다고 연극을 제대로 공부한 것도 아니잖아! 수천만 원이나 들여 졸업장 땄으면서 사회에 쑤시고 들어갈 구석 하나 없다는 게 말이 돼?"

"아, 엄마! 서울대 나와도 떡볶이 장사 하는 사람 천지야! 지금 백수 문제가 얼마나 심각한 줄 알아?"

"허이구, 사회 탓하기 전에 자신이나 돌아보시지."

엄마가 코웃음을 치며 침대에 걸터앉는다. 아무래도 잔소리가 생각보다 더 길어질 것 같다. 나는 베개에 묻은 술 냄새를 킁킁거리며 눈을 감았다. 어쩌면 엄마의 말이 맞을지도 모른다. 연극영화과 진학부터가 문제였을지도.

나는 연극영화과를 나왔다. 평범하게 입시 공부를 해서 대학에 진학한 일인이 아니다. 모두가 삼국 시대 각 나라의 위치와 특산물을 암기하고 있을 때, 나는 줄리엣과 니나의 대사를 암기하고 있었다. 모두가 '얄리 얄리 얄라셩'이라는 말도 안 되는 시를 해독하고 있을 때, 나는 뮤지컬 〈시카고〉의 'Cell Block Tango'를 열창하고 있었다. 캐서린 제타 존스가 '꽃다운 나를 따먹고 버렸어!'라고 분노하며 부르던 그 뮤지컬 넘버 말이다. 나의 인생이 심각하게 불확실해진 시기는 아마도 이때부터가 아니었나 싶다.

솔직히 고백하건데, 나는 연극이 아니면 죽음을 달라며 예술적으로 투쟁하던 학생은 아니었다. 연극영화과에 지망하게 된 이유 1순위는 성적 때문이었다. 수능 세대라면 모두가 알겠지만, 고3들에게는 대대손손 내려오는 전설이 있다.

'고3 첫 모의고사 성적이 끝까지 간다!'

물론 모두에게 해당되는 전설은 아니다. 기름기 가득한 얼굴로 세수와 식사도 잊고 공부에 몰두한 이들은 환골탈태하듯 3등급에서 1등급으로 날아올라 인 서울에 원서를 넣을 수 있는 특권을 얻는다. 그러나 4월까지만 모범생 흉내를 내다가 곧 게으르고 불평 가득한 인생으로 돌아가는, 나와 같은 대부분의 인간들은, 결국 성적이 오름세와 내림세를 반복하다 제자리로 귀환하게 된다. 내 성적 또한 죽어도 260점을 넘지 못했다. 물론 만점이 400점이던 시절의 이야기다.

그딴 냄새나는 성적을 가지고도 대학은 반드시 인 서울에 정착하고 싶은 게 모든 수험생들의 마음이다. 연세대나 고려대나를 논하는 짜증나는 우등생들은 제쳐두고, 대부분의 학생들이 가고 싶어 하는 대학은 지하철로 통학할 수 있는 인 서울 4년제 대학에 한정된다. 나 또한 그랬다. 적어도 누군가를 만났을 때 당당하게 밝힐 수 있는 그런 대학에 진학하길 바랐다.

문제는 내 성적이었다. 유년기 시절부터 작심삼일로 이루어진 인생이 고3이 된다고 하루아침에 달라질 리 없었다. 내 성적은 아무리 잘 나와 봤자, 저 먼 수도권의 4년제 대학의 이상한 과, 혹은 쾌 이름 있는 대학이지만 지방으로 동떨어진 분교가 아니면 원서를 넣을 수 없었다. 죽어도 이름 있는 대학의 학생이 되고 싶었던 내가 선택한 최후의 길이 바로 연극영화과였다.

연극영화과, 전국 각지에서 모여든 캐릭터 강한 인간들의 집단. 일반 학생들에게는 연예인이 되고 싶은 학생들과 활동 경력을 이용해 쉽게 입학하는 연예인들이 모인 과로 통한다.

나는 아주 짧은 기간 동안 연기와 춤을 배웠다. 나의 무기는

170센티미터의 장신과, 음감은 엄청나게 떨어지지만 상당히 허스키하고 독특한 음색이었다. 입시 선생님은 나의 무기를 고려해 〈시카고〉의 '벨마' 역을 지정했다(연극과 입시생들은 일반적으로 하나의 정극 연기와 하나의 뮤지컬 연기를 준비해서 각 대학의 입시 요강에 대비한다). 내게는 긴 팔다리를 사방으로 휘두르는 과격한 안무가 주어졌다. 나는 한 달 만에 온갖 비명과 눈물 끝에 다리를 찢었고, 몇 주 안 돼 팔다리를 자유자재로 늘어뜨리며 '2분짜리' 춤을 출 수 있게 되었다.

그리고, 몇 달 연습한 그 춤 한 방으로 서울 유명 대학의 연극영화과에 입학하는 쾌거를 이루었다. 대학에, 그것도 좋은 대학에 합격한다는 기쁨이 어떤 것인지는 겪어본 이들만이 안다. 그 세상을 다 가진 듯한 기쁨과 온몸을 타고 흐르는 전율이라니! 그 당시만 해도 졸업 후의 인생 따위는 안중에도 없었다. 모든 합격생들이 그러하듯이.

연극영화과 입시는 마치 한 편의 드라마와도 같다. 연극영화과 입시에는 능력 못지않게 행운이 따라주어야 한다. 행운이 필요한 이유는 무엇보다도 인간 대 인간으로 채점하는 시험방식 때문이다. 이 시험에는 OMR 카드를 분석하는 기계도, 정확한 답이 제시되어 있는 답안지도 없다. 오로지 자신의 취향과 가치관을 가진 교수뿐이다.

때문에 연극영화과 입시에는 확인되지 않은 루머들이 가득하

다. 키 165 이하의 여학생은 절대로 뽑지 않는다는 A학교, 절대
적으로 외모가 중요하다는 B학교, 주임 교수님이 뮤지컬 연출
자이기 때문에 자유연기로 뮤지컬을 준비한 학생들에게 높은
점수를 준다는 C학교…….

나의 어떤 면이 교수님들의 이목을 끌었는지는 지금도 모르
겠다. 단지 내 키가 우리 동기 중 두 번째로 크다는 사실로 미루
어 보았을 때, '남장 여인'이나 '여장부' 역에 필요한 배우로 높
은 점수를 주지 않았을까 짐작한다. 키가 큰 배우는 무대에 세워
놓는 것만으로도 시선을 끄는 장점이 있기 때문에 어느 대학 연
극영화과에나 장신의 학생들이 적어도 한둘은 존재했다. 교수
님들의 눈에 나는 그 캐릭터에 부합하지 않았을까?

뭐, 여기까지가 연극의 '연' 자도 제대로 몰랐던 나의 기적적
인 합격 이유다. 순전히 나의 분석이니 실상은 다를 수도 있다.
내가 주임 교수님의 첫사랑을 닮았다던가 하는 로맨틱한 이유
일 수도 있겠지.

"내가 아까 엄마 친구한테 전화 넣었어. 아마 오늘 중으로 연
락 올 거야."

"무슨 연락?"

"취직 안 할 거야? 엄마 친구 사촌의 후배가 방송국에서 일한
다고 했잖아. 너 취직 부탁한다고 엄마가 예전에 말한 걸로 기억
하는데."

"이렇게 당장?"

"당장은 무슨! 벌써 4월이야. 금방 여름 되고 금방 가을 되는 거 알지? 이렇게 흐지부지하게 하루 보내는 건 너 방학 때로 충분해. 언제까지 엄마한테 빌붙어서 살 거야? 밥벌레 되라고 수천만 원 투자한 줄 알아?"

"딸이 무슨 펀드야?"

"야, 널 펀드로 치면 작년 10월에 막차 탄 중국 펀드야. 원금 회수도 못하고 바닥 치게 생겼으니 결정을 내려야지. 환매할 건지, 증시 바닥인 이 시점에서 미쳤다 생각하고 한 번 더 투자해 훗날 대박 노려보든지. 혹시 알아? 우리 딸이 나중에 김수현처럼 유명한 방송작가 될지?"

"환매해. 그냥……."

대꾸하고 싶은 마음도 사라진다. 베개에 얼굴을 묻고 입을 닫았다. 이 사회 구성원들은 못 말리는 불치병을 적어도 한 가지씩 가지고 있다. 가장 대표적으로 여자들의 영원한 숙제인 신데렐라 콤플렉스가 있고 남자들의 짜증나는 근자감, 즉 '근거 없는 자신감'을 들 수 있다.

그렇다면 엄마들의 불치병은 뭘까. 나는 그걸 '천재 자식 콤플렉스'라고 부르고 싶다.

누구나 어릴 때는 잘하는 것이 한 가지쯤 있게 마련이다. 피겨 스케이트를 잘 탈 수도 있고, 수영을 잘할 수도 있고, 노래를 잘

부를 수도 있다. 그러나 정말 특출 난 재능을 가지고 있어서 프로들에게 발굴되는 경우는 흔치 않다. 그렇게 재능을 살린 김연아나 박태환을 보며, 엄마들은 조용히 한탄하는 것이다. "아, 우리 자식도 어릴 때 수영 좀 했었는데. 그 길로 키울 걸 잘못했어!" 하며. 자녀의 어릴 적 사소한 재능을 무진장 부풀리는 엄마들의 불치병.

나 같은 경우는 글을 좀 썼다. 나이답지 않은 혁신적인 글을 썼다는 건 아니다. 학교 내의 논술 대회에서 좋은 성적을 거두고 초등학생 때 서술형 문제에서 늘 만점을 받은 정도랄까. 사실 이 정도의 글쓰기 실력을 가진 사람은 서울 길거리의 스타벅스만큼이나 많다. 그런데 우리 엄마는 내가 글쓰기에 상당히 뛰어난 재능이 있다고 맹신한다. 내가 4년 내내 그 특이한 과에서 굴러다닐 때 엄마는 나를 문창과에 보내야 했다며 혀를 차곤 했다. 초등학생의 국어 서술 시험 만점이, 엄마에겐 나의 숨겨진 천재성으로 둔갑했던 것이다. 그것이 엄마가 내게 방송작가를 권유한 이유였다.

"일단 자리 나오는 대로 넣어달라고 했어."

"쪽팔리게……."

"쪽팔린 줄은 알아?"

물론 안다. 밥벌레지만 주제파악까지 못하는 건 아니다. 한 학기에 500만 원 가까운 등록금을 여덟 번이나 쏟아 부었지만 지금 내가 이력서를 낼 수 있는 회사는 한 군데도 없다. 물론 서울 변두리 어딘가 퀴퀴한 담배 냄새가 덕지덕지 묻어 있는 회사의 비서직 정도는 기웃거려 볼 수 있겠지. 그래도 학교 간판만큼은 상당하니, 면접만 잘 보면 들어갈 수 있는 회사가 쑤시고 쑤셔보면 어딘가에 있을지도 모른다.

그러나 싫다. 그러니까 내 문제는 이거다. 할 줄 아는 것은 아무것도 없고, 해놓은 것도 없으면서, 내 능력에 맞는 단순 노동이나 내 취향에 안 맞는 사무실에서 일하는 건 죽어도 싫은 거다. 쥐뿔도 없는 주제에 콧대만 높다는 표현이 딱 맞겠다.

"엄마가 뭘 잘못한 건지 모르겠다. 그래도 너 어릴 때는 공부 곧잘 했던 것 같은데……."

엄마의 모노드라마가 시작될 조짐이 보인다. 내 성적이 떨어지기 시작한 고1 때 이후로 7년 간 들어온 레퍼토리다. 나는 샤워를 해야겠다고 중얼거리며 서둘러 욕실로 향했다. 샤워기를 조절하는 찰나 변기통 위의 핸드폰이 방정맞게 울렸다. 서둘러 확인해보니 역시나.

벌써 4월이네. 우리 빈 강의실에서 키스하던 때가 그립다.

수환이다. 이제는 구(舊) 남친으로 불리는 그.

우리는 한 달 전 나의 일방적인 이별 통보로 헤어졌다. 그 후로 지금까지 드라마틱한 관계를 유지하고 있다. 노골적으로 얘기하자면 헤어진 후 다섯 번쯤 만나 세 번쯤 잠자리를 같이 했다. 그는 지금처럼 애정과 그리움이 가득한 문자를 수시로 보내고, 나는 절반은 지금처럼 무시하지만 나머지 절반은 미련 남은 여자답게 '……' 가득한 문자를 꼬박꼬박 보낸다. 오랜 연애 후 이별을 경험한 적 있는 수진은 내 상태를 자신답게 분석적으로 설명했다.

"네 뇌가 아직까지 이성적인 판단을 보류하고 있는 거야. 너 스스로 수환과 진짜 끝났다고 믿지 않는 거라고. 나도 겪어본 적 있어. 그런 사람들은 대부분 당겼다 놓은 고무줄처럼 제자리로 돌아가게 되어 있어. 아마 넌 수환한테 다시 돌아갈 걸?"

정말 수진의 말이 맞는 걸까? 사랑보다 무섭다는 아직까지 빛바래지 않은 추억을 잊지 못해 수환의 곁으로, 과거 내 자리로 돌아가게 될까?

과거 내 자리.

핸드폰을 수건 서랍장에 쑤셔 넣고 옷을 훌러덩 벗었다. 그리고 과거를 씻어버리겠다는 각오로 욕조로 뛰어들어 뜨거운 물에 몸을 맡겼다.

수환과의 연애는 분명 달콤했다. 그러나 더 이상 월말마다 지갑이 텅 빈 남자 친구와 모텔에 가고 싶지는 않다. 우리의 마지막 싸움을 떠올렸다. 돈이 없어 열무비빔밥 대자를 하나 시켜 나눠먹자던 그는, 돈이 없는데도 모텔을 가야 한다며 나를 졸랐다. 그가 안내 데스크 앞에서 내가 대실비를 꺼내기를 기다리며 내 얼굴을 빤히 쳐다보고 있을 때였다. 그때 나는 우주에서 최강 권태라는 이름의 혜성이 날아와 내 머리에 꽂히는 것을 느꼈다. 그 주, 나는 이별을 고했다.

그 시절로 돌아가고 싶지 않은 것은 분명하다. 그의 멋진 미소를 떠올리지 않으려 애쓰며 샤워 타월에 샤워 젤을 쏟아 부었다.

수환과 '공식적으로' 헤어진 후 내 방을 이별의 사당으로 만들어 우리의 지난날을 추모하는 촛불을 켜놓고 나의 속물근성을 쫓아내는 굿을 하진 않았다. 그가 내게 바쳤던 소박하고 사랑스러운 조공들을 하나하나 되짚어보며 눈물짓는 연극도 2주 만에 막을 내렸다. 그 대신 나는 지난 몇 달간 회사에 출근하는 것처럼 소개팅 자리에 도장을 찍었다. 보험 아줌마로 친다면 영업왕 표창을 받을 정도로 성실한 근무 태도다. 열네 살 때부터 끊임없이 날뛰던 연애 세포들은, 이별의 고통을 달랠 모르핀은 새로운 만남밖에 없다고 입을 모아 외쳤다.

그러나 인생은 엿 같다는 어느 현자의 말처럼, 여자가 간절히 새 남자를 원할 때 그 사람의 연애 사이클은 주로 바닥을 치고 있기 마련이다. 내가 요즘 만나는 남자는 한 달 전 민희가 소개시켜준 대기업 신입사원으로, 나보다 세 살이 많고 나보다 1센티미터 크다. 그래서 그를 만날 땐 주로 앉아 있도록 노력한다. 그나마 앉아 있으면 시선을 마주칠 때마다 내가 괜히 민망해하지 않아도 되기 때문이다.

우리는 앉아서 건전하고 면접 분위기가 나는 대화들을 나눈다. 그대의 비전과 나의 비전에 대하여. 그대가 지나온 삶과 내가 지나온 삶을 비교하며. 나는 그 시간들이 너무 고되다. 소개팅으로 만나 당연히 밟아야 할 기본 절차들이 괴로운 것이 아니다. 그의 질문들이 너무 괴롭다.

현재 뭘 하고 계신가요? 앞으로 뭘 하고 싶으신가요? 유민 씨의 미래를 위해서 학교에서는 주로 어떤 공부를 해왔나요? 등등. 그가 심문에 가까운 질문을 퍼부을 때마다 카페나 레스토랑 웨이터에게 실과 바늘을 갖다 달라고 말하고 싶을 정도다. 팁은 두둑이 드릴 테니 저 입 좀 꿰매 달라고.

꿈도, 비전도 없는 여자에게 앞으로 뭘 하고 싶으냐고 묻는 것은 고문의 한 종류가 될 수 있다. 그럴 때마다 나는 내 진심에서 우러나오는 대답을 참느라 안간힘을 써야 했다.

당장이라도 부모님이 허락할 만한 조건 좋은 남자 만나 결혼이나 해버리고 싶어요. 아무리 백조라도 젊고 어린 여자라면 환장하는 돈 많은 남자가 꼬인다면 더 바랄 게 없겠죠. 어쨌거나 저는 아직 어리고 늘씬한 데다 얼굴도 반반하거든요.

일 년 전만 해도 스물넷에 결혼 외엔 가능성을 둘 곳이 아무 데도 없는 여자가 될 줄은 꿈에도 몰랐다. 그러나 결혼이 나쁠 건 또 뭔가. 명품 빼입고 다니는 커리어우먼만이 여자의 꿈은 아니다. 사랑하는 남편을 내조하며 행복한 결혼 생활을 꾸려나가는 것 또한 여자에게는 만고불변의 꿈이 아닌가.

그러나 내가 진정 원하는 것이 그것일까? 도대체 내가 꿈꾸고 있는 것은 뭘까?

명품관 VIP 명단에 이름을 올리는 커리어우먼이 되는 것? 내가 진정 그것을 원하고나 있을까? 단지 700달러짜리 마놀로 블라닉 쇼핑을 하는 캐리 브래드쇼의 환상에 휘둘리고 있는 것은 아닐까?

그렇다면 여자 가슴 한구석에 간직된 하얀 에이프런 차림의 현모양처? 어쩌면 능력 없는 여자가, 최후의 도피처로 결혼을 선택한 자신을 위로하기 위해 '세상에서 가장 중요한 것은 사랑'이라는 영화 대사를 읊으며 자기만족에 빠져드는 건 아닌지 또 누가 알겠는가?

모르겠다. 이게 다 할리우드 영화 때문이다. 한쪽에서는 맨해튼 마천루를 누비는 커리어우먼을 찬양하면서, 다른 한쪽에서는 사랑에 목숨 거는 여자의 행복을 노래하다니. 줏대 없는 것들 같으니.

뜨거운 물이 온몸에 쏟아진다. 남아도는 오후 시간 내내 낮잠이나 퍼질러 자야겠다.

거품 가득한 샤워 타월로 어깨를 문지르며, 조만간 수환을 만나 이 이별을 '진짜 공식적으로' 매듭지어야겠다고 생각했다.

나이의 법칙

생각지도 못한 때 남자가 집 앞으로 찾아오는 것은 어느 모로 보나 낭만적인 일이다. 여자라면 누구나 여자 친구의 방 창문에 돌을 던지며 눈치를 보는 영화 속 남자주인공에게 열광한 경험이 있을 것이다. 그럴 때 여자주인공은 당황스러워하면서도 두 말 않고 밖으로 뛰쳐나가 남자를 끌어안는 훈훈한 광경을 연출하기 마련이다.

물론 현실은 여러 변수에 의해 얼마든지 다른 장르로 변한다. 찾아온 남자가 정신에 하자가 있는 스토커거나 오늘 아침 횡단보도에서 널 본 후 죽여 버려야겠다는 일념에 사로잡힌 사이코패스라면 두말할 필요 없는 스릴러다.

그러나 한 달 전 헤어진 남자 친구라면, 분명히 솔로인데도 남자 친구가 있느냐는 질문에 머뭇거리게 만드는 남자가 새벽에 찾아왔다면, 이건 분명 멜로다. 거기에 남자의 외적인 조건이 근사하다면 흥행 멜로가 될 수도 있다.

"미안해. 다시는 안 오려고 했는데……. 술 마셨거든. 그냥 네 생각나서 한번 와봤어."

나는 착잡한 눈으로 나의 헤어진 남자 친구, 수환을 바라보았다. 그는 술에 취한 사람치고는 옛 여자 친구에게 미련 남은 남자의 대사를 매끄럽게 소화했다. 벌써 다섯 번째 듣는 대사지만 언제 들어도 가슴이 답답하고 우울해진다.

옛 애인이 집 앞으로 찾아와 돌아와 달라고 울부짖으면서 방귀를 뀌는 바람에 받아주려다 말았다는 친구의 이야기가 떠올랐다. 수환이 괄약근 조절을 못할 정도로 술에 취한 것은 아니라 다행이다. 아마도 오늘이 우리의 '정말' 마지막 만남이 될 텐데, 생리현상조차 감당 못하는 술주정을 받아주면서 끝내고 싶진 않다.

"아니야. 오빠가 안 왔으면 내가 찾아갔을 거야. 해야 할 말이 있거든."

"……무슨 말?"

일말의 기대를 담은 그의 눈빛이 나를 배로 착잡하게 한다. 나는 여전히 떠나고 싶지 않은 그의 근사한 얼굴을 바라보며 우리의 지난날을 짧게 떠올렸다.

수환은 187센티미터의 장신에 여자들이 좋아하는 얼굴을 가졌다. 약간 짧게 깎은 머리가 어울리는 두상도 동글동글하니 귀엽고 낮고 무게감 있는 목소리도 내 스타일이다. 3학년 1학기 교양강좌 강의실에서 그를 처음 본 순간부터 눈을 뗄 수 없었다. 몰려다니는 친구들 없이 뒷좌석에 혼자 덩그러니 앉아 있는 그는, 마치 고독을 음미하는 젊은 철학자 같았다. 간판도 없이 단골만 받는 삼청동의 어느 수상쩍은 카페에서 쇼펜하우어의 《사랑은 없다》를 읽으면서도 내 여자만큼은 뜨겁게 사랑할 것 같은 남자. 수환이 바로 그랬다. 실제로는 아니었지만 어쨌든 '이미지'만큼은 더할 나위 없이 훌륭했다. 그리고 나는 늘, 남자의 이미지에 넘어가 한순간에 사랑으로 다이빙하는 부류의 여자였다.

우리는 2년 가까이 함께 했고, 나름 오래된 연인이었다고 자부한다. 요즘처럼 하나같이 개성 강한 인간들이 넘쳐나는 시대에 남녀가 1년 이상 만나는 건 기적에 가깝다. 콧물을 풀지 않고 들이마신다는 이유로도 차이는 세상이다.

그러나 그 수많은 예쁜 CC들이 그렇듯, 우리의 영원한 맹세는 나의 졸업과 맞물려 현실적인 문제들에 부딪히면서 산산조각 났다. 공식적으로는 그렇다.

오래된 연인이 완벽하게 이별하기 위해선 약간의 마조히즘적인 면을 필요로 한다. 이젠 애인이라고 부를 수도 없는 인간을 계속 마주보면서 그 사람의 불멸의 단점을 진절머리 날 정도로 확인하며 괴로워해야 한다. 그와 동시에 우리는 영영 이루어질 수 없는 관계라는 톱으로 미련이라는 굵은 밧줄을 끊임없이 썰어대는 노동도 멈춰선 안 된다.

수환의 '불멸의 단점'이란, 슬프게도 그의 어떤 버릇이나 성질을 뜻하는 것이 아니다. 차라리 그가 술을 마시면 김두한이 된다거나 산소통을 매고 다니고 싶을 정도로 입 냄새가 고약하다면 좋겠다. 포르노를 너무 많이 봐서 생긴 천박한 잠자리 버릇 때문에 헤어지는 것이라면 이렇게까지 죄책감을 느끼지 않아도 될 텐데. 심지어 조루이기만 했어도(나는 이제 남자가 조루라는 이유로 이별을 고하는 여자들을 이해하는 나이가 되었다).

금연가에, 주량은 남자로서 딱 적당한 한 병을 마시고, 술버릇도 없으며, 과묵하면서도 가끔 던지는 말이 유머러스하고, 내 친구들에게 예의바르며, 태산 같은 자존심을 가졌으면서도 헤어지자는 나의 투정 한마디에 바로 태산을 무너뜨릴 줄 아는 남자는 절대 흔하지 않다.

그런데도 내가 이별을 고했던 이유는, 대한민국 나이의 법칙에 걸려버렸기 때문이다. 나는 연애에 있어서 늘 이 법칙을 준수하며 살아왔다. 스무 살 초반에는 고등학생 때부터 연애했던 남자 친구를 만났고 후반에는 당연한 절차처럼 복학생에게 잠시 낚였다. 스물한 살 가을에 헤어진 후 모두가 대학 시절에 한 번쯤 겪는다는 솔로의 분노 속에서 살았고, 스물둘 봄에 수환이 나의 분노의 불길을 사랑의 물길로 꺼트려주었다.

2년이 다 되어가던 어느 날, 4학년 2학기로 진급한 내게 대한민국 나이의 법칙이 명령하기 시작했다. 그와 헤어지라고. 미래가 막막한 남자와 연애하는 것은 생산성 없는 짓이라는, 이전과 확연히 다른 냉혹한 연애의 법칙이 제1조항에 명시되어 있었다.

물론 내가 바로 그 법칙을 준수한 것은 아니다. 나는 청춘답게 이상을 믿고 반항했다. 아무리 수환이 강원도 두메산골에서 손바닥 크기의 치킨 가게를 운영하는 집안의 동생 셋 딸린 맏아들이라지만, 그가 훗날 큰 성공을 거둬 집안을 일으키리라 믿었다. 치킨 가게를 내며 은행에 진 빚을 갚기는커녕 점점 이자만 늘어간다는 불평을 남의 이야기처럼 생각하려 애썼다. 그가 1학년 때부터 학자금 대출을 여러 번 받아왔으며, 졸업 전부터 마이너스 통장을 안고 사는 신용불량자 기대주라는 사실을 애써 외면했다. 등록금 걱정 없이 스펙 쌓기에 열중하는 경쟁자들을 물리치고, 주말도 없이 아르바이트를 하는 그가 대기업에 취업할 수 있으리라 꿈꿨다. 유학은커녕 짧은 어학연수조차 꿈도 못 꿀 그였지만, 남과 다른 특출 난 무언가로 개천에서 난 용이 지닌 불굴의 의지를 보여줄 것이라 생각했다.

이상이야 꿈꿀 때만 예쁜 법이다.

서론이 길었지만 요약하자면 우리의 이별은 그의 암담한 미래와 궁핍한 경제 사정 때문이었다. 이런 속물적인 이유로 이별

을 고한 죄책감 때문인지, 나는 그와 헤어진 후에도 몇 번이나
그의 미련을 받아주었다. 우리는 오래된 연인의 공식적인 이별
후에 오는 비공식적이고 숨기고 싶은 미련의 나날들을 보내왔
다. 나는 이 끝나지 않을 것 같은 미적미적한 관계에 도장을 찍
어야만 한다는 압박감에 시달려왔고, 지금 거사를 실행할 계획
이다.

"우리, 정말 헤어지자."

이번에는 정말 확실히 해야겠다는 생각에 마침표까지 찍었
다. 만약 이것이 인간의 극적인 감정 표현에 초점을 맞춘 고대
그리스 비극이라면, 그는 리액션으로 머리를 쥐어뜯으며 그놈
의 신을 찾는 게 맞다. 대사는 '오, 신이시여! 이 참극을 보소
서!'로 시작하겠지. 베케트의 부조리극이라면 '헤어지는 순간
을 기다리자'며 이해 안 되는 말들을 중얼거릴 것이다. 브레이트
의 희곡이라면 있지도 않은 관객들에게 물어야 한다. '우리가
이렇게 헤어지는 게 옳다고 생각하시나요?' 뮤지컬이라면 다짜
고짜 노래부터 부를 것이다. 곡명은 〈캣츠〉의 '메모리' 정도.

그러나 그는 체홉의 사실주의 극 배우처럼, 눈썹만 살짝 꿈틀
거릴 뿐 미동도 하지 않았다.

"헤어졌잖아."

멜로 영화 주인공의 얼굴로 내뱉는 대사가 허무 개그라는 것
이 좀 슬프다.

"내 말은, 헤어졌으면서도 이런 식으로 구질구질하게 만나는 거 그만두자는 뜻이야."

"너도 이 구질구질한 만남에 동의했잖아?"

입을 다물었다. 우리 둘 다 미련을 버리지 못했던 이유는 단 한 가지다. 다시 시작할 수 있는 가능성이 충분하다는 것을 서로 잘 알고 있었기 때문이다.

나는 간절함이 담긴 그의 사랑스러운 눈동자를 보며 잠시 흔들렸다. 언제나 이 타이밍이 문제였다. 나는 이 부분에서 "나도 내가 왜 이러는지 모르겠어" 하는 대사를 읊었고, 수환은 기다렸다는 듯이 "이리 와" 하며 두 팔을 벌렸다. 몇 분 후는 뻔하다. 모텔 침대 위의 너와 나.

나는 소매 속에서 주먹을 꼭 쥐었다. 그리고 스물넷을 앞두고 나에게 쏟아졌던 엄마와 친구들의 부정적인 의견들을 떠올렸다. 엄마와 나란히 앉아 〈웰컴 투 동막골〉 영화를 볼 때였다. 슬그머니 내 남자 친구의 부모님이 서 비슷한 산골에서 삭은 치킨 가게를 운영하고 계신다는 얘기를 꺼내자, 엄마는 자상하게 미소 지으며 말씀하셨다.

"결혼할 거 아니면 연애는 그만하면 됐어. 정리하렴."

엄마의 입에서 '결혼'이라는 단어가 나왔을 때 나는 경악했다. 내게 결혼이란 지구인들이 화성에 제2의 도시를 건설하는 순간만큼이나 먼 훗날의 이야기였다. 그 단어는 제발 넣어두라고 바락바락 대들면서도 엄마의 말에 무의식적으로 동의하는 내게 또 한 번 경악했다.

친구들과는 4학년 2학기에 접어들면서부터 남자 친구의 비전에 대해 얘기하는 시간이 늘어났다. 졸업 전부터 취업이 된 똑똑한 친구부터 취업이 어떤 모음과 자음으로 이루어졌는지도 모르는, 내 상태와 비슷한 친구들까지 하나같이 남자 친구의 장래를 객관적이고 냉혹한 시선으로 분석했다. 친구들은 입을 모아 주장했다.

"이제는 현실적으로 연애할 때야."

여기서 '현실적인 연애'란 물론 훗날 저 남자와 결혼을 결심했을 때 부모님이 물을 기본적인 조건들(어디 사니? 어느 학교를 나왔니? 직업은 뭐니? 부모님은 뭘 하시니?)을 만족시키는 남자를 만나는 것을 뜻한다.

나는 점점 내가 잘못된 연애를 하고 있다는 불안감에 휩싸였고, 자연스레 마음의 문이 도어락 번호를 바꿔버렸다. 남 탓을 하는 건 아니지만 나는 원래가 우유부단이란 단어의 창시자 같은 인간이다.

대학 졸업을 앞두고 있는 여자에게, 거기다 취업에 눈곱만치도 관심이 없는 여자에게, 결혼은 먼 훗날의 이야기가 아니다. 내가 '취집'이라는 멍청하고 게으른 어감의 단어에 목을 매야 하는 지경에 이르렀다는 사실이 당혹스러웠다. 그러나 인간은 원래가 적응력이 빠른 동물이라 자신의 처지를 깨닫는 즉시 해결책을 강구하기 마련이다. 나에게 그 해결책이란, 극단적이게도 이별이었다.

만약 수환이 의대생이거나 법대생이었다면 얘기가 달라졌겠지만, 슬프게도 그는 대한민국에 넘쳐나는 경영학도다. 내가 남자의 조건과 상관없이 오로지 사랑만을 외치는 여자라면 훨씬 따뜻한 결말이 날 수도 있었겠지만, 불행히도 나는 속물이다. 집 앞에서 나를 기다리고 있다는 그의 문자에 가슴이 미어지면서도 빛의 속도로 비비크림을 바르고 머리를 섹시하게 헝클어트리는 여자. 마지막 뒷모습까지 스타일리쉬하게 기억되고 싶어하는 여자. 그게 나다.

그런 남자와 그런 여자의 결말은 늘 이런 식이 아닐까 생각한다. 뜨거운 사랑으로 미래를 약속했지만, 막상 결혼까지 생각하자 괴상하게도 식어버린 사랑으로 마침표를 찍게 되는 것.

그리고 결국은 여기까지 와버렸다. 남남의 세계로.

"이제는 정말 끝내야 할 때 같아. 오빠도 인정하잖아. 우리가 다시 예전으로 돌아갈 수 없다는 거."

여기서 제발 '어떻게 사랑이 변하니'를 말하지 않기를 빈다.

"……난 네가 다른 여자들과는 다른 줄 알았다."

차라리 어떻게 사랑이 변하냐고 묻는 것이 나을 뻔했다. 수환의 한마디에 심장이 덜컥 내려앉았다.

"무슨 뜻이야?"

"선배들이 그러더라. 여자는 대학 졸업하면 순식간에 변한다고. 아주 당당하게 남자 조건 따져가면서 연애한다며."

"그게 나랑 무슨 상관인데?"

"모르는 척하지 마. 우리가 언제부터 자주 싸우게 됐는지, 너도 알잖아."

그가 무엇을 말하는지 알고 있다. 사건의 발단은 나의 졸업사진 촬영 날짜가 정해지면서부터였다.

여대생이라면 알 것이다. 졸업사진 촬영이 무엇을 의미하는지. 촬영 1주일 전부터 모든 대화는 사진 잘 받는 의상과 솜씨 좋은 메이크업 스튜디오에 대한 정보 공유로 흘러가며, 친구들에게 점찍어놓은 의상을 선보이며 코멘트를 받고, 대학 시절 4년을 통틀어 가장 고가의 의상을 구입하고, 그에 어울리는 헤어스타일을 연구하는 것을 뜻한다.

나는 '타임'에서 총 백 만 원에 가까운 재킷과 스커트를 구입했고 민희가 소개시켜준 청담동 헤어숍에서 메이크업과 머리를 했다. 그리고 수환은 그 사실에 경악하다 못해 기절하려 했다. 그리고 내게 물었다.

"왜 그렇게까지 돈을 퍼붓는 거야? 고작 사진 한 장이잖아!"

나는 눈이 두 배로 커 보이고 얼굴이 절반으로 작아 보이는 연예인 메이크업을 하고서도 주눅 든 얼굴로 대답했다.

"다들 그렇게 해서."

그날 나는 우리의 만남을 통틀어 가장 화려하고 예쁜 모습을 하고 있었지만, 수환은 그저 한심하다는 얼굴로 나를 바라보았다. 나는 지극히 여자다운 개념으로 내 변신을 칭찬해주지 않는 수환에게 화를 내며 돌아섰다.

그리고 돌아오는 버스 안에서 끊임없이 그의 질문에 대해 생각했다.

왜 그렇게까지 돈을 퍼붓는 거야?

나는 정말 왜 사진 한 장에 그렇게까지 돈을 쏟아 부어야 하는지 몰랐다. 단지 졸업사진 촬영 공지를 받은 후 호들갑을 떠는 선배들과 친구들의 열기에 함께 휩쓸렸을 뿐이다. 모두가 비싸고 제대로 된 옷을 입고 제대로 된 곳에서 메이크업을 받아야 한다고 하니 그렇게 하지 못하면 뒤처진다고 생각했다. 그러나 지금 와서 생각해보면 함께 호들갑을 떨었던 우리 과 사람들 중 과연 몇몇이나 비싼 돈을 바른 졸업사진의 의미를 설명할 수 있었을까?

어쨌거나 내가 내린 결론은 이것이었다. 나는 졸업사진 촬영이라는 핑계로 고가의 옷과 메이크업을 누려도 상관없는 집안의 자식이지만 수환은 아니라는 것. 게다가…… 그가 졸업사진을 찍으려면 남자 정장 트렌드가 적어도 세 번은 뒤바뀔 만큼 오랜 시간이 남았다는 것.

그때부터 나는 옆집에서 풍기는 갈비찜 냄새처럼 은밀하면서도 확실한 이별의 예감을 맡아왔다. 그 사실을 철저히 숨겨왔다고 생각했지만 수환은 우리 균열의 시작이 어디서부터였는지 정확하게 알고 있었다.

"그동안 날 재본 거야? 다시 시작하기엔 조건이 탐탁지 않지만 완벽하게 헤어지기엔 아까워서 뜸들인 거였냐고."

그의 목소리에 날이 서 있다. 나는 화가 난 눈으로 그를 쏘아보았지만 그의 날 선 목소리에 논리정연하게 반박하지 못했다.

"아니면 너희 엄마가 그래? 비슷한 수준의 집안 남자를 좀 만나라고?"

그는 이해할 수 없다는 눈으로 놀이터 주변의 목동 단지를 바라보았다. 어느 모로 보나 낡고 평범한 아파트. 그는 이 동네가 대한민국에서 집값이 가장 비싼 일곱 동네 중 한 곳이라는 사실을 얼마 전에야 알았다. 그러나 이 동네에서 학창시절을 보낸 여자아이들이 어릴 때부터 엄마에게 어떤 세뇌교육을 받으며 자라는지는 모를 것이다.

"무슨 말을 그렇게 해? 그냥…… 마음이 예전 같지 않아. 그게 다야."

하지만 이 전형적이고도 속물적인 이유를 내 입으로 인정하기란 역시 어려운 일이다.

"……난 유민이 네가 순수해서 좋았어. 솔직히 처음에 네가 연극영화과라고 했을 때, 난 반신반의했다. 친구들이 그랬거든. 연영과 여자애들은 돈 밝히는 애들 많다고. 자기 예쁘고 잘난 거 아는 애들이라 남자 우습게 본다고. 그런데 넌 안 그런 것 같았어. 내가 돈 없고 차 없어도 계속 만나줬잖아. 네 주변에 분명 나보다 조건 좋은 남자들 많았을 텐데.”

“……”

“이제는 지치니?”

수환이 정곡을 찌른다. 나는 긍정도, 부정도 하지 않은 채 입만 꾹 다물었다.

어느 웹사이트에서 남자들이 여자들을 비난하며 쓴 글이 올랐다. 남자들은 처음부터 끝까지 ‘예쁜 여자’를 고집하지만, 여자들은 ‘잘생긴 남자’를 고집하다가 나이가 들면 ‘돈 많은 남자’로 차선을 바꾼단다. 그래서 여자들이 훨씬 이중적이고 속물적인 동물이라고 했다.

하지만 남자들은 하나만 알고 둘은 모른다. 경제적 조건이 불만족스럽다는 이유로 남자 친구에게 이별을 고하는 냉혹한 여자들의 머릿속을 가장 크게 차지하는 것은 얼굴조차 모르고 만날지도 불확실한 새 애인의 차(어쨌든)와 생일선물로 받을 명품 가방(어쨌거나)이 아니다. 거실에서 마주칠 때마다 의미 모를 한숨을 푹푹 쉬는 엄마의 얼굴이다. X염색체로 태어나 해야 할 효도를 외면하고 있다는 원인 모를 죄책감이다. 언제부터 가난한 남자를 만나는 것이 불효의 대명사가 되었는지 모르겠다. 모르는 게 이것만도 아니다.

사실 나는 수환과 '이제 그만' 헤어져야 한다는 강박관념이 도대체 어느 행성에서부터 날아온 것인지조차 모른다. 졸업사진을 찍으며 불분명한 이유로 고가의 옷을 덜컥 구입했던 것처럼, 나는 늘 정체불명의 압박감에 굴복하면서도 내가 어째서 이런 행동을 하고 있는지 이유를 명확하게 설명하지 못했다. 언젠가부터 세상은 너무 복잡해졌다. 나는 스물네 살이 될 때까지 안락한 욕조에서 부모님이라는 이름의 수도꼭지를 틀어 경제적 풍요로움이란 따뜻한 물속에서 살아왔다. 그런 내게, 대학 졸업이란 그동안 밀렸던 청구서를 한꺼번에 투하하는 전투용 제트기처럼 느껴졌다.

귀하께서는 그동안 취업 준비에 대한 노력을 납부하지 않으셨으니 젊음의 유예 기간을 차압하고 백조 처분을 내리도록 하겠습니다.

귀하께서는 그동안 〈영원한 사랑〉이라는 핑클 노래 제목에 기댄 실속 없는 연애를 해오셨으니, 이제 그만 정리하시고 부모님께 소개시켜도 괜찮을 만한 남자를 적극적으로 찾아보겠다고 약속해~줘.

귀하의 인생 통장 내역입니다. 남아 있는 잔액은 맞선에서 최후의 메리트로 작용할 스물넷의 나이와 부모님 덕분에 타고난 늘씬한 몸매입니다. 미약하나마 가능성도 남아 있긴 합니다만 곧 마이너스가 될 예정입니다. 남은 잔액을 어디에 분산 투자하실지 조속히 결정해주시기 바랍니다. 선택사항으로는 클럽, 소개팅, 맞선, 늦은 취업 준비가 있습니다. 인생 펀드 매니저의 소견으로는 '취집'을 추천해드립니다. 귀하와 같은 여성 고객들의 투자가 급증하고 있으며 수익률도 안정적인 편입니다.

단 한 번도 치러야 할 금액을 제때 납부하지 않았던 나로서는 갑작스러운 독촉이 당혹스러울 따름이다. 산더미처럼 쌓인 청구서를 뒤적거리며 인생 펀드 매니저가 추천한 취집에 강하게 끌린다는 사실을 애써 외면했다. 그것은 왠지 평생에 걸친 '엄마와 딸의 전쟁'에서 백기를 드는 일처럼 느껴졌다. 내 인생에 대한 책임감을 다하지 않았다는 죄책감이 드는 것은 물론이다.

그러나 어떻게 이 년이나 사랑했던 남자를 앞에 두고 이런 사실을 솔직하게 털어놓을 수 있을까?

"괜한 자격지심으로 몰아붙이지 마."

"나도 더 이상은 구질구질하게 매달릴 생각 없어. 이게 우리 마지막이라고 쳐. 마지막까지 거짓말할 생각이야?"

"왜 거짓말이라고 생각해?"

"그게 아니라면 우리가 헤어질 이유가 없으니까."

"난 졸업했어, 오빠. 이젠 좀 더 나 자신에게 집중하고 싶어."

앞으로 누군가에게 이런 얘기를 듣게 된다면 나의 업보라 생각하고 절대로 토 달지 않겠다.

"집중? 너한테 집중이 뭔데? 난 너와 이 년이나 연애했지만 네가 널 위해 투자하는 걸 한 번도 본 적 없어. 쇼핑이 투자라면 할 말 없지만."

얼굴이 확 달아올랐다. 역시 그는 나를 너무 잘 알고 있다.

"유민이 넌 그 나이 되도록 세탁기 하나도 못 돌리는 애야. 된 장찌개 하나 못 끓이고 방 청소도 너희 어머니가 일주일 내내 잔소리해야만 간신히 하지. 넌 세상 물정이 어떻게 돌아가는지 아무 관심도 없어. 그런 거 몰라도 너희 부모님이 알아서 다 해주시니까. 넌 거기에 완전히 길들여진 대책 없는 철부지야."

"갑자기 왜 그런 독설을 퍼붓는 거야? 그리고, 내가 그런 여자라면 그런 여자랑 이 년을 연애한 오빠는 뭔데? 오빠는 내 뭘 보고 만났던 건데?"

"난 그냥 네가 좋았어."

수환은 내 눈을 바라보며 한 글자 한 글자 또박또박 얘기했다. 그것은 우리가 완벽하게 달라졌다는 증거이기도 했다.

나는 더 이상 남자를 '그냥' 좋아할 수 없는 나이가 되어버렸다.

"내가 마지막으로 이런 잔인한 말을 하는 건 널 위해서야. 넌 너 자신을 좀 돌아볼 필요가 있어. 아마 넌 앞으로 나 같은 남자는 만나지 않으려고 할 거야."

"왜 그렇게 자신을 깎아내려⋯⋯."

수환의 담담한 목소리는 나를 주눅 들게 만들었다. 무의식적으로 그의 팔을 잡았지만, 그는 내 팔을 밀어내며 한 걸음 더 뒤로 물러섰다.

"넌 네 잘난 척하는 친구들을 통해서 널 근사한 레스토랑으로 데려가줄 수 있는 조건 좋은 남자를 만날 거야. 어쩌면 여러 명과 데이트하면서 재고 또 재겠지. 내가 봤을 때 네가 생각하는 투자는 그것밖에 없거든. 넌 이 년간 나와 사귀면서 한 번도 무엇이 되고 싶다거나 어떤 꿈을 갖고 있다고 얘기한 적 없었어. 내가 물어볼 때마다 넌 현재에 충실하면 미래는 저절로 따라온다는, 그럴듯한 개똥철학으로 네 현실을 외면했어. 그랬던 네가 이제 와서 자신에게 집중하고 싶다고? 그건 나한테 이렇게 들려. 나보다 더 조건 좋은 남자를 만나고 싶다고."

나는 더 이상 토를 달지 않았다. 수환은 최후의 순간까지 진실을 인정하지 않으려는 여자 친구에게 낮고 조용한, 내가 언제나 사랑했던 그 목소리로 경고했다.

"넌 알아야 돼. 넌 예쁘고, 밝고, 재치 있고, 몸매도 좋지만, 결정적인 게 빠졌어. 지금의 넌 존중받을 구석이 없는 여자야. 그리고 그런 여자는, 어떤 남자도 진지하게 생각해주지 않아."

내가 왜 이런 얘기를 듣고 있어야 하지? 긴 후드 소매 안에서 덜렁거리던 손으로 세게 주먹을 쥐었다.

"그건 오빠도 마찬가지야."

황금빛 가로등이 켜진 안온한 분위기의 놀이터에서, 나는 내가 생각했던 '아름다운 이별'의 정반대 방향으로 전력 질주하고 있었다.

"지금 그 상태의 오빠와 미래를 진지하게 생각할 여자는 어디에도 없어. 오빠야말로 현실감각이 필요하다고!"

그리고 두 사람 모두 상처받은 얼굴로 서로를 마주했다. 나는 '진짜 끝'이 왔음을 직감했다.

"……네가 '그런 여자'인 줄 몰랐어. 속은 기분이다."

수환은 서글픔과 냉정함이 뒤섞인 목소리로 최후의 작별 인사를 했다. 그리고 머뭇거림 없이 뒤돌아섰다. 그의 낡은 운동화가 까칠한 모래를 헤치며 나아간다. 그의 검은색 노스 페이스 바람막이가 놀이터 주변을 감싼 무성한 수풀 사이로 사라진다. 미련 남은 목소리로 부르는 내 이름과 내가 잡아주길 바라며 마지막으로 돌아보는 그의 모습 따윈 없다. 오 분 정도가 흐르고, 나는 그가 정말 떠났다는 것을 인식하며 그네로 거의 주저앉다시피 했다.

이것은 내가 상상했던 '진짜 마지막' 이별과 너무 달랐다. 우리가 처음 헤어졌을 때 수환은 매달렸고 나는 가슴 아프게 돌아섰다. 그것이 여자가 상상하는 최고의 이별이다. 누구나 입으로는 그 남자가 완전히 나한테 정떨어져서 마음을 정리해주었으면 좋겠다고 잘도 떠들어댄다. 그 남자가 가슴 아파하는 모습을 보며 죄책감을 느끼기 싫다는 자기보호적인 배려를 곁들여.

그러나 헤어지자는 말이 떨어지자마자 '그래' 하며 토 한 번 달지 않고 떠나는 남자의 뒷모습은, 현실적으로는 최악이다. 그것은 나의 드라마 본능과 부합하지 않는다. 누군가 매달리거나, 눈물을 흘리거나, 무릎을 꿇거나, 자살을 하겠다며 시멘트에 머리 찧는 시늉이라도 해야 드라마가 성립된다.

그러나 지금은…… 지구상 수백만 커플들의 그저 그런 이별과 별 다를 바 없는 시시하고 허무한 이별일 뿐이다. 못 다한 냉혹한 말들을 쏟아내고, 헐뜯고, 상대방이 고통 받는 얼굴을 확인한 후 돌아서는 사디즘과 마조히즘의 극치.

나는 코를 킁킁거리며 후드 주머니에 손을 넣었다. 당연히 그에게 뒷모습을 보이며 떠날 줄 알았다. 그래서 뒷모양이 예쁜 후드를 골라 입었는데, 결국 이 꼴이 됐다. 현실은 늘 이 모양 이 꼴이다. 생각했던 대로 되는 것이라곤 아무것도 없다.

앞으로 내가 살게 될 현실세계의 축소판을 경험한 것 같다. 오래된 연인과의 이별로 나의 새로운 인생, 암담하고 으슥한 이십 대 중반의 서막을 연 것 같다. 출처 모를 두려움으로 어깨를 수그렸다. 그리고 현재의 내 모습을 정당화시킬 가장 그럴듯한 변명, 상대방에게 연민과 동정을 자아내는 그 변명을 마지막으로 중얼거렸다.

"나도 처음부터 그런 여자는 아니었어."

하이힐, 뽕, 블랙 미니드레스

여섯 시까지 압구정동! 안 나오면 사살!

혜지의 갑작스러운 연락을 받고 또다시 압구정동으로 기어 나왔다. 약속 시간은 저녁 여섯 시였지만 내가 '유니클로' 앞에 도착했을 때는 여섯 시 반이었다. 혜지는 역시 없었다. 혜지의 시계는 전 세계의 어떤 시계보다도 늦다. 디스플레이 된 신상 옷들을 물끄러미 구경하고 있는데, 누군가 밀어 죽일 것처럼 내 등을 세게 밀쳤다. 뒤를 돌아보니 귀에서 이어폰을 빼며 미안한 표정을 짓고 있는 혜지가 서 있었다.

"미안! 내가 커피 쏠게!"

사과의 의미로 쏘는 커피 값만 절약해도 한 달 차비 정도는 아낄 수 있을 텐데. 나는 혜지의 머리카락을 장난스럽게 잡아당긴

후 나란히 골목길로 향했다.

윤혜지. 우리 중 가장 쾌락주의적 가치관을 가진, 한숨이 나올 정도로 이기적인 외모의 소유자다.

혜지 덕분에 나와 내 친구들은 압구정에서 꽤 잘나가는 무리인 척할 수 있었다. 그녀 때문에 공짜로 들어간 클럽이 지천에 널려 있으며 그녀 덕분에 연예인과 부킹한 적도 셀 수가 없다. 연예인들 앞에서 아무리 초연한 척하려 해도, 왕년에 내가 좋아했던 그룹 X와 부킹했을 때는 어쩔 수 없이 흥분하며 술을 퍼마셔야 했다. 물론 내가 목을 맸던 모 멤버가 혜지를 '선택'해 룸을 나섰을 때, 굉장한 충격을 받긴 했지만 말이다. (다음 날 혜지는 시큰둥한 얼굴로 그를 '아기 토끼'라 지칭했다. 작고 빠르다는 뜻이다.)

어쨌든 혜지는 그런 친구다. 클럽을 아지트로 삼고, 남자들이 코앞까지 대기시키는 차를 제 발처럼 여기며, 지갑 없이 하루 종일 다녀도 여기저기서 연락 오는 남자들이 모든 식사를 해결해주는, 여자의 미모가 어떻게 권력이 될 수 있는지 제대로 보여주는 친구.

"급한 일이라도 있어? 죽어도 나와야 한다고 해서 놀랐잖아."

"실은 내가 너한테 할 말을 잊고 있었어. 일단 올라가자."

우리는 '디 초콜릿' 카페 앞에서 파는 베이컨 소시지 핫도그 두 개와 아이스커피 두 잔을 시켜서 2층으로 올라갔다. 혜지는 눈 밑이 거뭇거뭇했고 모자를 푹 눌러쓴 채 후드까지 뒤집어쓰고 있었다. 잠바 안으로 그녀의 풍만한 가슴이 훤히 드러나는 섹시한 탑이 보인다. 분명 오늘 새벽 다섯 시까지 클럽에서 흔들다 이 시간이 되어서야 기어 나왔을 것이다.

"유민아……. 나 실은 너한테 할 말이 있어."

그녀가 죄스러운 얼굴을 하며 고개를 숙이자 불안해지기 시작했다. 사고뭉치라는 귀여운 표현보다 사고 테러라는 말이 더 어울리는 그녀가 이번에는 또 무슨 짓을 저질렀을까. 가장 먼저 생각나는 건 그녀의 자궁에 이미 자리 잡고 있을지도 모를 새끼손톱만한 태아였다. 우리 중 가장 피임과 거리가 먼 혜지는, 재작년에 낙태를 했다. 그때 나는 굉장한 충격을 받았고, 그 후로 늘 혜지에게 엄마처럼 피임에 관해 충고하곤 했다.

"임신?"

"네 잔소리 때문에 요즘 늘 콘돔 써."

"어머니한테 무슨 일 있어?"

혜지의 미모는 하늘에서 뚝 떨어진 것이 아니다. 혜지의 어머니는 80년대에 여배우로 활동하셨다. 윤정희처럼 영화사에 남을 만한 배우는 아니지만, 지금도 인터넷에 혜지 어머니의 이름을 치면 그녀가 출연한 작품과 왕년의 미모가 돋보이는 사진 몇 장이 검색될 정도다. 혜지의 어머니는 스물네 살에, 그러니까 내 나이에 굉장한 갑부와 화려하게 결혼하며 영화계에서 은퇴했다.

그러나 행복한 결혼 생활은 얼마 가지 못했다. 혜지의 아버지는 (혜지의 과격한 표현에 따르면) '젊고 어린 여배우에 환장하는 색마'였고, 혜지의 어머니가 서른 살에 접어들 무렵 바람을 피우기 시작했다. 상대는 자기 나이의 반밖에 되지 않는 어린 신인 여배우였다고 한다.

혜지의 어머니는 엄청난 위자료를 요구하며 이혼 소송을 걸었다. 한 번 바람피운 남자는 영원히 바람피운다는 것이 혜지 어머니의 지론이었다. 남편은 거액의 위자료를 순순히 물어주며 이혼 서류에 사인했다. 혜지가 여섯 살 때의 이야기다.

스무 살에 떠난 엠티에서, 혜지는 처음으로 자신의 가족사를 털어놓았다. 그리고 나는 생각했다. 어째서 예쁜 애들은 인생마저 드라마틱할까?

우스운 사실은 본인에겐 끔찍했을 이런 불우한 가족사가, 듣는 제3자들에게는 꽤나 매력적으로 느껴진다는 것이다. 평탄하기 짝이 없는 인생을 살아온 나 같은 인간들의 특징일지도 모르겠다. 쉽게 얻을 수 없는 평범한 삶에 염증을 느끼고 드라마틱한 삶을 동경하는 건, 어쩌면 소시민들의 숙명이 아닐까.

게다가 이런 콩가루 가족사는 우월한 외모와 맞물릴 때 모든 기행을 정당화시키는 힘이 있다. 잘생긴 바람둥이와 아름다운 만성 우울증 환자가 등장하는 수많은 영화들이 그 증거다. 혜지만 해도 그렇다. 그녀의 심각할 정도로 자유분방한 성격은 가끔,

불우한 가족사를 바탕으로 비극의 여주인공 효과를 내곤 했다.

"나에 관련된 얘기는 아니야."

"뭐야, 그럼?"

"사실은 오늘 소개팅이 있어."

"누구?"

"너."

"뭐?"

너무 황당한 사실에 들고 있던 핫도그까지 놓쳐버렸다. 테이블에 질펀하게 떨어진 케첩을 보니 입맛이 떨어졌다.

"나도 모르는 소개팅 약속을 네가 어떻게 알아?"

"미안해! 사실은 일주일 전에 얘기했어야 하는 건데, 깜빡 잊었어. 너도 알잖아. 나 치매기 있는 거……."

"실버타운에 넣어줘? 무슨 말도 안 되는 소리야? 내일도 아니고 오늘? 이 꼴로?"

오늘 저녁에 내 소개팅을 준비했다는 여자가 예쁘게 입고 나오라는 말 한마디 하지 않은 건 모험이자 계략이다. 나는 아래위 핑크색 트레이닝복 차림이다. 2003년 이효리가 유행시킨 패션이지만 지금까지도 줄기차게 입고 다닌다. 게다가 쌩얼이다. 쌩얼 열풍이 시작된 이후로 압구정동에는 보기 안쓰러울 정도로 무례한 쌩얼로 트레이닝복을 걸치고 돌아다니는 여자들이 많아졌다. 마치 '저 이 동네 살아서 요 앞에 잠깐 나온 거예요'를 온몸으로 주장하듯. 그러나 정식 소개팅이라면 얘기가 다르다.

"걱정 마. 여덟 시에 '아델'에서 만나기로 했어. 아직 시간 남았으니까 지금부터 쇼핑하면 되지."

"플랫이라도 신고 나오라고 말해주지! 신발까지 다 사야 되잖아!"

나는 내 발에 신겨진 투박한 디젤 운동화를 건들거리며 쏘아붙였다. 운동화를 신고 소개팅에 나가는 건 동방예의지국 백성으로 할 짓이 아니다.

"너 나랑 신발 사이즈 똑같잖아. 내 거 신어. 이거 슈콤마보니 신상이야."

혜지가 생긋 웃으면서 발을 까닥거린다. 그녀의 얇고 예쁜 칼발에 새파란 색상의 스틸레토 힐이 신겨 있다.

"화장은!"

"윤혜지한테 파우치 빼면 아무것도 없는 거 잊었어?"

그녀는 구찌 백을 턱 소리 나게 데이블에 올려놓더니 그 안에서 디올 로고가 선명하게 새겨진 대형 파우치를 꺼냈다. 메이크업 아티스트의 수제자라 해도 믿을 만한 온갖 화장품과 브러시들이 자신만만한 표정을 짓고 있다.

"'이니스프리' 가서 클렌징 폼 손등에 묻혀 와. 여기 화장실에서 일단 세수부터 하고, 전투태세 갖추자."

"안 내키는데……. 그냥 오늘 나 급한 일 생겼다고 하고 취소

해버려."

"실은, 내가 아는 오빠가 내 미니홈피에서 네 사진 보고 먼저 소개시켜 달라고 했거든."

귀가 솔깃하다. 이 세상에는 두 종류의 소개팅이 있다. 간단히 말해서, 굶주린 여자의 애원 하에서 이루어지는 소개팅과 배부른 여자가 후식으로 곁들이는 소개팅이다.

남자에 굶주리다 못해 아사 직전까지 이른 여자들은 간신히 잡힌 소개팅에 삶 전체를 건다. 일단 그 남자의 기본적인 신상 명세를 주기도문처럼 외우는 건 물론이고, 자신의 소개팅 사실을 만천하에 공개하며 친구들에게 성공 전략을 전수받는다. 내 친구 모 양은 1년 만에 준비된 소개팅을 앞두고 얼굴도 모르는 그 남자와 결혼까지 생각해봤노라고 고백했다. 사랑을 갈구하는 여자들이 남자에게 목을 매는 수준은 상상을 초월한다. 가벼운 마음으로 소개팅 자리에 나간 남자들이, 상대방이 이미 자신의 생년월일을 이용해 궁합까지 봤다는 사실을 안다면 무슨 생각을 할까. 남자들이여, 당신과 내일 소개팅 하는 그녀의 이야기일 수도 있다.

그에 비해 배부른 여자의 소개팅은 남자의 부탁에 의해 이루어진다. 주로 현대인들의 필수 주소지인 미니홈피를 통해 성립되는 경우가 많다. 그 여자 괜찮던데 애인 있어? 남자 쪽에서 적극적으로 대시하면 주선자를 통해 소개팅이 성립된다. 이런 식의 소개팅은 일단 얼굴이나 몸매 같은 외적인 조건이 이성에게 '선택'받았다는 뜻이기에 결과와 상관없이 기분 좋은 자리로 기억되기 마련이다. 나는 금세 기분이 좋아져 이 소개팅을 긍정적으로 검토하기로 했다.

"언제?"

"꽤 됐어. 왜 지환이 오빠가 '앤써'에서 생일파티 했을 때 찍은 사진 있잖아."

"바비 브라운에서 스모키 메이크업 받고 갔을 때 찍은 거? 야! 그건 정식으로 메이크업하고 찍은 사진이잖아!"

"그때 너 진짜 예뻤잖아! 몸에 쫙 달라붙는 탑에 트루 릴리젼 입었었나?"

"관두자. 누가 메이크업 다 받고 클럽 조명 아래서 사진 찍는데 안 예뻐 보이겠냐? 내 얼굴 보자마자 누구세요, 할 판이다."

"아냐! 오빠가 너 같은 스타일에 완전 환장한단 말이야!"

"내 쌩일에 환장하고 도밍가겠다!"

"걱정 마. 아이라이너 색깔별로 다 있어. 메이크업은 나한테 맡기고, 일단 쇼핑부터 하자. 섹시한 스타일로. 오케이?"

나는 한숨을 쉬며 습관처럼 핸드폰을 매만졌다. 그 순간 내 손길을 기다리기라도 했다는 듯 핸드폰이 방정맞게 몸을 떨었다. 소개팅 남이다. 나보다 1센티미터 더 큰 그.

"네, 오빠."

"어디에요?"

"압구정동 로데오요. 친구랑 커피 마셔요."

"그 동네 있어요? 시간 나면 저녁이나 같이 할래요?"

압구정동은 여러 의미에서 '그 동네'로 불린다. 수환에게는 인천이나 수원, 강원도 두메산골과 다를 바 없는 '그 동네'였고, 근처 잠원동에 사는 이 남자에게는 '우리 동네'라는 의미의 '그 동네'다.

나는 이 동네를 우리 동네라 부르는 남자를 만나고 싶어 수환과 헤어졌다. 이별의 이유를 솔직하게 얘기하라라면 이 대답 외엔 할 말이 없다. 내 남자 친구의 비전을 깎아내린 건 주변사람일지 몰라도, 결국 그 말에 동의하고 냉정한 판단을 내린 것은 나다.

세상은 달라졌다고, 젊은 여자가 대학 졸업 후 조신하게 신부 수업 받다가 시집가는 세상은 끝났다고들 얘기한다. 엄마들은 생산성 없는 주부 생활을 끊임없이 깎아내리며 너희 세대 여자들에게 직장은 필수품이라고 열변을 토한다. 그러나 정작 딸들이 어떤 멋진 직업을 가지고 있냐와 상관없이 만나는 남자의 집안이 눈에 차지 않으면 연애고 결혼이고 무조건 반대하기 마련이다. 결국 나의 세대 여자들은 좋은 직장을 갖는 것과 동시에 좋은 집안의 남자를 만나야 하는 엄마의 두 가지 열망을 함께 충족시켜야 한다. 해야 할 일이 바뀐 것이 아니라 늘어난 것이다. 묘하게 공존하는 현재와 1980년은 늘 여자들을 힘들게 한다.

그래서 정확히 어떤 남자를 만나고 싶은지 스스로에게 물으면, 늘 정형화된 대답들만 튀어나온다. 강남에 사는 남자, 외제차를 모는 남자, 명문대를 졸업하고 연봉이 평균치 이상 되는 남자.

도대체 요 이미지는 어디에 사시는 누가 보내주신 걸까? 온갖 곳에서 이 정형화된 이미지를 외치니 이런 남자를 만나지 못하면 내 인생이 잘못되기라도 할 것 같다.

"죄송해요. 친구랑 선약한 거라 다음에 시간 내야 될 것 같아요."

"그래요…… 어쩔 수 없죠, 뭐."

이로서 그의 데이트 제안을 거절한 것이 벌써 두 번째다. 이 남자에게 기본적인 눈치가 있다면 더 이상 연락하지 않으리라 믿는다. 대부분의 소개팅은 늘 이런 식으로 막을 내린다.

"안 어울리게 순진한 척하기는."

폴더를 닫는 순간 혜지기 악을 도모하는 자 같은 음험한 얼굴로 빈정거렸다. 우리 둘 다 서로에 대해 신물 날 정도로 잘 알고 있다. 나는 아이스크림 가게에 갈 때마다 거침없이 다른 맛을 탐험하는 모험가는 아니지만, 늘 먹는 아이스크림을 손에 들고 시식용 스푼으로 다른 맛을 살짝 맛보는 아마추어 탐험가였다. 혜지는 내가 남자를 먹어치우기보단 살짝 핥아보기만 하는 스타일인 걸 잘 알고 있었고, 괜찮은 소개팅 자리가 있을 때마다 내게 손짓했다. 나는 남자 친구가 있든 없든 한 번도 거절하지 않았다.

남자 있는 여자들의 끊임없는 소개팅 시도에 대해 친구들과 열띤 토론을 벌인 적이 있다. 소개팅남과 잘돼가는 여자, 오래된 남자 친구가 있는 여자, 심지어 양다리 걸치는 여자들까지도, 소개팅 제의가 들어오면 왜 거절하지 않는 걸까?

수진이 제시한 이유는 '의심'이었다. 수진은 여자들이 늘 의자가 세 개인 테이블에 앉아 있다고 했다. 내가 앉는 의자, 의심이 앉는 의자, 그리고 우리 삶에 정착하지 않는 수많은 사람들이 오가는 주인 없는 의자 하나. 여자와 의심은 단짝이라, 둘은 늘 빈 의자에 앉는 사람들에 대해 끊임없는 대화를 나눈다. '의심'을 이기지 못한 사람들은 끝내 그 자리에서 밀려나 우리의 삶에서 점차 멀어지고 만다.

그러다 의심을 무시해버릴 정도로 매력적이고 믿음직스러운 누군가가 빈 의자를 차지하고 앉는다. 여자는 오래된 단짝 친구인 의심을 저버리고 새로운 파트너와 오랜 시간을 함께한다. 그러나 영향력이 작아졌을 뿐 늘 테이블 한자리를 차지하고 있던 의심은, 끊임없이 여자와의 대화를 시도한다.

그와 함께라면 정말 행복할 것 같아?

어쩌면 네 다른 운명의 상대자를 만나기 전 잠시 머무는 경유지가 아닐까?

만약 훨씬 월등한 조건의 남자가 너를 찾아왔을 때, 그가 네 옆에 있다는 이유만으로 황금 같은 기회를 차버리는 일이 생기진 않을까?

그렇게 흔들리기 시작했을 때 한눈을 팔 수 있는 기회가 주어지면, 여자는 기꺼이 수락하고 새로운 만남에 대비한다. 더 좋은 남자를 만나기 위한 기회의 문을 언제라도 열어두는 것이다.

이것은 결국, 이 시대의 여자들이 아직도 '남자가 여자의 인생을 결정한다' 같은 조선시대적인 관념에 지배받고 있다는 사실을 뜻한다. 시대착오적인 발상이라 욕할 필요는 없다. 우주선이 화성에서 축축한 흔적을 찾고 있는 이 시대에도, 여전히 대한민국 엄마들은 스무 살도 되지 않은 딸들에게 '여자의 인생은 결혼으로 결정된다'라는 확고한 신념을 주입시킨다. 나 역시 남자라는 존재를 사회학적 관점에서 인식하기 시작한 시점부터 그 말을 지겹도록 들어왔다. 이 남자 저 남자 재보며 조건을 따지는 여자들의 습성은, 어쩌면 엄마들이 물려준 70년대의 유물일지도 모르겠다.

"이럴 시간 없어. 쇼핑하자!"

혜지가 자리를 박차고 일어섰다. 깊게 생각하지 말자. 어차피 까짓 소개팅이다. 잘되면 그때 앞날을 생각해 보면 되고, 안되도 그만이다. 우리는 신나는 걸음으로 카페 계단을 내려갔다.

♥

"이 원피스!"

나와 혜지는 색깔별로 옷을 분류해 놓는 자주 가는 로드샵으로 들어섰다.

나는 무채색 라인에서 서성거렸고, 혜지는 비비드한 컬러의 과감한 의상들을 추천했다. 혜지라면 몰라도, 난 핫핑크색 탑원피스를 입고 소개팅에 나갈 용기가 없다.

결국 하이힐 색깔과 첫 소개팅 자리라는 것을 고려해, 가장 무난하고 깔끔한 블랙 미니드레스를 골랐다.

이 시대 여자들의 필수 패션 아이템을 세 가지만 꼽으라면, 난 하이힐과 뽕 다음으로 블랙 미니드레스를 꼽고 싶다. 세련된 감각은 없지만 옷 잘 입는 여자라는 소리를 듣고 싶을 때는 블랙 미니드레스만 한 것이 없다. 블랙은 패션 리더들의 만고불변의 컬러가 아니던가. 어떤 성격의 모임에 나가더라도 블랙 미니드레스를 입으면 안전하다. 심지어 장례식장에서도 안전하다. 베스트로 꼽히진 않지만 워스트로 꼽히지도 않는다. 튀지도 않지만 위험하지도 않다. 어쩌면 블랙 미니드레스는, 나처럼 남들과 다르게 보이고 싶어 하지만 정작 커다란 모험은 두려워하는 여자들을 위해 만들어진 옷일지도 모른다.

별 다른 장식이 달려 있지 않은 원피스 가격은 12만 원. 압구정동 보세 샵이라는 것을 고려하면 별로 비싼 가격은 아니다. 가격표를 보며 망설이자, 혜지가 뭐가 문제냐며 어깨를 으쓱한다.

"싸네!"

싸네. 그녀의 한마디에 카드를 만지작거리며 망설이고 있는 내가 문득 초라하게 느껴졌다.

"주세요."

결국 샀다. 꽤 단정하고 무난한 색깔이니 오늘 소개팅이 아니라도 여기저기에서 잘 입을 수 있을 것이다. 자기합리화하는 기분이 맘에 들지 않아 재빨리 영수증에 사인했다.

"야, 나 배가 살살 아프다. 카페 2층에 올라가 있을 테니까 그리로 와."

혜지는 옷 가게에서 나오자마자 저만치 보이는 카페로 달려갔다. 8센티미터 하이힐을 신은 채 토끼처럼 잘도 뛴다.

혼자서 느릿하게 걸으며 이번 달 내가 쓴 돈을 곰곰이 따져보았다. 그러다 엄청난 사실을 알게 되었다. 한 달 동안 쓴 돈이 무려 70만 원에 달하는 것이다. 학교도 다니지 않는 백수가! 한 푼도 벌지 못하는 주제에! 나의 금전 감각에 치명적인 문제가 있는 것일까? 별로 사치하며 산 것 같지도 않은데 도대체 어느 구멍에서 수십만 원이 빠져나간 걸까?

우선 별로 중요하지도 않은 소개팅에서 입기 위해 오늘 구입한 원피스 12만 원. 저번 주에 엄마와 백화점에서 구입한 웨지힐

13만 원. 엄마를 닦달해 구입한 임수정 에센스 16만 5천 원. 여기까지만 해도 40만 원이 넘는다.

거기다 내가 한 달간 스타벅스에서 마신 커피만 열 잔이 넘을 것이다. 사천 원으로 계산해도 4만 원이다. 가끔가다 버스 타기가 귀찮아서 집 앞에서 택시를 타고 압구정동까지 간다. 만 이천 원 정도가 나온다. 내 기억으로는 세 번 정도 탔으니 깎아 봤자 3만 원이다. 이번 달에 할 일이 워낙 없어서 영화만 세 편을 봤는데, 그때마다 핫도그와 콜라를 먹었다. 이런 기타 비용을 총합치면 50만 원으로 훌쩍 뛰어오른다.

여자의 소비가 이것으로 끝날 것이라 생각하면 오산이다. 친구를 만날 때마다 한 끼 평균 팔천 원에서 만 오천 원의 식사를 했고, 강남역 지하상가에서 저렴한 맛에 구입한 옷만 세 벌이 넘는다. 네일 케어도 받았고 귀걸이도 몇 개 샀다. 게다가 내 인생이 어떻게 풀릴지 하도 답답해 타로 카드까지 두세 번 봤다. 물론 버스비와 핸드폰 요금은 제외했다. 여기까지가 한 달 동안 내가 쓴 돈의 '대략의' 목록이다. 분명 내가 지금 떠올리지 못한 어떤 소비가 더 있었을 것이다. 이 수십만 원의 돈이 어디에서 충당되느냐. 물어볼 것도 없다. 엄마의 지갑이다. 더 쑤시고 들어가자면 엄마에게 아빠가 주는 생활비에서 나온다.

나는 부모님이 주는 용돈으로 이십사 년을 살았다. 내 학비를 비롯해 수년간의 용돈과 학원비를 계산하다, 금액이 천문학적으로 높아지자 그만두었다. 지금 이 길거리를 걷고 있는 별 볼일 없어 보이는 계집애 하나가, 실은 살아오면서 억대의 돈을 먹어치운 것이다. 그 엄청난 돈을 먹어치우고 생산해내는 것이라곤 매일 쏟아내는 생리적인 배설물과…… 배설물과……

이럴 수가! 아무것도 없다…….

희희낙락한 얼굴로 압구정동을 누비고 다니는 내 또래의 청춘들을 바라보았다. 이들 중 나처럼 돈 먹고 배설물만 쏟아내는 비생산적인 기계들이 몇이나 될까. 혹시 나만 이런 삶을 살고 있는 건 아닐까? 이들은 나와 다를지도 모른다. 이 동네의 일원인 척하며 강남을 기웃대는 허세 가득한 나 같은 인간이 아니라, 어느 정도 자신의 미래를 준비한 똑똑한 청춘들일지도. 아니면 황금 수저를 입에 물고 태어난 운 좋은 인간들일 수도 있다.

뒤처지고 있는 것은 나뿐인 걸까?

갑자기 온몸이 서늘해졌다. 졸업한 선배가 멍한 얼굴로 중얼거리던 말이 떠오른다.

"백수 신세 못 견디고 자살하는 게 남 얘기가 아닌 거 같아."

이제 자살이라는 단어까지 나왔다. 원피스 한 장 사면서 이토록 비참해질 수 있는 건 모든 일상을 드라마화시킬 수 있는 여자 특유의 허무맹랑한 상상력 때문일까?

길바닥에 엉덩이 붙었어? 빨리 튀어와!

걷잡을 수 없이 나락으로 떨어지던 중 혜지의 발랄한 문자가 나를 끌어올렸다. 나는 숨을 크게 들이마시고 카페로 향했다. 혜지에게 기분이 우울해져서 소개팅 취소해야겠다고 말한다면 나를 카페 2층에서 머리부터 떨어트릴 것이다.

♥

'아델'은 청담동스러운 곳이다. 화장실조차 변기통에 앉아 와인을 곁들인 식사를 해도 될 만큼 감각적인 실내 인테리어는 두말할 것도 없고, 자리 하나씩 차지하고 있는 사람들의 얼굴에선 여유와 풍요로움이 넘친다. 연예인이나 유명 인사도 쉽게 찾아볼 수 있고 주말 저녁이면 늘 웨이팅을 신청하거나 미리 예약해야만 테이블에 앉을 수 있다. 무엇보다 여자의 피부를 가장 환상적으로 보이게 하는 황금빛 조명이 어느 자리든 쏟아져서 소개팅을 하기에 최적의 장소로 불렸다.

물론 다른 동네 음식점의 두 배나 되는 가격을 되뇌며 아무리 씹어 삼켜 봐도 그저 그런 스파게티나, 한국사회에선 낯선 '택스'가 따로 붙는 가격표 등, 마음에 안 드는 한두 가지가 있지만 결코 입 밖에 내진 않는다. '이 따위 음식에 이 따위 가격이 말이 돼?' 하고 불만을 표시하는 것보단 '청담동이니까' 하고 수긍하며 군말 없이 지갑을 여는 쪽이 좀 더 '있어 보이기' 때문이다.

"그 남자, 이쪽에 살아?"

생각해보니 쇼핑과 메이크업에 정신이 팔려서 소개팅 남의 기본적인 조건조차 듣지 못했다.

"응. 압구정동 한양아파트 살아."

"진짜?"

"여기 토박이거든. 현금 부자래. 할아버지가 말죽거리 유지였다던데? 아, 그리고 스물아홉이야. 괜찮지?"

"정신연령도 스물아홉이었으면 좋겠다."

"야. 바랄 걸 바래. 아는 오빠가 그러던데, 남자는 정신연령이 열일곱에서 멈춘댔어."

"어쨌든, 학교는?"

"유학파야. 현대고 졸업하고 바로 뉴욕으로 날랐대. 이 년 전에 한국 들어와서 지금 그냥 아버지 일 배운다던데?"

"키는?"

"180 정도 될 걸? 근데 깔창 빼면 한 77 되는 거 같더라. 작아 보이진 않아."

오……. 아주 기본적인 조건만 들었는데도 구미가 당긴다. 압구정동 한양아파트에 할아버지는 말죽거리 유지. 뉴욕 유학파에 아버지 일을 배우는 중이라니. 마치 거대한 기업을 물려받을 준비 중인 젊은 차기 총수를 연상시키는 대목이 아닌가. 갑자기 긴장이 되기 시작했다. 여기에 얼굴까지 반반하다면, 이건 심심풀이 땅콩으로 생각할만한 소개팅은 아니라는 얘기다. 나는 즉시 망상에 빠졌다.

내 남자 친구? 압구정동 살아. 뉴욕에서 대학 졸업하고 이 년 전에 한국 와서 지금 아버지 일 배우고 있대. 키? 별로 안 커. 180센티미터쯤?

이건 친구들에게 거들먹거리기 완벽한 프로필이 아닌가!

"혜지야!"

혜지의 립글로즈를 입술에 덧바르고 있을 때, 저만치에서 한 남자가 손을 흔들며 우리 쪽으로 걸어왔다. 나는 번개 같은 속도로 립글로즈를 혜지의 가방에 골인시키고 그와 눈을 마주쳤다.

딱히 연극을 전공하지 않았어도 모든 여자들은 연기의 달인이다. 처음 보는 남자와 인사를 나눌 때, 여자들은 아무 생각 없이 웃는 얼굴로 남자의 외적인 사양을 1초에 열 컷 이상 눈으로 찍어낸다. 전체적인 스타일과 벨트, 운동화의 브랜드를 확인하는 것은 민희에게서 배운 버릇이다. 민희는 "반가웠어요. 다음에 또 봐요"라고 말하는 3초 동안 남자가 걸치고 있는 액세서리의 브랜드를 파악하는 것은 물론, 셔츠 속에 감춰진 남자의 대략적인 몸매와 힙 업 상태까지 체크했다. 가장 친한 친구에게 받은 영향으로 그의 육십만 원짜리 루이비통 벨트와 같은 브랜드의 스니커즈를 빠르게 체크했다. 물론 그가 손에 쥔 BMW 로고가 선명한 차키도 잊지 않았다.

그는 혜지의 말대로 키가 꽤 컸지만 머리 또한 커서 실제 키만큼 커 보이지 않는다는 슬픈 단점이 있다. 얼굴은 길 가다가 돌아볼 수준은 아니지만, 되도록 고개를 돌리고 대화하는 것이 좋겠다고 느껴지는 수준도 아니다. 그의 오메가 시계까지 탐색을 마친 후, 나는 최선을 다해 활짝 웃었다.

"와, 사진이랑 똑같네!"

그의 첫마디는 그 어느 말보다 나를 안심시켰다. 한 시간에 걸쳐 두드린 화장과 몸매를 돋보이게 만드는 새 옷, 황금빛 조명이라는 삼위일체의 결과리라.

"이석원이라고 합니다. 이름이 이유민 맞죠?"

"네."

"혜지 대학 친구라고 하던데, 그럼 같은 연극영화과?"

"네. 올해 졸업했어요."

"혜지 너 몇 살이지? 스물넷인가?"

"응. 완전 까마득하지? 감사하게 모셔. 오빠 나이 되면 영계가 궁해지잖아."

"야, 그래도 앞자리는 똑같거든? 영감 만들지 마라. 아무튼, 오빠가 말 놔도 되지? 너도 편해지면 천천히 말 놓고."

"바로 놓지 뭐."

남자가 화통하게 웃으며 애 재밌네, 하고 중얼거린다. 앞에 앉은 남자와 어떻게 진척될지 감이 잡히지 않을 때는 무조건 성격 좋아 보이는 게 최고다. 적어도 '예쁘지도 않은 게 도도한 척

재수 없더라' 로 기억되는 것보다는 낫기 때문이다. 물론 한 번 만나고 헤어지는 남자에게 잘 보일 필요 있겠냐마는, 여자는 원래 모든 남자에게 좋은 기억으로 남고 싶어 한다.

"어디 산다고 했지?"

"목동."

"아, 거기 가본 적 있어. 놀 데 되게 없던데."

"우리 동네가 좀 그래. 건전의 미학을 몸소 실천하는 동네야."

인정한다는 듯 웃는 순간 내가 이 남자를 마음에 들어 하고 있다는 사실을 깨달았다. 남자가 압구정동에 살고 루이비통 벨트를 차고 있기 때문일지도 모른다. 나의 속물근성을 인정하겠다.

"그래서, 졸업하고 지금은 뭐해? 연극영화과니까 연예인 준비 같은 거 하나?"

"야, 연극영화과 애들이 제일 싫어하는 말이 그건 거 알지?"

혜지가 가방을 무릎에 올려놓으며 남자에게 핀잔을 준다. 마치 숭고한 예술을 공부한 우리 부류에게 그딴 세속적인 연예계를 결부시키지 말라는 말투 같다. 연극영화과 애들의 기본적인 목표는 일단 '성공한 배우' 즉, '성공한 스타'다. 그러면서도 자신이 연예인 지망생으로 분류되면 정색하고 화를 내는 경향이 있다. 스타는 되고 싶지만 스타 지망생은 되기 싫어하는 이상한 모순이다.

"연극과로 들어가긴 했는데 영화 파트 공부를 더 많이 했거

든. 시나리오 위주로 공부하다가 방송작가 쪽으로 틀었어. 곧 방
송국에서 일할 거 같아.”

“작가로?”

“응. 별 건 아니고 그냥 시사 프로 막내.”

“와, 멋지네.”

나와 혜지는 의미심장한 눈빛을 주고받았다. 소개팅을 위한
미화 작업을 서로 인정한다는 모종의 거래다. 나는 이런 식으로
포장되었다. 별 관심 없던 연극영화과에 기적적으로 합격한 후
어정쩡하게 사 년을 보내고 백조 신세가 된 진짜 ‘나’는 사라지
고, 사 년간 연극과 영화라는 심오한 예술의 세계를 탐구하던 중
시나리오에 빠져 글쓰기에 흥미를 갖게 된 ‘나도 모르는 나’만
남았다. 아직 면접도 보지 않은 일자리는 나의 직장으로 돌변했
고, 이십대의 취업난은 남의 얘기라는 듯 사회에 발을 디딘 어른
연기를 하고 있다. 마치 홈쇼핑 광고를 때리는 기분이다. ‘엄청
난 성능!’, ‘구입하시 않으년 후회할 이 시대 마지막 상품!’ 이라
는 문구와 함께 활짝 웃는 내 얼굴이 브라운관을 가득 채우고 있
는 것 같다. 소비자에게 선택되길 기다리며 온갖 꿀 바른 말로
치장하고서.

“난 이만 가볼게. 볼륨에서 형진 오빠 만나기로 했거든.”

“클럽 좀 그만 다녀.”

“돈 내고 들어가는 것도 아닌데 뭐.”

혜지는 헛바닥을 내밀고 자리에서 일어섰다. 빠르게 자리를 뜨는 것으로 보아, 우리 둘의 분위기가 그럭저럭 흘러가고 있는 것 같다.

"유민이한테 맛있는 거 많이 사줘!"

"빨리 가기나 해. 너 때문에 얘기 못하잖아."

"뭐야, 벌써 감싸는 거야? 재수 없다. 유민아, 나중에 전화해!"

혜지는 깔깔대며 석원의 등을 한 번 내려친 후 빠른 걸음으로 아델을 빠져나갔다.

"혜지 예쁘지?"

"예쁘긴 뭐가 예뻐? 난 예쁜 거 모르겠던데 주변에서 인기는 많더라."

"오빠는 어떤 스타일 여자 좋아하는데?"

"나는 진짜, 유민이 너 같은 스타일 좋아해. 나 지금 아랫입술 떨리는 거 안 보여? 진짜 마음에 드는 여자 만나면 나도 모르게 긴장하거든."

나도 모르게 픽 웃을 뻔했다.

"이거 다 마시고 나가자. 술 좀 해?"

"잘은 못하는데 분위기는 즐겨."

잘 마시는 여자들이 남자에게 잘 보이고 싶을 때 하는 대답의 정석이다.

"잘됐네. 와인 마시지? 근처에 잘 아는 와인바 있으니까 거기 가서 한 잔 하자."

나는 고개를 끄덕이고 일어섰다. 화장실에 잠깐 갔다 오겠다는 말도 잊지 않았다. 내가 화장실에서 화장을 고치는 동안 남자는 아주 당연히 돈을 계산하고 차를 대기시키리라. 여자는 된장녀라는 말을 싫어한다. 그러나 된장녀 같은 대접을 받는 것은 좋아한다. 아이러니가 아닐 수 없다.

살짝 번진 마스카라를 면봉으로 닦아내고 약간 번들거리는 콧등에 파우더를 덧발랐다. 가게에서 나오자 BMW 5시리즈에 탄 석원이 차창으로 고개를 내밀었다. 나는 자주 남자의 차를 얻어 타고 다니는 여자처럼 조수석에 멋지게 올라탔다.

이 동네에 처음 온 것처럼 두리번거리며 지나가는 여자 둘이 차창 밖으로 보인다. 그들은 힐을 신은 다리가 아픈 듯 절뚝거리며 조수석에 앉은 나를 힐끗 내려다보았다. 나는 거만한 얼굴로 그들의 시선을 즐겼다.

그들은 나를 보며 어떤 생각을 했을까. 외제차 모는 남자 친구를 가진 운 좋은 여자라 생각했을까? 압구정동 어딘가에서 풍족하게 사는 강남인이라고 생각했을까? 치열하게 살아가지 않아도 여유 있는 삶이 보장된 상류층의 일원이라고 생각했을까?

언젠가 내가 이 길목에서 이름도 모르는 이들을 동경했던 것처럼.

취업 공장의 실패작

어제와는 또 다른 오늘이 나를 기다리고 있었다. 방송국의 어느 높은 자리를 차지하고 있다는 엄마 친구 사촌의 후배에게서 생각보다 일찍 연락이 온 것이다. 시간이 나면 면접을 보러 오라는 그 말에, 엄마는 펄쩍 뛰며 내 옷장 문짝을 뜯어낼 듯 열어젖혔다.

"어떻게 너는 면접용 옷이 한 벌도 없니?"

"봐 봤어야 말이지."

엄마는 〈프로젝트 런웨이〉의 니나 가르시아처럼 날카로운 눈으로 내 옷장을 훑었다. 학교에 입고 다니던 색깔 예쁜 트레이닝복과 "That's Hot!" 같은 문구가 새겨진 티셔츠, 미묘하게 핏이 다르다는 이유로 끊임없이 사들인 청바지, 클럽용 탑들과 짧은 미니스커트뿐이다. 엄마는 한숨을 쉬며 고개를 절레절레 흔들더니, 옷장 구석에 걸려 있는 재미없는 색깔의 옷을 한 벌 꺼냈다. 졸업사진 촬영 때 입었던 타임의 블라우스와 스커트다. 수환과 나의 이별의 시초이기도 한 그 옷.

"머리도 단정하게 틀어 올려. 다른 집 자식들은 면접 학원도 따로 다닌다는데 넌 어떻게 된 게 엄마가 일일이 일러줘야 되니?"

세상에 그런 학원도 있단 말이야? 하긴, 그러고 보니 얼마 전에 집 앞에서 만난 고등학교 동창은 쌍까풀 수술을 했지. 날카로워 보이는 눈매가 면접관들에게 별 좋은 인상을 주지 못한다며 수술하라는 충고를 받았다고 했다. 취업을 위해서 성형 수술까지 받는 세상에 면접 학원이 없으란 법은 또 없지 않은가.

"화장 야하게 하지 마!"

지금 엄마를 밀어내지 않는다면 내 스타킹 색깔까지 참견할 게 뻔하다. 나는 알겠다고 참새처럼 쪼아대며 엄마를 문밖으로 밀어냈다. 침대 위에 가지런히 놓인 재미없는 정장을 물끄러미 쳐다보았다. 저런 옷을 입고 일하는 게 싫어서 연극영화과에 진학했는데, 사 년 후 저런 옷을 입고 면접 갈 준비를 하고 있다. 내 업보인데 누굴 탓하겠는가.

나는 연극영화과에 진학한 후 1년 만에 연극의 꿈을 접었다. 스물다섯 명으로 이루어진 우리 대학 연극과는, 대부분 연극에 대한 열정을 주체 못하는 끼 많은 학생들로 이루어져 있다. 그 중에는 법대를 때려치우고 가난한 연극인의 길을 택한 스물다섯 살 신입생 오빠도 있었고, 우리 학교에 오고 싶어 삼수를 거듭한 끝에 간신히 예비 번호로 합격한 스물두 살 언니도 있었다. 그런 사람들이 있는가 하면, 나같이 얼떨결에 연극과 딱지를 붙인 사람도 있기 마련이다.

물론 나는 연극을 좋아한다. 사실 연극이나 영화, 뮤지컬을 싫어하는 사람이 어디 있겠는가. 특히나 우리나라처럼 경제 성장 속도를 예술 성장 속도가 따라잡지 못하는 나라일수록 문화생활에 대한 욕구가 강렬한 사람들이 많기 마련이다. 어느 정도 풍족한 생활을 영위하는 사람들은 정해진 단계처럼 문화생활에 대한 욕구를 느낀다. 연극이나 뮤지컬은 그들의 허영심 혹은 순수한 관심을 가장 무난하게 채워주는 문화 활동이다. 영화와는 달리 특히 연극은, 돈이나 욕망으로 얼룩진 세속과 동떨어져 있는 순수한 예술의 세계 같은 느낌을 자아낸다. 나는 이 가난하면서도 도도한 분야를 공부하고 있다는 사실만으로도 일종의 허영심을 느꼈다. 경제나 통계학을 공부하는 것보다, 연극과 영화를 공부한다는 것이 무언가 나를 더 돋보이게 한다고 생각했다.

그러나 정작 그 속으로 파고들자, 나는 일 년도 안 돼 연극이라는 분야에 지쳐버렸다. 졸업 후까지 이어진다는 단체생활은 물론이고 선후배 간의 엄격한 위계질서도 서서히 짜증이 났다.

연극과에 입학함과 동시에, '명문 연극과'라는 자부심 아래 지켜져 오는 수많은 규칙들이 신입생들을 기다리고 있었다. 그러나 그 규칙이라는 것들은 인문계 고등학교를 다닌 나로서는 도저히 이해할 수 없을 정도로 황당무계하기 짝이 없었다.

도대체 왜 1학년이라는 이유만으로 화장을 해서는 안 되고 옷은 늘 트레이닝복을 입어야 하며 겨울이 와도 더플코트와 과 잠바만을 입어야 하는 것인가. 왜 스무 살씩이나 먹어서 중학교 학주 피하듯 선배들을 피해 다녀야 하는가. 게다가 화장실이든 강의실이든 농구코트든 가리지 않고 선배를 마주칠 때마다 엎드려 절하듯 고개를 숙이며 "예술 창조 연극학과 38기 이유민입니다!"를 악쓰는 건 너무 창피했다. 눈빛이 마음에 들지 않는다는 이유만으로 눈 내리는 예술관 뒷마당에서 엎드려뻗쳐를 한 적도 있으며, 친하지도 않은 여자 동기의 말투가 싸가지 없다는 이유만으로 앉았다 일어섰다를 수백 번 반복하는 단체 기합을 받기도 했다. 선배가 부르면 비가 오나 눈이 오나 생리를 하나 두통이 심하나 맨발로 뛰쳐나가 예술관 지하 연습실로 집합했던 건 물론이다.

1년이 다 되어가자, 나는 이 모든 일에 지쳐버렸다. 선배 같지도 않은 선배에게 사 년 내내 고개를 숙여야 한다는 것도 짜증이 났고, 교양과목 시험 날 아침까지 무대 작업을 위해 장화를 신고 괴상한 석고상에 페인트칠을 해야 한다는 사실도 더 이상 참을 수 없었다. 무엇보다 가장 참을 수 없던 것은 '내 시간'이 없다는 것이다. 나는 영화를 보는 것도 좋아했고, 그 당시 고등학생 때부터 사귀던 남자 친구와 연애도 해야 했으며, 동아리 활동도 하고 싶었다. 그러나 신입생들은 철저히 연극과라는 울타리 안에 갇혀 선배에게 사육을 받아야만 했다.

나는 1년 내내 세 편의 연극에 단역 배우와 스탭으로 참여했다. 주인공을 맡은 선배들이 연습실을 휘저을 동안, 신입생들은 구석에 처박혀 "안녕하세요, 아름다운 소녀여"라는 한마디를 위해 인고의 시간을 견뎠다. 배우는 인내를 배울 필요가 있다며 대사 한마디 없는 후배들을 연습실에 잡아두는 그들의 행동이, 내겐 흘러가는 시간에 대한 배신으로밖에 보이지 않았다.

나는 수많은 규율과 엄격한 선후배 관계를 도저히 견딜 수가 없었고, 그 모든 것을 감내할 만큼 연극을 사랑하지도 않았다. 인문계와 자연계에는 수능 점수에 따라 대충 과를 정해 진학한 아이들로 넘쳐났다. 그러나 연극과는 그래서는 안 되었다. 연극에 대한 충분한 열정 없이는 도저히 다닐 수 없는 과였다. 나는 그것을 간과한 것이다.

연극을 하기 싫다면 나가라.

나는 이 냉혹한 규율 아래 점점 튕겨져 나갔다. 동기들끼리 모여 술 한 잔 기울이는 시간을 가졌을 때, 나는 술김에 속마음을 내 곁에 앉은 수진에게 털어놓았다. 왜 하필 수진이었는지는 모르겠다. 그 전까지만 해도 나는 수진과 그다지 친하지 않았다. 그때까지 나는 모두와 두루두루 친하게 지냈지만, 단짝 친구도 없었고 특정 무리에 속해 있지도 않았다. 나의 정체성을 알지 못했기 때문이다. 모이기만 하면 연극인으로서의 미래를 토로하는 무리는 버거웠고, 민희처럼 예쁘장한 외모끼리 뭉친 아이들과 어울리는 것은 부담스러웠다. 그렇다고 희곡이나 연극 연출을 공부하는 안경잡이 무리들과 어울리고 싶진 않았다. 나는 그때그때 입맛대로 여러 무리와 어울리면서 눈치만 보고 있었다.

수진은 그중 어떤 무리에도 속해 있지 않았다. 조근조근한 말투와 성격은 안경잡이 무리에 어울렸지만, 민희처럼 예쁘장한 아이들과 어울려도 전혀 부족하지 않은 외모를 하고 있었고, 연극에 대한 관심도 꽤 많아보였다. 그녀는 어느 무리에나 속할 수 있었지만 자의적으로 모든 아이들에게서 반 발자국 물러나 관찰하는 제3자처럼 느껴졌다. 나는 빠른 시일 내에 어떤 무리에 속해야 한다는 상박관념을 가지고 있었다. 여자늘은 소외당하는 것을 무엇보다 무서워했고 나도 예외는 아니었다. 그러나 수진은 그런 것 따윈 개의치 않는 듯했다. 여자 특유의, 친구와 무리에 대한 집착이 아예 없어보였다. 그런 독립적인 모습에 왠지 믿음이 갔고, 별로 친하지 않은 친구의 고민도 진지하게 들어줄 것 같았다.

내 짐작대로 수진은 처음부터 끝까지 내 고민을 진지하게 들어주었다. 자기 개성을 지키며 과 생활을 잘해나가는 것처럼 보이던 수진이 나와 같은 고민을 하고 있다는 것을 그때 처음 알았다. 그녀 또한 연극과라는 독특한 세계에 적응하지 못하고 고민하던 별종이었던 것이다.

우리는 금세 친해졌다. 우리 둘에게는 남에게 들키기 싫어하는 공통점이 있었다. 어떤 규율이나 단체 활동에 구애받는 것을 굉장히 싫어하지만, 남 눈치 보지 않고 혼자서 다니는 것은 두려워하는 소심한 반항아였던 것이다. 이런 소심한 인간들은 둘만 만나도 대범해진다는 특징이 있다. 수진과 나는 점차 연극과라는 조직생활에서 발을 떼어갔다. 아프다는 핑계로 단체 집합에 빠지고 그날이라는 핑계로 체육 대회에 참가하지 않았다.

대사 한마디 하기 위해 세 시간을 버텨야 하는 오후 연극 연습에 빠진 날, 나와 수진은 학교 앞 카페에서 민희를 만났다. 삼십 분 전 외삼촌이 사고를 당했다며 급한 얼굴로 가방을 챙겨 나가던 그녀였다.

"너네도 누가 사고 당했어? 아니면 돌아가셨거나."

우리 셋은 동시에 웃음을 터뜨렸다. 그리고 연극과의 별종은 셋으로 늘어났다. 아니, 정확히 말하면 이미 넷이었다.

혜지는 입학과 동시에 별종이 되었다. 대면식과 OT, 첫 번째 단체 기합 모두 나오지 않은 신입생은 그녀가 유일했다. 그녀는 한마디 이유도 없이 선배들의 전화를 모두 씹고 아주 당연하게 단체 생활을 빠져나갔다. 그녀를 처음 본 건 개강 총회가 열렸던 대 연습실에서였다. 도대체 '그년'이 누구냐며 이를 갈고 있는 선배들 앞에서, 혜지는 그 당시 신입생들의 교복과도 같았던 시꺼먼 과 잠바가 아닌, 버버리 코트를 입고 멋지게 등장했다. 죽여 버리겠다며 화가 머리끝까지 나 있던 선배들은 모두 입을 다물었다. 그녀 때문에 단체 기합을 두 번이나 받았던 우리들도 입을 다물었다. 혜지는 숨이 막힐 정도로 예쁜 얼굴로 대 연습실을 돌아보더니 통통 튀는 목소리로 한마디 던졌다.

"뭘 그렇게 쳐다봐요?"

개강이 시작된 후 2주째가 되던 날이었다. 그날의 일은 아직도 우리 과에서 전설로 남아 있다. 그리고 지금 나는, 그날의 일을 백마흔네 번째 회상하고 있다. 조금만 더 지체했다간 엄마가 다시 들어와 친히 스타킹을 신겨주실 것이다. 나는 서둘러 화장을 마무리하고 방을 나섰다. 그날의 일을 열 번째로 회상하며 학교 카페에서 친구들과 낄낄 웃던 때가 엊그제 같은데 인제 이런 정장틱한 옷을 챙겨 입고 면접이란 걸 보러가는 나이가 되었을까. 이십대 초반은 화살처럼 지나간다던 어른들의 말을 이제야 실감하겠다.

"연극영화과라서 그런지 아주 모델 같네. 왜 연예인 안 했어?"

연극영화과에 대한 아무런 지식이 없는 사람을 마주쳤을 때 반드시 지나쳐야 할 숙명의 시간이 다가왔다.

"연기로 들어가긴 했는데 영화 쪽에 더 관심이 많아서요. 시나리오와 이론 전공했어요."

나는 '연예인 할 만큼 뛰어나게 예쁜 얼굴도 아니고 단체 활동도 짜증나서요'라는 진실한 답변을 숨기고, 수진이 알려준 일반 회사 면접용 멘트를 읊었다. 상냥하고 밝은 미소를 곁들여.

"그래? 그럼 글은 좀 써봤어?"

"별 건 아니고 시나리오 몇 번 썼었어요."

거짓말은 아니다. 전공 필수인 '기초 시나리오 구성'라는 수업에서 엄마 생일과 여자 친구 생일이 같아 고민하는 남자애 얘기를 열 장 쓰고 간신히 'B-'를 받아 이수했다. 교수님은 그 당시 내 시나리오 밑에 '흔한 소재. 시나리오적 장치 전혀 없음'이라는 코멘트를 남겼었다.

"사실 막내 작가라는 건 글 쓰는 실력과는 아무 상관없어. 어디까지 버티느냐, 인내심의 문제야. 모든 사회생활이 다 그렇겠지만."

‘메인 작가’라고 자신을 소개한 그 여자는 다리를 꼰 채 나를 날카로운 눈으로 쳐다보았다. ‘이런 말을 해도 넌 무슨 뜻인지 모르겠지’ 하고 비웃는 표정을 지으며. 그녀의 표정보다는 그녀의 말이 나를 움츠러들게 했다. 인내심이라니. 대사 한마디를 위해 몇 시간을 기다리는 그 인내심의 작업에 신물이 나 연극을 때려치웠는데, 사회라는 곳에 나오자마자 또다시 인내심에 대한 강의를 듣고 있다.

“방송작가가 뭐하는 직업인지는 알고 있니?”

그녀는 내가 마치 수능 5등급 성적표를 들고 서울대에 진학하겠다고 말하는 무뇌아라도 되는 듯 쳐다보았다.

“송 PD님 친구 분 소개로 일하게 됐다는 얘기는 들었어. 보통 막내 작가는 방송 아카데미 수료한 애들 데려다가 써. 하지만 너처럼 방송의 ‘방’ 자도 모르면서 낙하산으로 내려오는 애들도 간간히 있기는 해. 보통 일찍 그만두긴 하지만.”

그녀는 한숨을 쉬며 고개를 절레절레 흔들었다. 어찌다 자신의 막내가 이런 애가 걸렸는지 모르겠다는 듯.

“어쨌든 넌 운이 좋은 거야. 우리 프로는 일이 굉장히 쉽거든. 출퇴근 시간도 일정해. 보통 아침 9시에 출근해서 오후 6시 반쯤에 퇴근해. 7시에 퇴근할 때도 있고, 일이 정 없거나 개인 사정이 있으면 더 일찍 퇴근할 수도 있어. 주말은 쉬고.”

그녀는 ‘주말은 쉬고’에 힘을 주어 얘기했다. 그것이 축복이라도 되는 것처럼. 보통 직장인들은 주5일 근무제 아니었던가?

"종합구성물 작가들은 주말 없이 일해. 막내들은 아침 9시에 출근해서 주구장창 방송국에 붙어 있어. 아니, 차라리 이런 제대로 된 방송국이기라도 하면 낫지. 이상한 케이블 프로 만드는 외주 제작사들은 월급도 제때 안 주는 거 아니? 한 달에 80만 원 주면서 전화비랑 교통비도 따로 안 줘. 진짜 악독한 데는 식대도 따로야. 커피 심부름에 설거지, 청소까지 시키는 데도 있어. 그러면서도 꾸역꾸역 일하는 애들 천지라고, 이 바닥엔."

이해할 수가 없다. 80만 원에서 식비와 교통비를 제하면 뭐가 남는담? 그 돈을 받고 일할 바에야 호프집에서 풀타임 아르바이트하는 게 낫겠다.

"그 불쌍한 애들은 언젠가 서브로 입봉하고 메인 돼서 우아하게 프로 세 개쯤 뛰는 그날을 바라보고 일하는 거야. 부르는 대로 받는 억대 연봉 작가를 꿈꾸며 365일을 반납하는 거라고. 너 얼마 전에 우리 방송국에서 막내 하나 자살한 거 알지?"

나는 멍청한 얼굴로 고개를 끄덕였다. 사실은 모른다. 최근에 연예인 가십거리 인터넷 뉴스 말고는 본 기억이 없다.

"그 정도야, 작가의 스트레스라는 게. 얼굴에 대본 집어 던지고 그거 주워오는 막내 보면서 희열 느끼는 거지같은 메인들도 흔해. 그에 비하면 난 착한 메인이니까."

자기 입으로 착하다고 말하는 사람치고 정말 착한 사람 못 봤다. 나는 그녀가 내 얼굴에 대본을 집어 던지고 바닥을 기어 다니며 그것을 줍는 나를 상상했다. 그런 건 노동청에 신고해야 할 만한 사항 아닌가? 아니면 모든 사회생활에서 먹이사슬의 최하층은 그 정도의 일은 당연하다고 스스로를 세뇌시키며 견뎌내야만 하는 것인가? 그저 사회 초년생이라는 이유 하나만으로?

"그리고 보통 그렇게 입고 일하러 오는 막내들은 없어. 그냥 청바지에 티셔츠 정도로 입으면 돼."

이건 면접을 위해서 엄마가 골라준 건데요! 억울한 얼굴로 외치고 싶다. 어느 하나 마음에 드는 것 없다는 그녀의 얼굴을 보고 있자니, 마치 내가 고장 난 기계라도 된 것 같다. 싼 맛에 샀더니 수리비가 더 드는 그런 애물단지 기계. 스커트 자락을 살짝 움켜쥐었다.

"넌 이 책상에서 일하게 될 거야. 그 옆에 건 나와 오 작가 책상이야. 원래 작가 팀은 메인, 서브, 막내, 이렇게 나눠지지만 우리는 메인 둘에 막내는 너 하나야. 메인들은 주로 오후에 출근해. 그러니까 넌 아침에 출근해서 네 할 일 하면서 있으면 돼. 나머지 책상들은 PD들 책상이야. 우리 팀 PD는 총 세 명인데, 가끔 다른 프로에서 한 명씩 충당될 때도 있어. 대충 알겠지?"

자신의 이름을 임자영으로 소개한 메인 작가는, 내 책상의 컴퓨터 전원을 켜고 빠르게 키보드를 눌렀다.

"우리 프로그램은 하루에 오 분씩 나가는 데일리 프로그램이야."

"오 분이요?"

"굉장히 짧지?"

TV에서 오 분짜리 프로그램은 본 적도, 들은 적도 없다. 사실 오늘 면접을 보기 전까지 〈귀 기울여 사는 세상〉이라는 제목만 들어도 잠이 오는 프로그램이 있는지조차 몰랐다.

"간단히 말해서 시청자들의 온갖 불만을 들어주는 프로그램이라고 생각하면 돼. 그렇다고 너무 깊게 들어가진 않아. 예를 들어 돼지 농장 주인이 우리 농장 한가운데 전류가 흐르는 전깃줄이 지나가서 불안하다, 그러나 시에서는 전봇대 철거 예산을 마련해놓고도 몇 년째 나 몰라라 미루고만 있다, 이런 식으로 억울함을 2분 정도 호소해. 그러면 우리가 시청에 찾아가서 왜 해결해준다고 해놓고 일을 미루고 있느냐 따지면서 정부나 시청, 혹은 다른 대형 업체 직원들과 면담을 한 후 문제를 지적하고 빠른 해결을 요구하며 끝내면 되는 거야."

"그게 오 분 안에 가능한가요?"

"가능하더라."

그녀는 자신과 상관없는 일이라는 듯 건성으로 얘기하더니 동영상 하나를 클릭했다. 곧 90년대 핸드폰에 기본으로 깔려 있던 단음 벨소리를 연상시키는 노래가 흘러나오더니 광활한 초원이, 아니, 논이 펼쳐졌다. 그 논두렁 위에 서 있는 아주머니는 긴장한 얼굴로 고개만 꾸벅 숙이더니, 아마도 작가가 써주었을 정리된 멘트를 국어책 읽는 어투로 읊어대기 시작했다.

"안녕하십니까. 충남 서산에 사는 김옥진이라고 합니다. 저의 아버지는 85년에 이 논을 350만 원에 매입해 지금까지 농사를 지어오고 있었습니다. 그런데 얼마 전 한국자산관리공사에서 저희 논이 국유지로 분리되어 있다며 변상금으로 200만 원이 청구된다는 날벼락 같은 안내문을 받았습니다. 저희가 이 땅을 구입할 때 파신 분께서는 분명 그런 사항을 하나도 말해주지 않았습니다. 매매계약서에도 나와 있지 않은 사항이라 어떻게 해야 하는지 막막하기만 합니다……."

"저희는 어떻게 된 일인지 한국자산관리공사로 찾아가 보았습니다."

그리고 〈살인의 추억〉에도 나왔던 80년대 〈수사반장〉 오프닝 음악을 연상케 하는 긴박한 음향이 이어졌다. 이제 화면은 정갈하게 5:5 가르마를 단 삼십대 중반쯤으로 보이는 남자를 비추고 있었다. 아, 왜 같은 헤어스타일인데 홍명보와 이다지도 다르단 말인가.

"저분은 이경욱 PD셔. 우리 프로그램 PD님 중 한 분이야."

"직접 프로그램에 나오시는 거예요?"

"응. 네가 1주일 동안 제보를 받아 정리하면, 금요일 회의 때 PD분들이 그중에서 각각 두 개 정도를 뽑아. 한 이틀 정도는 직접 제보자 만나서 인터뷰 따오고, 나머지 날은 편집실에서 촬영한 비디오 훑어보며 방송될 부분을 골라내. 그 테이프가 우리 작가들에게 전달되면 우리는 방송 분량에 맞춰 대사를 뽑는 거지. 설명 듣는 것보단 직접 일하는 게 훨씬 이해가 빠를 거야."

"제발 저희 같은 서민들이 법의 보호를 받도록 도와주십시오"를 마지막으로 5분짜리 영상은 끝났다.

"일단은 다시 보기로 동영상들 쭉 보고 있어. 그리고 이건 지금까지 방송된 내용들 요약해놓은 프린트물들이야. 주로 어떤 내용이 방송되는지 이거 보면 어느 정도 파악될 거야. 전화 받을 때는 '귀 기울여 사는 세상입니다' 이렇게 받으면 돼. 말 잘 못하시는 어른이나 사투리 심한 분들도 많으니까 정말 귀 기울어야 될 거야. 가르쳐줘야 할 일들이 산더미 같은데 일단은 나도 할 일이 있어서. 한 삼십 분 후에 보자. 일단은 내가 하라는 거 하고 있어."

그녀는 노트북을 품에 안고 일어서더니 빠른 걸음으로 사무실을 빠져나갔다. 나는 회전의자를 돌리며 앞으로 내가 일하게 될, 나의 첫 번째 직장을 찬찬히 훑어보았다. 나는 우리 엄마의 적극적인 연줄 찾기 대작전 덕분에 전혀 안면도 없던, 엄마 친구 사촌의 후배에게 시사 프로그램의 여자 PD를 소개받을 수 있었다.

삼십대 후반 쯤 되어 보이는 낭랑한 목소리의 여자 PD는 나를 방송국 7층으로 데려갔다. 방송국은 각 층별로 시사, 쇼, 보도국 등으로 나눠져 있었고 내가 일하게 될 7층은 시사 프로그램의 중앙 본부나 마찬가지였다.

TV에서 보던 것처럼 톱스타들이 대기하고 있는 멋진 스튜디오와 공개홀 같은 건 없었다. '시사'라는 단어가 주는 어감답게 7층 전체에 엄숙하고 진지한 분위기가 감돌았다. 플라스틱 판때기로 공간을 막아 팀별로 작업을 할 수 있도록 열린 사무실을 만들어 놓았고, 복도 끝에는 담배를 피울 수 있는 공간과 화장실이 있다. 〈귀 기울여 사는 세상〉 제작팀이 차지하는 공간은 책상 여섯 개와 그 앞에 복합기와 정수기가 놓인 한 평짜리 공간이 전부다. 방송국이라는 점만 제외하면 일반 회사와 다를 바 없어 솔직히 실망스러웠다. 흔히 방송국을 꿈의 공장이라 부르지 않던가. 이런 분위기라면 꿈은커녕 수능 출제 문제지나 만들 것 같다.

방송국 로비까지는 괜찮았다. 널찍한 로비에는 자그마한 스타벅스가 들어와 있고 그 앞에서 방송국 사원증을 목에 건 사람들은 하나같이 진지한 얼굴로 무언가를 얘기 중이었다. 비디오가 가득 든 박스나 커다란 카메라를 운반하는 사람들을 보면서 여기가 방송국이라는 것을 실감했다.

사실 요즘 내 또래의 많은 아이들이 미디어잡을 원한다. 얼굴 좀 되는 여자애들은 약속이라도 한 듯 아나운서를 준비하고, 머리 좀 되는 남자애들은 언론고시를 준비한다. 굳이 〈온에어〉 같은 드라마가 아니더라도 방송계는 언제나 많은 이들의 동경의 대상이었다. 무슨 일을 원하는지 모르는 나 같은 사람에겐 무슨 일을 하느냐는 그리 중요한 게 아니다. '무슨 일을 하는 것처럼 보이느냐'가 더 중요하지 않을까. 어쨌거나 석원에게 '공중파 방송국 작가'라고 소개한 설레발이 거짓말이 되지 않아서 다행이다.

사실 지금 내가 찬 밥 더운 밥 가릴 때인가. 나는 회전의자를 빙그르르 돌리며 '잿빛'이라는 표현이 딱 어울리는 사무실을 구경하다가, 지루한 프로그램 다시 보기의 세계로 빠져들었다.

♥

사람에게 가장 어려운 일 중 하나는 같은 종족인 사람을 대하는 일이다. 개들도 각자의 식성과 성격이 있는데 하물며 인간은 오죽할까. 나와 함께 일하게 될 세 명의 PD와 나머지 한 명의 메인 작가와 몇 마디 이야기를 나눈 후, 나는 나의 첫 번째 직장 생활이 만만치 않으리라는 것을 직감했다.

나에게 방송국 내부 구조를 친절하게 설명해준 여자 PD가 가장 나았다. 그녀에겐 내 또래의 딸이 하나 있는데, 딸을 통해 이십대 젊은 여성의 심리를 잘 이해하고 있다는 자신감을 은근히 내비추며,

"요즘 애들은 조금만 힘들어도 포기하는 경향이 있는데 유민

씨는 안 그러리라 믿어!"

하는 달콤 쌉싸래한 부담감을 안겨주었다.

머리만 홍명보인 이경욱 PD와는 몇 마디 안 했는데도 그가 가부장 체제의 열혈 신도라는 것을 알 수 있었다. 그는,

"여자가 그렇게 키가 커서 어디다 써먹어?"

라는 말로 입을 떼더니 기분 나쁠 정도로 집요하게 내 몸매를 (특히 바스트와 힙을) 쭉 훑었다. 일본 NHK에서 딱 '1년' 근무했다는 그는 '일본에서는 상상도 할 수 없는 일이지' 라는 말버릇을 가지고 있었다. 주문한 식사가 약간만 늦게 도착해도 '일본에서는 상상도 할 수 없는 일이지', 청소부 아줌마의 불성실한 청소 태도를 지적하면서도 '일본에서는 상상도 할 수 없는 일이지'를 중얼거린다.

오명환이라는 이름의 남자 PD는 옆집 아저씨 같이 푸근한 인상을 지닌 40대 남자였다.

"유민 씨는 주식에 대해 좀 아나?"

주식으로 인생 망친 사람 여럿 있다는 건 안다. 그는 나를 앉혀놓고 약 30분 동안 주식형 펀드와 적립식 펀드, 고위험 고수익 펀드와 저위험 저수익 펀드의 장단점을 설명했다. 책상에 앉자마자 코스닥 지수와 주식 거래 현황을 체크하는 것으로 보아 월급의 절반 정도를 로또 비슷하게 주식에 쏟아 붓는 남자 같다.

그리고 나의 직속상사라고 할 수 있는 오수영과 임자영 두 메

인 작가는…….

"일단 한 2개월 정도는 두고 볼게. 그 정도 기간은 실수 봐주고 가르쳐주는 게 예의거든."

B사감이라는 별명이 딱 어울린다. 둘 다 똑같이 눌러 쓴 뿔테 안경과 심술궂은 입 꼬리를 보고 있으면 고등학생 때 예쁜 여고생들만 골라서 괴롭히던 악질 여선생이 떠올랐다. 하루 동안 일해본 결과 내가 앞으로 맡게 될 작업들은 재미없는 건 물론이거니와 지금까지 내가 쌓아온 경험을 일절 필요로 하지 않는 일들 뿐이었다. 하루 종일 내가 받은 전화 내용들은 다음과 같다.

석 달 전에 구입한 트럭이 덜덜거리는데 트럭 회사에서는 교환은커녕 AS도 해주지 않는다. 통신사에서 국제 요금 통화가 1분에 200원이라고 해서 가입했는데 알고 보니 심야 시간대에만 1분에 200원이더라. 나는 이런 사실을 제대로 듣지도 못했는데 통신사 측의 불찰 아니냐. 가진 재산이라고는 임야 200평밖에 없었는데, 갑자기 토지 공사에서 내 땅이 그린벨트에 포함되었다며 하루아침에 모든 권리를 박탈해버렸다. 내 땅을 돌려 달라. 읍 측에서 산행인들의 편리를 위해 내 토지에 공중 화장실을 설치했다. 철거를 요구하자 공공의 편의를 위한 것이라며 거부한다. 이런 법이 어디 있느냐.

나는 전 막내 작가가 두고 갔다는 스프링 노트에 어르신들의 빠르고 부정확하고 강한 사투리 섞인 말들을 받아 적으며, PD님께 말씀드리겠다는 말만 기계처럼 반복했다. 내가 봐도 뭐라 쓴 건지 알아볼 수 없는 글씨들을 메인 작가에게 보여주었더니, 그녀는 히스테릭하게 짜증을 내며 상대방의 말만 듣고 전화를 끊으면 어떡하느냐고 나를 닦달했다. 그들이 주장하는 내용을 뒷받침할 수 있는 증명서류를 팩스나 우편으로 받아야 한다는 것이다. 그런 것까지 일일이 설명해야 하냐며 한숨을 쉬는 그녀에게, 나는 그런 것까지 일일이 설명해줘야 하는 것 아니냐며 맞받아치고 싶었다. 아무리 막내는 부딪히며 배운다고 하지만, 부딪히기 전에 최소한 공포탄 두 발 정도는 울려줘야 하는 것 아닌가.

아니면 그녀들의 말대로 내가 너무 센스가 없는 걸까? 누가 가르쳐주지 않아도 출근 하루 만에 나 홀로 방송 시스템을 이해하고 메인 작가들과 PD들을 위한 자료 수집을 완벽하게 끝내놓아야 하는 걸까?

나는 일을 시작한지 다섯 시간도 되지 않아 지쳐버렸다. 화장실에 간나는 핑세를 나섯 번이나 대면서 변기동 뚜성 위에 앉아 속상한 마음을 가라앉혔다. 평소에 틈날 때마다 문자 보내던 친구들은 왜 이런 날 문자 한 통 보내지 않는 걸까. 비어 있는 문자 수신함이 오늘따라 서글프다.

첫 출근한 지 다섯 시간이 넘어갈 때쯤엔 나 자신이 잘못 인쇄된 반품용 책처럼 느껴졌다. 나는 스물넷이 될 때까지 팩스 보내는 법도 몰랐고 엑셀 프로그램도 다루지 못했으며 한글 문서에

표와 차트를 멋지게 만들지도 못했다. 토지 공사가 뭘 하는 기관인지, 한전이 무엇의 약자인지도 몰랐고 소비자보호단체라는 곳이 있다는 사실도 몰랐다.

나는 아무것도 몰랐다. 적어도 그들에겐 그랬다. "이것도 몰라?"라는 말을 열 번 정도 듣고 나자 머리가 점점 더 텅 비어가는 것 같았다. 몰라요, 모르겠는데요, 해본 적 없어요, 이 말만 앵무새처럼 읊조리다보니 점점 머릿속이 백짓장처럼 비어갔다. 결국 한글 문서의 글씨 크기 줄이는 방법마저 잊어버렸다. 모른다기보다는 사방에서 쪼아대는 앵무새 부리가, 내가 가지고 있던 능력조차 물고 튀어버린 것 같았다.

출근한 지 하루도 되지 않아 나는 나의 사무실 명칭을 고문실로 변경했다. 나는 고문을 받아도 마땅한 머저리였다. 사 년 내내 내가 업으로 삼지도 않을 연극 공부로 학점만 대충 따내느라, 정작 일반적인 사회에서 알아야 할 사실들은 기초조차 익히지 못했다. 나는 세계적으로 유명한 뮤지컬 넘버들을 영어로 노래할 줄 알았다. 다리를 완벽하게 찢고 유연하게 몸을 놀릴 줄 알았으며 셰익스피어와 안톤 체홉을 그럴듯하게 설명할 수 있었다.

그러나 그게 다 무슨 소용이람? 결국 나는 이도 저도 아니었다. 괜히 대학을 취업 공장이라 부르는 것이 아니다. 전공을 직업으로 삼지 않을 바에는 빨리빨리 부전공을 하든지 전과를 해서 다른 살길을 찾아봐야 했다. 대한민국 사람답게 '빨리빨리'

에 물든 성격 급한 내가, 어째서 정작 가장 중요한 미래에 대해서는 이토록 느긋했을까? 나는 뭘 믿고 내 미래를 위해 아무것도 준비하지 않았던 걸까?

결국 나는 고등학생 때부터 내가 가장 무서워했던 미래에 발을 딛고 말았다. 아침에 출근해 하루 종일 팩스를 보내고 복사를 하고 전화를 받고 저녁에 퇴근하는 일상이 반복되는 미래 말이다. 대한민국 젊은이들의 90퍼센트는 이 길로 들어선다. 나는 나머지 10퍼센트가 되고 싶어 연극영화과에 진학했다. 그러나 그 길이 내 길이 아니라는 확신을 가진 후에도 어영부영하다 결국 90퍼센트의 길로 돌아오고 말았다. 남들과 다른 길을 가고 있던 것이 아니었다. 멍청하게 멀리 돌아온 것이다.

결국 나는 사 년 내내 허영심과 근거 없는 우월감만 키웠을 뿐 철없는 고등학생에서 한 치도 자라지 못했다. 팩스 기계에 종이가 제대로 들어가지 않아 한 장씩 일일이 손으로 잡아주는 작업으로 삼십 분을 보내며 내가 얼마나 아둔하고 쓸모없는 계집애인지 뼈저리게 깨달았다. 자신감은 재가 되어 사라졌고 기분은 최악으로 전력 질주했다. 오후 일곱 시가 되어서야 B사감들은 퇴근을 허락했다.

"할 만하지?"

그녀들은 친절하게 내 어깨를 두드리며 어서 집에 가보라고 선심 쓰듯 얘기했다. 나는 우는 듯 웃으며 세 명의 PD와 두 명의 메인 작가에게 순서대로 인사한 후 엘리베이터로 향했다. 다행히도 엘리베이터 안에는 아무도 없었다. 쇳덩어리가 닫히자마자 바닥에 쭈그리고 앉아 한참이나 눈을 감고 있었다.

막노동을 한 것도 아닌데 온몸이 피곤하다. 사실 일이 어려운 것은 아니다. 단지 내가 몰라서 헤맨 것뿐이다. 그런데도 당장에 이 일을 때려치우고 싶어졌다. 엄마에게 잔소리 들을지언정 하루 종일 침대에서 뒹굴며 미드나 다운받던 며칠 전 과거가 그리워졌다. 무엇보다 나를 짜증나게 하는 것은, 연줄로 가까스로 얻은 직장을 이깟 일로 때려치우고 싶어 하는 나약한 나 자신이다.

"어머, 깜짝이야!"

하이톤의 목소리에 놀라 고개를 들었다. 1층에서 엘리베이터 문이 열린 후에도 나는 그렇게 계속 쪼그린 채 앉아 있었던 것이다. 휘청거리는 나를 단발머리가 잡아주었다. 쪽팔리게 이게 무슨 꼴인가.

"너 유민이 아니니?"

엘리베이터를 빠르게 빠져나오려는 찰나, 단발머리 여자가 내 이름을 정확하게 불렀다.

"누구세요?"

"나 기억 안 나? 영미! 김영미! 우리 고3 때 같은 반이었잖아!"

아……. 나도 모르게 아는 척을 하며 고개를 끄덕였다. 사실은 모른다. 시원스레 내려앉은 코와 한쪽만 쌍까풀 진 짝짝이 눈. 마르지도, 뚱뚱하지도 않은 몸매를 가진 그 여자애는 예쁘지도, 못생기지도 않은 평범한 얼굴을 하고 있었다. 게다가 이름마저 그 흔한 김영미라니. 오 년 전 기억에서 끄집어낼 수 있는 사항이 아무것도 없다.

"유민이 너 되게 예뻐졌다! 못 알아볼 뻔했어! 나 무슨 연예인인 줄 알았잖아!"

"연예인은 무슨……."

"너 고등학생 때도 키 크고 예뻤잖아! 혹시 연예인 같은 거 된 거야?"

그녀의 오해가 기분 나쁘지만은 않다. 나는 친절한 얼굴로 웃으며 고개를 저었다. 머릿속으로는 여전히 고3 때의 기억을 뒤적이며. 김영미…… 김영미……. 정말 놀랄 정도로 아무 기억도 없다.

"아, 김영미!"

그러다 기억났다. 아이러니하게도 김영미가 떠오른 까닭은 그녀가 '아무 기억도 나지 않는 친구'이기 때문이다. 교실마다 그런 애들이 한 명씩은 꼭 있다. 굳이 뒷자리에 앉거나 몸을 숨기는 것도 아닌데, 우리 반에 누가 있을까 하면서 손가락으로 셀 때마다 마지막에 세게 되거나 아예 세지 않는 그런 애들 말이다. 그런 애들은 못생기거나 성격에 하자가 있는 것도 아니다. 차라리 못생기고 성격 더러운 애들은 세월이 흘러도 모두가 기억한다. 기억에서 제외되는 아이들의 공통점은 말이 없고, 평범하게 생겼으며, 무엇보다 친구가 없다. 그래서 수십 명이 공유하는 일 년의 추억에서 완전히 제외시켜도 아무런 구멍이 생기지 않는다. 김영미는 그런 애였다. 아무 특징이 없는 것이 특징이 되어버린 아이.

"뭐야, 이제야 기억 난 거야?"

"오랜만이다! 여기서 일해?"

"응. 나 〈아침에 만나요〉에서 작가로 일해."

"정말? 나도 〈귀 기울이는 세상〉에서 작가로 일하게 됐어. 사실 오늘 첫 출근이야."

"너도 방송작가 하는 거야?"

그녀가 놀란 얼굴로 나를 뚫어지게 쳐다본다. 순간 이상하게 기분이 언짢아졌다. 오 년 전에도 김영미와 나 사이에는 아무런 공통점이 없었다. 나는 반 애들을 주도하는 리더는 아니었지만, 무슨 일이 생기면 꼭 연락을 받던 '필수 구성원'이었다. 가끔 열리는 동창회에 당연히 초대되었으며 내가 모르는 아이들도 나의 연극영화과 진학 사실을 알았다. 지금의 혜지처럼 모두가 입방정을 찧는 애는 아니었지만, '이유민' 하면 '아, 그 몇 반의 키큰 애?'하며 떠올리는 공식적인 이미지를 가진 애였다.

그에 비해 김영미는 투명인간 같은 존재였다. 그녀가 대학을 갔든 말든 아무도 상관하지 않았으며 지금까지 수차례 있었던 동창회에서 그녀의 얘기가 나온 적도 없었다.

그런데 오 년이 지난 이제 와서, 우린 같은 직종에 종사하게 된 것이다. 같은 방송국에서. 이 찝찝하고 존심 상하는 기분은 뭐란 말인가.

"유민이 네가 글에 관심 있는 줄은 몰랐어."

"관심 없어."

나는 황급히 부정했다.

"나 올해 대학 졸업했거든. 아는 분을 통해서 어쩌다 일하게 된 거야."

나는 마치 '좀 더 대단한 일을 준비 중이지만 아는 분이 방송 쪽에서 일해보지 않겠냐고 부탁해 몇 달쯤 일해주기로 한 사람'이라도 되는 것처럼 무심한 말투로 얘기했다.

"아…… 정말? 난 이 방송국 아카데미 나왔거든. 사실 이 방송국에서 일하진 않아. 외주 제작사에서 일하고 있어. 1주일에 한 번 스튜디오 녹화하는 날에만 오는 거야."

외주 제작사가 뭔지 모르는 내가 그녀의 말을 알아들을 리가 없다. 내가 어색하게 웃자, 그녀는 눈치를 챘는지 재빠르게 덧붙였다.

"모든 프로그램을 방송국에서 만들진 않거든. 드라마나 쇼 프로그램은 다른 제작사에서 만들어서 방송국에 납품하는 경우가

많아. 본사나 외주 제작사나 각자 장단점이 있지만 난 외주 제작
사가 더 마음에 들어. 본사에서 일하는 것보다 더 빠르게 입봉
할 수 있다는 얘기가 있거든……."

그녀가 이렇게 말이 많았던가? 김영미는 마치 그동안 못다 한
이야기라도 풀어놓겠다는 듯 쉴 새 없이 떠들었다.

"아무튼 반갑다. 다음에 만나면 커피라도 한 잔 하자."

다음에 만나도 절대로 커피 한 잔 하지 않겠다는 서브 텍스트
가 담긴 전형적인 인사를 끝으로 서둘러 정문으로 향했다.

"잠깐만, 너 노아 알지?"

'노아'라는 말에 내 발이 멈칫했다. 모를 리가 없다. 이노아는
우리 고등학교에서 혜지 같은 존재였다. 진짜 친한 사람은 몇 없
는데 모두가 그녀의 베스트 프렌드라도 되는 듯 온갖 이야기들
을 떠들고 다녔다. 여자가 유명한 이유가 오 년 전이라고 다를
리 없다. 노아는 예뻤다. 〈천녀유혼〉의 왕조현을 연상시키는 청
순하고 고혹적인 외모의 소유자였다.

"노아 결혼하는 거 알아?"

"정말?"

"응. 상대 남자가 엄청 돈 많은 갑부래."

내가 지나치게 놀란 이유는 그녀가 스물넷밖에 안 된 나이에
결혼해서가 아니다. 동창회를 통해 그녀가 졸업 후 '텐프로'로
일한다는 얘기를 들었기 때문이다. 그녀는 한마디로 술집 여자

의 길을 선택했다. 그런데 멀쩡하게 결혼을 한다는 것이다. 그것
도 돈 많은 갑부와!

"나랑은 별로 안 친한데, 노아 어머니랑 우리 어머니가 친하
시거든. 이번 달 말에 결혼한대. 나 청첩장도 받았어."

"웬일이야……."

걔 술집에서 일한다고 들었는데. 나도 모르게 중얼거릴 뻔했
다. 아마 김영미는 이런 얘기는 모를 것이다. 소문도 전해주는
사람이 있어야 알기 마련이다.

"결혼식 같이 가자. 너 노아랑 알지 않아?"

알기야 안다. 같은 한별단이었기 때문에 종종 대화도 하고 점
심도 같이했다. 그러나 그뿐이다. 그런 식으로 얕게 지내다가 연
락 끊어진 애들은 셀 수도 없이 많다.

"나도 별로 안 친한 데 가는 거야. 그래도 결혼식인데 축하해
줄 사람 한 명 더 오는 게 좋잖아."

그래……. 나는 얼떨떨한 목소리로 대답한 후 내 핸드폰 번호
를 알려주었다. 그녀는 자주 보자는 기대 어린 목소리로 인사를
한 후 엘리베이터에 올라탔다.

친하지도 않았던 동창의 결혼식에 가는 건 우스운 일이지만,
솔직히 그녀의 결혼식이 궁금하긴 했다. 다른 사람도 아닌 이노
아가 아닌가. 고교 시절 3년 내내 전교생의 입방아에 올랐던 유
명 인사의 결혼식은 과연 어떻게 치러질까.

창조적 백조들의 포럼

　노아의 결혼식 날, 나는 소개팅에서 입었던 블랙 미니드레스를 입었다. 그 위에 새하얀 코사지를 달고 샤넬 목걸이와 귀걸이를 걸쳤다. 인터넷 명품 중고 사이트에서 믿지 못할 정도로 싼 가격에 나온 걸 단번에 낚아챈 대박 중의 대박 물건이다. 거기에 앞코가 뾰족하게 잘빠진 최정인 힐을 신었다. 민희 덕에 알게 된 샘플 세일 날 절반 가격에 구입한 구두다. 웬만큼 중요한 날이 아니면 굽이 닳을까봐 절대로 신고 다니지 않는다. 백은 골드 컬러의 루이비통 베르니 토드 백을 들었다. 대학 입학 선물로 사년 전 엄마가 사준 것이다.

　"유민아! 너 진짜 예뻐졌다!"

　쉐라톤 워커힐 호텔에 도착했을 때 나를 향해 달려온 건 영미가 아니다. 내 고등학교 동창들이다. 영미가 노아의 결혼 소식을 전해준 지 며칠 되지 않아 내 고3 동창들이 호들갑을 떨며 노아의 결혼 소식을 두 번째로 전해주었다. 이미 알고 있었다고 말하기도 귀찮아서 몰랐던 척 대충 연기했다. 동창들이 전해준 그녀의 결혼 정보는 좀 더 구체적이었다. 결혼식 장소가 애스톤 하우스라는 얘기를 듣고 입이 쩍 벌어졌다. 결혼식 당일에만 억 대를 퍼부을 수 있는 재력가가 아니면 꿈도 못 꿀 장소가 아닌가. 이 계집애 장난이 아니구나. 도대체 어떤 남자를 문 거냐며 친구와 한창 수다를 떨고 전화를 끊자마자 결의에 찬 얼굴로 옷장 문을 열었다. 신랑 재력이 그 정도인데, 신랑 친구 재력이 그 정도가 아니라는 법이 어디 있는가. 이럴 때만 재빠르게 돌아가는 내 머리는 이미 한심의 경지를 넘어섰다.

결혼식 전날 약속 시간을 정하자며 전화를 건 영미에게, 미안하지만 다른 친구들과 함께 가야할 것 같다고 양해를 구했다. 솔직히 말한나면 같이 있으면 왠시 심심하고 초라해질 것 같은 영미와 함께 다니고 싶지 않았다. 여자들은 가끔 팔짱을 낀 친구가 자신의 수준을 나타낸다고 생각한다.

"신랑 봤어?"

"몇 살이래?"

"서른여섯."

"엑, 열두 살이나 차이 난단 말이야?!"

"열두 살 차이 정도는 나줘야지 남자도 여자 잘 물었다는 얘기 나오지. 결혼식에 이 정도로 돈 펑펑 뿌리는데 열두 살 차이가 대수냐? 요즘 남자 연예인들은 거의 스무 살 차이 나는 애들하고도 잘만 결혼하잖아. 불멸의 진리 잊었니? 여자는 얼굴, 남자는 돈이야."

이 시니컬한 말투는 분명히 민경이다. 그녀는 학창시절부터 주 단위로 목표를 세워놓고 반드시 실천하는 부류의 친구였다. 꿈을 이루리라 맹세하고 다음날 열두 시까지 늘어지게 자는 것이 보통 사람들이라면, 그녀는 맹세와 동시에 계획을 짜고 그것을 거뜬히 실천했다.

"나 호텔 결혼식 처음 와봤어. 장난 아니구나……. 날씨는 또 왜 이렇게 좋냐, LA 3월 날씨 같다."

고3 때 짝이었던 선주가 팔짱을 끼며 짜증스럽게 중얼거렸다. 선주는 LA에 살고 있다. 정확히 말하자면, 수능을 말아먹었지만 재수는 하기 싫어 미국으로 도피 유학을 떠났다. 커뮤니티 칼리지를 2년 간 다닌 후 UCLA에 입학했는데 방학 때마다 한국으로 기어 나온다. 시꺼멓게 탄 몸을 해서는 LA는 너무 보오―링(boring) 하다며 한국의 클럽 문화를 열렬히 찬양하고 기꺼이 동참하는 친구다.

선주는 외국에 오래 살면서 한국 문화를 업신여기는 안 좋은 버릇이 생겼다. 사실 외국으로 유학 간 많은 주변 사람들에게 공통적으로 나타나는 특징이기도 했다. 그녀는 스타벅스 커피의 맛부터 시작해 한국 여자들의 천편일률적인 패션 스타일, 맛도 없이 가격만 비싼 카페, 무법천지의 교통, 부딪혀도 미안하다는 말 한마디 없이 사라지는 무례, 더러운 화장실 문제를 끝도 없이 비난하고 불평했다. 그녀의 말을 듣고 있으면 내가 살고 있는 나라가 너무도 후지고 세속적으로 느껴질 지경이었다. 선주에게 한국이란 대학생 아니면 재수생으로 갈라서야만 하는 스무 살에 어느 쪽에도 속하지 못한 자신을 쫓아내다시피 한 매정한 조국에 불과했다. 선주는 대학 졸업 후 당연히 미국에 눌러 살 것이라 했다. 그녀는 미국 시민권자인 남자 친구와 결혼을 약속한 상태였다.

"돌담에 속삭이는 햇발같이 내 마음 고요히 고운 봄 길 위에 오늘 하루 하늘을 우러르고 싶구나……."

"뭐하는 거냐?"

"김영랑 까먹었어? 돌담에 속삭이는 햇발같이! 순수 서정시! 그러니까 니가 언어를 말아먹은 거야."

"야, 한 번만 더 수능 얘기하면 맞는다. 몇 년 전 일인데도 아직도 언니 마음이 그렇게 쓰리다."

"하늘을 우러러 보면서 이 아름다운 날을 축복해야 맞는데…… 왜 이렇게 가슴이 쓰리냐. 비 좀 안 쏟아지나."

우리는 손바닥으로 가리개를 하고 하늘을 올려다보았다. 비한 방울 떨어질 기미가 안 보인다. 얼마 전까지만 해도 두터운 니트 카디건을 입어야 할 정도로 추웠는데 오늘따라 날씨는 왜 이렇게 좋을꼬. 선주 말마따나 짜증이 다 난다.

한숨을 쉬며 결혼식장을 둘러보았다. 사실 오늘이 아니면 언제 또 애스톤 하우스 결혼식을 구경하겠는가. 주례석 옆으로 설치된 대형 스크린을 보자 오늘 결혼에 참석하게 될 인파가 몇인지 대강 짐작이 되었다. 준비된 의자만 해도 4백 명은 훌쩍 넘을 것 같다. 새하얀 린넨 천으로 덮인 의자들은 뒷면이 핑크색 실크 리본으로 장식되어 있었다. 교회 의자처럼 일렬로 늘어선 것이 아니라 동그란 테이블마다 여덟 개 정도씩 놓여 있다. 테이블은 의자와 마찬가지로 하얀 린넨 천이 덮여 있었다. 테이블 중앙은 백합으로 장식되었고, 함께 놓인 유리 수반 안으로는 말도 안 되게 촛불이 둥둥 떠다니고 있다. 별짓을 다한다, 정말…….

기가 차다는 듯 웃고 있지만 당연히 나도 이런 곳에서 결혼하고 싶다. 애스톤 하우스까지는 안 되더라도 호텔 결혼식을 하고 싶다. 베라 왕의 웨딩드레스와 피로연 드레스를 번갈아 입고 싶다. 코스 요리로 하객들을 대접하고 싶다. 많은 친구들의 동경과 시샘 속에서, 일반 조명과 차원이 다르다는 호텔 조명을 받으며 아름답게 등장하고 싶다. 여자는 소꿉놀이를 하는 나이부터 결혼을 꿈꾼다. 그리고 친구를 시집보내는 스물넷은, 결혼을 더 이상 남의 이야기라고 생각하지 않는다. 적어도 나는 그렇다. 나만의 커리어를 쌓으며 사회에서 성공하는 데 관심이 없는 나 같은 여자는 자연스레 결혼에 눈을 돌리기 마련이다.

황홀한 식장을 둘러보며 수환과 헤어진 것은 역시 현명한 선택이었다는 착잡한 결론을 내렸다. 그와는 이런 곳에서 결혼할 수 없다. 누구보다 내가 가장 잘 알고 있다. 물론 21세기 여자라면 호텔 결혼식을 올려주는 남자에게 목매기보단 자기 능력으로 호텔 결혼식을 올릴 수 있는 여자가 되어야 한다. 하지만 나는 그럴 수 없다. 나의 미래를 들여다본 것은 아니지만 이쯤 되면 슬슬 파악할 때도 되었다. 나는…… 하고 싶은 일조차 없다.

내 나이 스물넷. 결코 인생 포기할 나이가 아니다. 그런데 나는 어째서 내가 만들 수 있는 찬란한 미래를 벌써부터 포기하고, 남들이 만들어줄 미래에다 인생을 거는 걸까…….

급속도로 우울해진 마음을 정리하고자 다시 노아에게 초점을 맞췄다.

"어떻게 만난 거래?"

"노아가 일본에서 유학했잖아. 무슨 플로리스트 어쩌고 공부한다고. 그러다가 긴자의 한 바에서 만났대. 노아 혼자 칵테일을 마시고 있는데, 야, 어떻게 바를 혼자 갈 생각을 하냐? 어쨌거나 바에 혼자 앉아서 우아하게 칵테일 한 잔 맛보고 있는데 바텐더가 애플 마티니를 갖다주더래. 난 시킨 적 없다 하니까, 저기 앉아 있는 남자분이 주문하신 거라고……. 알지? 빤한 전개 있잖아! 그리고 둘이 합석을 했대. 남자는 다정하고 따뜻한 목소리로 말했지. ‘혼자 있는 모습이 너무 외로워 보여서요.’ 노아는 웃으면 대답했어. ‘사실 제가 가장 좋아하는 칵테일이 애플 마티니에요⋯⋯.’”

고등학생 때부터 ‘가십걸’ 같은 존재였던 민경이 빠르게 말을 이었다. 너무도 드라마틱한 전개라 귀를 기울이는 여자애들 표정이 모두 맛이 가 있다.

“그렇게 만나서 결혼까지 간 거야?”

“만난 지 석 달밖에 안 됐대.”

“백 일 만에 결혼이라고?”

“뭐가 문제야? 너 같으면 애스톤 하우스에서 결혼식 올리고 신혼여행은 유럽으로 우아하게 떠나주겠다는데 프러포즈 거절할 거야? 신혼 첫 집을 전세도 아닌 자기 집으로 타워팰리스 55평에서 시작하겠다는데 싫다고 할 수 있어? 게다가 노아가 진짜 죽이고 싶을 만큼 운 좋은 년인 결정적인 이유가 뭔 줄 알아?”

우리는 모두 숨을 죽였다. 예전부터 생각한 거지만 연극영화과를 가야 했던 건 내가 아니라 민경이 아니었을까. 이 엄청난 관객 장악력과 흡입력을 보라.

“신랑이 고아래.”

“뭐?”

“고아라고. 시부모님이 없다고! 남자 쪽 부모님이 어릴 때 사고로 돌아가서서 조부모님 손에서 자랐대."

헉. 여자애들 모두 서로 눈치를 본다. 남의 부모님 사망 소식에 너무 좋겠다고 손뼉을 치는 천인공노할 짓을 가까스로 참는 얼굴들이다.

"그게 뭐 어쨌다는 거야? 고아인 건 마이너스잖아. 요즘은 결혼할 때 가정 본다고 엄마가 그랬어. 어른들은 다 똑같아. 부모 없이 자란 애들은 어딘가 하자가 있다는 편견을 갖고 있다고."

"그건 여자일 때 얘기고."

"어쨌든 난 시부모님은 반드시 있어야 한다고 생각해. 설마 너희들 다 나중에 결혼하면 시부모 안 모실 생각인 거야? 딸은 출가외인이라는 말도 있잖아. 우리는 결혼하면 시댁 사람이라고. 시부모님이 안 계시다는 건 가족이 없다는 거야."

순진한 목소리로 이의를 제기하는 다정을 모두가 무시했다. 저 애는 학창 시절부터 저렇게 초치는 버릇이 좀 있었다. 다정인 늘 세상이 너무도 아름다우며 세상 사람들 모두가 서로를 배려하는 친절함을 가지고 있다고 믿었다. '교회 청년부 회장 언니' 스타일이 딱 맞다. 여자애들은 평소에 다정의 지나치게 올곧은 성격을 싫어했다. 그러나 복잡하고 골치 아픈 문제를 도덕적인 울타리 안에서 한 번에 해결 보고자 할 때는 어김없이 다정을 찾았다. 다정인 질투와 시샘으로 뒤덮인 여고생들의 양손을 잡고 '우리는 모두 친구잖아!' 하는 너무도 당연한 지론으로 화해를 이끌어낼 줄 알았다. 모두가 알고 있지만 차마 낯간지러워 말하지 못하는 그 해결책 말이다.

"이십사 년 동안 할머니, 할아버지와 같이 산 엄마의 딸로서, 시부모와 며느리 간의 거리가 멀면 멀수록 해피 에버 애프터에 가까워진다고 자신 있게 말할 수 있어."

민경은 엄숙한 목소리로 대한민국 많은 딸들의 의사를 대변했다.

"나도 동감이야. 딸의 입장으로 가장 열 받을 때가 엄마가 할머니한테 당하는 걸 볼 때지."

"특히 명절 때."

다정을 제외한 나머지 애들이 모두 엄숙한 얼굴로 고개를 주억거렸다. 분명히 엄마는 하루 종일 뛰어다니며 무언가를 하고 있는데, 쟤는 하는 일이 없다고 쪼아대는 할머니들을 떠올리는 것이 분명했다. 딸들이 자식으로서 가장 분노할 때다.

"어쨌거나 노아는 조건만큼은 완벽하구나."

"무슨 조건?"

"'그들은 영원히 행복하게 살았습니다'를 위한 조건."

우리는 동시에 한숨을 쉬며 호화찬란한 결혼식장을 다시 한 번 둘러보았다. 그러다 깨달았다. 우리들 중 어느 누구도 '사랑'에 대해서는 언급하지 않았다는 것을.

"신부 대기실 갔다 왔어?"

"같이 가자. 나 솔직히 노아랑 별로 안 친했어. 유민이 너는 그나마 밥도 같이 먹고 했잖아."

"졸업하곤 연락 거의 안 했어. 나도 몇 년 만에 처음 보는 거야."

"별로 친하지도 않았던 애들한테 청첩장은 왜 보냈대?"

"노아 친구 별로 없잖아. 이렇게 큰 데서 하는데 신부 측 하객이 절반의 절반도 못 찼어봐. 신부 인간성 의심할걸?"

"내가 요즘 선배 언니들 결혼식 자주 다니거든. 갔다 올 때마다 드는 생각인데, 결혼식 생각해서라도 억지로 인맥 만들어 놔야 돼."

신부 대기실에 들어서기 전, 선주가 조심스레 물었다.

"그런데…… 노아가 술집 나갔었다는 거 신랑이 알긴 아는 거야?"

우리 모두 아무 말도 하지 않았다. 그녀가 몇 년 간 술집에서 반짝 번 돈으로 유학을 떠났다는 건 기정사실이었다. 노아는 가난한 집 딸이 아니다. 내가 알기로 하자 있는 부모를 두지도 않았다. 그녀는 우리와 마찬가지로 풍족하고 정상적인 집안의 딸로서 고등학교를 멀쩡히 졸업하고 멀쩡한 정신으로 '그 세계'에 들어선 것이다.

"난 모른다는 거에 한 표 던질래."

민경이 빠르게 대답하고 먼저 신부 대기실로 들어섰다. 노~

아~야! 한순간 친절해진 그녀의 목소리가 허공을 가른다. 우리는 질투심과 열등감에 휩싸인 시한폭탄에서, 친하지도 않은 친구에게마저 영원한 행복을 빌어주는 착하디착한 순정만화 주인공들로 돌변했다.

노아는 예뻤다. 입 아프게 굳이 더 설명할 필요도 없이 예뻤다. 그녀의 학처럼 가녀린 목선과 등선을 드러내는 튜브탑 드레스는 심플하면서도 우아했다. 흑단처럼 새까만 머리를 장식한 티아라는 눈이 부셨고, 레이스로 촘촘히 짠 장갑마저 감탄스러웠다. 우리는 너무 예쁘다는 말을 수십 번 반복하며 그 순간만큼은 그녀를 진심으로 축복했다. 여자는 미에 약하다. 예쁜 것이 눈앞에 있으면 마음이 한없이 부드러워진다. 질투심이고, 열등감이고, 스스로에 대한 자괴감이고 모두 잊어버린다. 이 예쁘고 반짝거리는 것이 언제까지고 영원하기를 진심으로 빈다. 여자들이 예쁜 여자를 좋아하는 마음은 남자들 못지않다. 단, 질투라는 양념을 많이 치면 맛이 중오로 돌변해버리는 수가 있다.

"여기까지 와줘서 고마워."

"아니야. 네가 아니면 우리가 언제 이런 데 와보겠어? 진짜 너무 예쁘다. 영화 속에 나오는 결혼식 같아."

"정신이 하나도 없다. 결혼식 두 번 하다간 죽을지도 몰라."

노아는 얌전하고 정숙한 얼굴로 웃었다. 오랜만이다, 유민아. 그녀가 나를 보고 웃자 황송하기까지 하다. 여자들의 간택 본능은 어쩔 수가 없다. 잘생긴 남자들에게 간택 받길 바라는 마음 못지않게 예쁘고 잘나가는 여자들에게 간택 받고자 하는 열망 또한 대단하다. 어느 사회에나 이런 여왕벌이 존재하기 마련이다. 노아는 우리들의 여왕벌이었다. 조용하고 도도한 여왕벌. 그녀를 미워해서 열등감에 휩싸이는 못난 여자애로 찍히는 것보다, 그녀를 동경하는 한 마리의 일벌로 남아 있는 것이 마음 편한 그런 존재였다.

우리들의 여왕벌은 몇 년간의 술집 여자 생활을 은밀하게 묻은 채 호텔에서 몇 억 짜리 결혼식을 연다. 감탄밖에 나오지 않는 아름다운 웨딩드레스를 입고 유럽 신혼여행과 타워팰리스 신혼집을 선물할, 열 살 넘게 차이 나는 남편의 팔짱을 끼고 찬란한 미래를 향해 행진할 것이다. 그리고 우리 중 어느 누구도 노아의 과거를 신랑의 친구들에게 떠벌리지 않을 것을 확신할 수 있었다. 여자는, 질투하는 여자가 될지언정 그 질투를 무기로 공격하는 추한 여자가 되고 싶이 하진 않는다.

"피로연까지 있다 가. 오랜만에 너희 보니까 고등학생 때로 돌아간 것 같다."

나뿐만 아니라 모두가 노아에게서 눈을 떼지 못했다. 오늘은 노아의 날이었다. 이 세상이 노아를 위해 존재하는 것 같았다. 누군가 모든 것을 다 가진 여자가 누구냐고 묻는다면 우리는 입을 모아, 노아라고 대답할 것이다. 그녀는 너무 예뻤고, 행복해

보였고, 우리와 다른 세계의 사람처럼 느껴졌다. 그래서 이렇게 아름다운 사람은 과거가 어떻든 행복할 권리가 있다고 자기도 모르게 인정하게 되는 것이다. 어쩌면 돈이나 권력보다 무서운 것은 아름다움일지도 모른다. 그리고 젊음.

"노아 정말 연예인 같다……."

"젊고 예뻐서 돈 많은 남자 물려면 저 정도 레벨은 돼야지."

뒤돌아 문을 닫는 순간 여자들의 진심은 모서리가 딱딱해져, 시샘이라는 이름으로 위장을 공격한다. 배가 아프고 옆구리가 콕콕 쑤신다. 우리는 신부 대기실에서 나오자마자 무표정으로 일관하며 아무 말도 하지 않았다. 그녀를 마주볼 때만 해도 그 찬란한 젊음과 아름다움에 눈이 부서 그녀의 행복을 기꺼이 빌어줄 용의가 있었다. 그러나 눈에서 멀어지자마자 그녀의 행복에 의문을 품었다.

과거에 그렇게 막 놀았던 여자가 정숙한 얼굴을 무기로 남자를 속여 행복해질 권리가 있을까? 그녀는 아무 노력 없이 타고난 외적 조건만으로 상류층 삶으로 향하는 기차표를 거머쥐었다. 애시 당초 뼈 빠지게 노력하는 건, 없는 인간들의 몫일지도 모르겠다. 어쩐지 온몸에 힘이 빠졌고, 너무도 새파란 하늘과 맑은 날씨가 불쾌해졌다.

＊

노아의 결혼식은 아무 탈 없이 멋지게 끝났다. 살아온 과거가 근현대사 드라마일 것만 같은 심오한 얼굴의 할아버지가 주례를 보았으며 결혼식장 양 옆으로 온갖 대기업과 서울시장, 어디선가 들어보았음직한 곳들에서 보낸 화환들이 벽을 쌓았다. 손에 손 잡고 벽을 넘어서 이 식장에 들어온 우리들이 우쭐해질 정도로 높은 벽이었다. 깔끔한 제복 차림의 웨이터들이 쉴 새 없이 음식을 날랐다. 프렌치 어니언 수프는 부드럽고 따뜻했으며, 메인 요리로는 연어 구이와 등심 스테이크가 함께 나왔다. 그리고 전혀 어울리지 않게도, 잔치국수까지 메뉴에 있었다.

"도대체 이건 왜 주는 거니? 배 터지겠다."

"어딘가에 돈을 더 써야 되긴 하는데 쓸 곳이 없었나 보지. 그리고 이런 양식 싫어하는 어른들도 많잖아."

"너무 안 어울려. 나 겨울에 교회 언니 결혼식 갔다 왔거든. 우리 교회에서 우리 교회 목사님 주례로 우리 교회 신도들의 축복 속에 열렸는데, 그때 나온 음식이 이 잔치국수였어. 오늘의 교훈은 잔치국수와 호텔 결혼식은 너무 안 어울린다는 거야."

민경의 통통거리는 말투에 깔깔대고 웃을 때쯤, 누군가 내 등을 가볍게 쳤다. 뒤를 돌아보자 의자에 앉은 채 몸만 살짝 돌린 영미가 웃고 있었다.

"어, 여기 있었어? 진작 부르지. 있는지 몰랐어."

이렇게 가까이 붙어 있는데도 영미가 여기 있다는 걸 전혀 몰랐다. 그녀는 목 위로 올라오는 하얀 블라우스에 무릎 밑으로 어정쩡하게 내려오는 남색 스커트. 그리고…… 하얀 스타킹을 신고 있었다. 앞코가 네모난 투박해 보이는 구두가 숨 막힐 듯 답답하게 느껴졌다. 백화점에서 딸이 정숙해보였으면 하는 엄마의 바람에 맞춰 고른 딱 그 스타일이다.

나도 대학에서 새로운 친구들을 만나기 전까진 저렇게 입고 다녔다. 그녀를 보니 내 과거의 모습이 떠올라 괜히 불편해졌다. 대학 친구들과 한창 어울려 다닐 무렵, 친구들은 사실 내 첫인상이 너무나도 촌스러웠다고 고백했다. 그 말에 충격을 받아 대학 친구들이 입는 스타일로 옷을 입고 그들이 총애하는 브랜드의 옷들만 구입했던 기억이 난다. 그렇게 사 년을 따라 입은 후, 내겐 과거의 내 모습을 하고 있는 여자애들을 길거리에서 마주칠 때마다 비웃는 버릇이 생겼다.

"오늘 너무 예쁘다, 유민아. 확실히 키가 크니까 네가 눈에 제일 들어온다."

그녀는 입 바른 말이 아닌 진심으로 그렇게 얘기하고 있었다. 선량한 영미의 눈동자는 오히려 나를 불편하게 했다.

"노아 신랑 인상이 정말 선해 보이더라. 남자는 나이 먹을수록 중후한 매력이 생긴다고 하던데 진짠가 봐. 둘이 꽤 잘 어울리지?"

"중후한 것도 능력 나름이지. 돈 없이 골골 곪고 있는 늙은 남자한테 누가 중후하다는 말을 쓰니? 다 신랑이 돈이 많으니까 중후하네, 인상 좋네, 이런 말들로 커버 치는 거야."

"그건 좀 아닌 것 같다. 돈이 사람 인상을 결정하는 건 아니잖아."

영미는 어색하게 웃으며 물잔을 들었다. 그 순간, 아까 전 신부 대기실에서 나오자마자 노아의 행복이 엎어지기를 바라던 내가 너무도 유치하고 추한 계집애로 느껴졌다.

그녀가 왜 학창 시절에 친구가 없었는지 이해가 되고도 남는다. 여자들은 잘못을 지적해주는 친구를 원하지 않는다. 비딱한 말에 동의하며 함께 수군대주는 친구들을 원한다. 세상을 바르고 밝게만 보는 애들은 늘 '답답한 애'나 '재미없는 애'로 낙인찍혀 무리에서 멀어지게 된다. 사실 여자들의 많은 우정은 험담에서 시작되고 험담으로 지속된다. 영미는 그런 것과는 아예 거리가 멀었다. 그래서 상대방을 불편하고 초라하게 만들고, 결국 멀어지게 만드는 것이다.

"식 끝나고 뭐해? 사실 유민이 너랑 둘이 얘기하고 싶은 것들이 많거든. 궁금한 거 없어? 방송작가 일에 대해서……."

아무것도 궁금하지 않아! 아무것도 알고 싶지 않아! 제발 이런 데서까지 칙칙한 직장 얘기는 그만 하자!

그 말이 실황 중계되려는 순간, 옆에 앉아 있던 낯익은 얼굴의 여자들이 나를 보며 호들갑을 떨었다.

"너 유민이니? 선배 기억나?"

그녀들은 영미와 같은 테이블에 앉아 있었는데 친한 사이라기보다는 자리가 없어 그냥 이 테이블에 앉은 것 같았다. 몇 초 후, 나는 그녀들이 나보다 두 살 위의 동아리 선배들이었다는 것을 기억해냈다. 나는 한별단에 있었다. 노아와 같은 동아리였기 때문에 그나마 아는 사이로 지냈던 것이다. 그리고 그녀들은 내가 1학년 때 군기 잡는 걸 취미 활동으로 생각하는 악독한 선배들이었다.

"아, 잘 지내셨어요?"

"너도 여기서 보는구나. 노아가 한별단 연락망 이용해서 동아리 애들한테 청첩장 돌린 모양이더라고."

"선배님 신싸 예뻐지셨어요……."

나는 거짓말을 할 때 말끝을 흐리는 버릇이 있다. 그녀들은 '이십대 중반의 여성'이라는 말에 정확히 부합하는 얼굴을 하고 있었다. 늙어보이진 않지만 더 이상 어려보이지도 않았다. 대학 선배가 여자는 스물넷부터 빠르게 얼굴이 성숙해진다고 했다. 스무 살 때와 딱히 달라진 건 없는데 전체적으로 인상이 확 변한다는 것이다. 확실히 이십대 중반의 어느 지점에서부터, 여자는 변한다. 섹시한 원숙이든, 칙칙이든 둘 중 하나로. 슬프게도 나의 선배들은 모두 조금씩 칙칙해졌다.

"네가 지금 몇 학 년이지? 졸업반인가?"

"올해 졸업했어요."

"벌써 세월이 그렇게 됐네. 시간 진짜 빨라, 그치? 너도 스물 넷이니까 좋은 시절 얼마 안 남았어. 여자는 크리스마스인 거 알지? 스물다섯에서 종 친다고. 스물여섯부턴 내리막길이야, 우리 처럼."

"스물여섯이 뭐가 늙었어요? 이제 막 피는 시긴데."

"대한민국 여자들이 얼마나 빨리 늙는 줄 알아? 원더걸스랑 소녀시대가 판치는 세상에서 스물여섯은 어디 가서 젊다고 명함도 못 내밀어! 선볼 때도 어린 나이로 얹히는 메리트 벌써 사라진 거 알지?"

"어린 나이가 아니야, 유민이 너도."

"네……"

나는 애써 예의 바르게 대답하며 웃었다. 난 어리다. 아니, 어리다고 생각한다. 아니면 어린 게 맞는데 세상은 더 이상 나를 어리게 보지 않는지도 모르겠다. 어리다고 말하면서도 어리지 않게 취급하는 이 모순은 뭐란 말인가? 모르겠다. 나이 먹을수록 세상은 이해할 수 없는 일들로 뒤죽박죽 섞인 샐러드 같다.

"그럼 지금은 뭐해? 취직했어?"

"네. 방송국에서 작가로 일해요. 시사 프로에서요."

사실 작가랄 것도 없다. 나는 단 한 줄도 글을 쓰지 않는다. 그러나 거짓말한 건 아니다.

"빨리 취직 했네……. 요즘은 대학 졸업하면 '준비' 기간 일 년은 기본이잖아."

"난 사법고시 준비하거든. 얘는 공무원 시험 준비하고. 우리 둘 다 취업반이야. 휴학하고 어학연수 갔다 오느라 졸업이 좀 늦었어."

"아……."

요즘 세상에서 '난 백수야'라는 말은 보통 이런 식으로 포장된다.

"난 다시 대학 들어갔어. 지금 약대 다니는데 졸업 언제 할지 모르겠다."

"난 졸업하고 바로 취직했거든. 그런데 적성에 맞지 않아서 다시 나왔어. 스펙 더 쌓아서 다른 데 가려고."

취업만큼 분위기를 가라앉히는 대화 주제도 없다. 나는 연신 머리를 쓸어 넘기며 언제 내 테이블의 무리로 돌아갈 수 있을지 눈치만 살폈다. 결국 이 테이블에 앉은 다섯 명의 스물여섯 살 여자들 중 직장에 제대로 취직한 사람이 하나도 없다는 얘기다. 대한민국에 백수가 넘쳐흐른다는 말을 이렇게 실감한 적은 처음이다. 사법고시, 공무원, 약사……. 그녀들은 취업을 하지 못한 것이 아니다. 안 한 거다. 눈높이를 낮춰 마음에 안 드는 회사에 취직하느니 몇 년 더 투자해 안정적인 직장인이 되기를 희망하는 것이다.

"약사 공부 어렵지 않아요?"

"어려운 건 둘째 치고 재미가 없어."

그녀가 한숨을 쉬며 국수 면발을 휘휘 저었다.

"그래도 일단 졸업하면 길이 생기겠지. 괜히 의대, 약대가 센 건 아닐 거 아냐."

"원래 그쪽 공부에 관심 있으셨어요? 적성에 맞는다던지……."

"그쪽 연봉에는 관심 있었어. 이 나이 돼서 적성검사 하고 다닐 정도로 돈과 여유가 충분한 집안 딸이면 좋겠네."

선배는 시니컬하게 대답하고 바닥이 보이는 와인글라스를 불만스럽게 흔들었다. 흔들기 무섭게 호텔 직원이 정중한 자세로 다가와 글라스를 채웠다. 우리는 하객이라기보다 국제적 포럼에 참석한 주요 인사들 같다. 무슨 포럼이라고 할까. 세상에 백기를 들기 전 최후로 발악하는 자칭 창조적 백조들의 포럼?

"어쨌든 연봉 든든하고 노후 보장되는 직업이 제일이니까."

공무원 준비를 한다는 선배가 고개를 끄덕거린다. 꿈이 없는 사람이 나만은 아니라는 사실이 그나마 위안이 된다.

"잘되시길 바랄게요. 선배님."

세상에서 가장 화려해 보이는 결혼식장에서 이런 우울한 대화는 어울리지 않는다. 백수 선배들의 넋두리를 듣고 있자니 문득 영미와 대화중이었다는 사실이 떠올랐지만, 다시 그녀에게 말을 붙이진 않았다. 그녀가 방송작가의 꿈을 '거위의 꿈'처럼 노래 부르는 걸 듣고 싶진 않다.

"노아 온다. 다들 반갑게 맞아주자고."

망고 무스 디저트를 먹을 때쯤, 옅은 핑크빛 드레스를 입은 노아가 우리 테이블로 다가왔다. 신랑은 노아의 키와 비슷했다. 분명히 저기에 깔창을 깔았을 테니 기껏 해봐야 170센티미터가 조금 넘을 것이다. 재력을 제외하고 본다면 노아는 너무 아까웠다. 그러나 식 중에 노아의 손가락에 끼워준 1캐럿 다이아 반지를 보고 있자니 남자가 꽤 괜찮아 보이기도 했다. 이것이 말로만 듣던 다이아 반지 효과일까.

"자주 연락하고 지내자. 오늘 와줘서 너무 고마워. 많이들 먹고 가."

그녀는 지금까지 수많은 테이블에 했을 멘트를 그대로 답습하고 있었다. 기계적으로 웃는 노아는 아까처럼 예뻐 보이지 않았다. 우리 또한 아까처럼 진심을 담아 축복하진 않았다. 그녀는 지치고 피곤해 보였다. 하지만 우리도 질투에 지쳤다.

노아는 신부 측 하객 수를 채우기 위해 몇 년 동안 연락도 하지 않던 우리를 불렀다. 우리는 이 결혼은 사기라고 외치고 싶은 속마음을 누른 채 굳이 식장을 찾아 그녀의 해피엔딩을 못마땅하게 지켜보고 있었다. 분명히 우리 중 둘 이상은 누군가 식장에서 노아의 과거를 폭로해 결혼이 엎어지는 대사건을 기대했을 것이다. 가식은 이 정도면 됐다. 우리는 그녀의 결혼식장에서 자리만 채워주고 맛있는 걸 먹고 사라지면 되는 것이다. 각자 서로의 역할을 잘 알고 있었고, 이제 이 역할극도 슬슬 막을 내릴 때가 되었다.

"여자는 정말 어리고 예쁠 때 팔자 편하게 결혼하는 게 제일인 거 같아……"

약사 준비하는 선배가 한숨을 쉬며 노아의 드레스 자락을 눈으로 쫓았다. 재충전의 시간을 스스로 선택한 여자라고 하기엔 이미 의욕 상실의 늪에 무릎까지 잠긴 말투다.

"에이, 그건 우리 할머니들이 엄마들 일찌감치 시집보내면서 썼던 미끼 아니에요?"

"너도 회사 다녀봐. 내가 이 일 하려고 그렇게 뼈 빠지게 공부하고 등록금 바쳤다는 게 안 믿길 정도야. 한 달 두 달 다니다 보면 회의가 들면서 다른 생각을 하게 된다고. 아, 이렇게 피곤하게 살 바에야 차라리 시집이나 가서 전업주부나 해버릴까."

나는 드라마나 영화를 볼 때마다 회사 생활로 힘들어하는 이십대 후반과 삼십대 초반을 이해할 수 없었다. 짜증이 나기까지 했다. 왜냐면 업무 스트레스로 우울증에 시달리는 회사원마저 로망으로 생각하는 백수들이 내 주변에 너무나도 많기 때문이다.

"선배, 그런 말도 다 사치인 거 아시죠?"

"나도 취업 전에는 그렇게 생각했어!"

언니는 답답하다는 듯 스푼으로 후식을 계속 내리쳤다. 탱탱하고 예뻤던 망고 무스를 개가 씹다 흘린 찌꺼기처럼 추접하게 일그러졌다.

"신입사원 연수회 가서 한 시간에 두 번씩 울컥할 뻔했다니까? 졸업 후 한 번에 취업했다는 게 너무 감격스러워서, 내가 너무너무 예뻐 죽겠는 거야. 그러니까 이렇게 예쁘고 기특한 나한테 조금이라도 가당치 않게 대하는 걸 더더욱 못 견디겠더라. 자기애 그거, 사회생활에 전혀 도움 안 돼. 그래도 남자 동기들은 군대에서 조직생활 해봤다고 아무리 상사가 엿 같이 굴어도 참고 넘어가는데, 여자들은 그게 쉽니? 거기다 이 직업 때려치우면 당장 집안 식구 굶어죽는 소녀 가장 아닌 담에야, 요즘 누가 그거 다 참아? 엄마, 직장이 너무 거지 같아서 좀 더 공부하고 나은 일 할게요, 하면 엄마들 대부분 이해하잖아. 나도 웬만하면 그냥 다니던 직장 다니려고 했는데…… 좀 더 시간 투자하더라도 근무 환경 더 좋은 데로 가고 싶어."

"요즘은 작은 회사에서 경력 쌓고 큰 데로 옮겨가는 게 추세라고 하던데요?"

"그러니까 작은 회사 내에서도 박 터지는 거야!"

선배는 자신의 끔찍했던 사회생활이 생각난다는 듯 순간적으로 눈동자를 위로 뒤집어 깠다. 선배는 아마 일이 적성에 맞지 않고 근무 환경이 별로라 박차고 나온 게 아니라 적성에도 맞지 않고 근무 환경도 별로인 곳에서조차 피를 말려가며 경쟁하는 것을 못 견뎌했던 모양이다.

"회사생활 하면서 내가 점점 짐승이 되어가는 것 같았다니까? 눈치 보고 뒤통수 칠 준비하는 음흉한 승냥이, 그 표현이 딱 맞아. 경쟁? 좋지. 월급 대비 피 터지게 열심히 하게 되니까 업무 질도 높아지고. 그런데 뭐가 문제인 줄 알아? 우리나라는 건전한 경쟁이 자리 잡힌 나라가 아니거든. 상실된 인간미며 경쟁에서 탈락했을 때의 공허함이며, 그거 책임질 사람 나밖에 없어. 경쟁에서 떨어져 나가 깊은 슬픔에 빠진 사람을 뭐라고 부르는지 알아? 그냥 '패배자'야. 자비 넘치는 사회 풍토도 아니면서 경쟁을 무슨 아침 인사처럼 하잖아. 안녕? 오늘도 잘 경쟁했어? 아휴, 옛날 생각하니끼 머리 깨진다. 아무튼 그렇게 하루 이틀 살다보면 결국 다 때려치우고 싶은 거야. 그리고 시집이나 가고 싶은 거지."

"요즘은 시집이 아니라 취집이라고 하잖아. 도저히 안 되겠다 싶으면 과감하게 어릴 때 결혼해버리는 애들 많아. 노아처럼."

"내 친구들도 그 얘기 하더라. 남자 동기들이랑 독하게 경쟁하는 여자애들도 있지만 좀 힘들다 싶으면 결혼한다고 뒤로 빠지는 애들이 더 많다는 거야."

"아무래도 여자는 결혼이란 탈출구가 있으니까. 우리 고3 때도 봐. 수능 망하면 집에서 유학 보내준다는 애들은 독하게 못하잖아. 유학이라는 플랜B가 있으니까."

"선배는 남자 친구 없으세요?"

"남자 친구야…… 있지."

"그래도 애인 있으면 맘 좀 편하지 않아요? 준비하다가 정 안 되겠다 싶으면 눈높이 약간 낮춘 직장 다니면서 사랑하는 사람이랑 결혼하면 되니까……."

"미쳤니?"

어이없다는 선배의 반응에 깜짝 놀랐다. 현재 남자 친구가 전과범이라도 되나?

"……아직 학생이에요?"

"아니. 내 남자 친구 지금 대학에서 시간강사 해."

선배는 짜증난다는 듯 와인을 한 입에 털어 넣었다. 마치 자신은 대기업 간부인데 애인은 트럭 운전사라 객관적으로 보기에도 대단한 갭이 존재한다는 듯. 자신이 백수라는 사실은 잠시 암전시킨 걸까.

"탈출구가 될 정도로 든든한 놈은 아니니까, 내가 열심히 해야지."

그 말은 곧, 노아의 새신랑처럼 탈출구가 될 정도로 경제력이 월등한 남자라면 기꺼이 도망쳐주겠다는 뜻일까?

나의 옆 테이블에 앉은 선배들은 하나같이 노아의 결혼식을 시샘과 동시에 동경하고 있었다. 그러나 아무도 '나도 저렇게 되고 싶다'고 대놓고 말하지 않았다. 그것은 우리가 배워온 가치관에 위배되는 발언이다.

노아 좋겠다. 사실 누가 뼈 빠지게 일하면서 월급쟁이로 살고 싶어 하겠어요. 말이야 바른 말이지만 여자가 시집 잘 가는 것만큼 효도하는 게 또 있나요?

이 말을 입 밖으로 꺼내는 순간 비난의 핵폭탄이 날아든다. 지금은 성별을 떠나, 자아성취를 위한 경쟁의 피바다로 모두들 뛰어들어야만 하는 남녀평등의 시대니까. 그러나 성실한 부류를 비웃는 여자들은 어느 시대에나 있었다. 그녀들은 개인 시간을 몽땅 외모 가꾸기와 남자 공략법에 투자하며 자신은 부잣집으로 시집갈 것이라는 얘기를 입버릇처럼 말해왔다.

나머지 여자들은 요즘 시대에 어떤 남자가 백조와 결혼 하냐고 비웃으면서도, 늘 그런 여자들이 정말 시집을 잘 갈까봐 두려움에 떤다. 그리고 짜증나게도, 자신이 평생 일해도 벌 수 없을 것 같은 재력을 지닌 남자들의 품으로 멋지게 탈출하는 여자들이 정말 있긴 있다. 주변에 꼭 한 명 이상. 노아처럼. 그녀를 비웃어온 여자들은 그래봤자 살림기계 아니냐며 수군거리면서도, 투석기가 쏘아올린 바위에 얻어맞기라도 한 듯 정신이 멍하다.

어쩌면 현대 여성들에게 취업의 문턱보다 더욱 힘든 건, 여자는 예쁘면 된다는 말을 구시대의 유물이라 비웃으면서도 그로 인해 안정적인 삶을 보장받는 여자를 두 눈으로 확인하는 일인지도 모르겠다. 그때마다 현대 여성 교육을 통해 깊게 뿌리내린 가치관이 지진을 겪는 것처럼 흔들리기 때문이다. 특히 자신의 앞날이 막막할 때는 더더욱.

"계속 얘기할 거야?"

점점 성토의 장이 되어가는 선배들의 테이블에서 소외당하고 있을 때, 민경이 내 팔꿈치를 툭 치며 원래 테이블로의 귀환을 재촉했다.

"무슨 말이 저렇게들 많아? 다 백수 주제에."

졸업과 동시에 화려하게 공기업에 취업한 민경의 귀엔 선배들의 길고 긴 한탄이 백조들의 끼룩대는 소리로만 들렸나보다.

"넌 회사생활 하면서 때려치우고 결혼하고 싶다고 생각한 적 없어?"

"미쳤냐? 70년대로 회귀하려고 대학까지 나온 거 아니거든?"

"나야 취업 준비 해본 적 없어서 모르겠지만, 그렇게 뼈 빠지게 노력해서 들어간 직장이 너무 성에 안 차면 엄청 허탈할 것 같기도 해."

"다 개소리야."

민경의 혹독한 판단은, 마치 혹독한 사회의 축약판을 보는 것 같다.

"다 자기합리화라고. 저런 여자들 때문에……."

민경은 직장을 때려치웠다는 선배를 힐끗 보며 목소리를 한 톤 더 낮췄다.

"저런 여자들 때문에 밤잠 줄여가면서 남자들이랑 경쟁하는 여자들이 욕먹는 거야. 결혼이나 하지 회사에서 짜증나게 엉덩이 비빈다고!"

"……남자들하고만 경쟁하는 건 아니잖아."

민경은 코웃음을 치더니 다소 섬뜩한 눈으로 답했다.

"아니, 경쟁은 남자들하고만 해. 여자들하곤 살육을 하지."

난 자신감이 사라져, 힘 빠진 얼굴로 어깨를 축 늘어뜨렸다. 만약 시공간이 뒤집히는 대사건이 일어나 내가 '정상적인 루트'를 통해 좋은 직장에 취업한다 해도, 민경이 같은 애가 동기로 있다면 가장 먼저 살해당했을 것이다.

"아무든 결론은 노아 부럽다……. 나도 이렇게 빌빌거리며 살 바에야 돈 많은 남자한테 간택이나 받았으면 좋겠어."

민경은 용납할 수 없는 말을 들은 표정으로 내 눈앞에서 포크를 휘둘렀다. 다시 한 번 구한말 기생 대사를 읊는다면 이걸로 네 입술을 뚫어버리겠다는 듯.

"시집 잘 갔다고 만사형통일 거 같아? 남자들은 일단 결혼하고 자기 여자 됐으면 끝이야. 거기다 노아는 직장도 없잖아. 재

언젠가 그 잘난 미모 빛을 잃고 살림기계로 전락하는 순간이 올 거다.”

민경은 마치 그렇게 되길 바라는 듯 구체적인 염원을 담은 보이지 않는 저주의 부적을 식장에 뿌렸다.

“정신 차려, 이유민. 우리는 그렇게 교육받고 자라지 않았어.”

마지막으로 나의 신데렐라 콤플렉스를 정당하게 조롱하면서.

접시를 비우고 일어설 때쯤 아까 대화했던 한별단 선배들이 화환 근처에 몰려서서 무언가를 뚫어지게 쳐다보고 있는 것을 발견했다. 그녀들의 시선을 따라가자 신랑 친구들로 보이는 삼십대 중반 남자들이 삼삼오오 모여 와인 잔을 기울이고 있었다.

그들은 하나같이 돈이 많아 보였고, 안경을 썼으며, 결정적으로 늙어 보였고, 그리고…… 아이의 손을 잡고 있었다.

아이의 손! 정신이 번쩍든다.

신랑이 아닌 그들을 보고 있자니 열두살 차이라는 어마어마한 갭이 몸으로 확실히 와 닿았다. 저들이 대학 신입생일 때 나는 초등학교 입학식에서 콧물을 흘리며 엄마를 찾고 있었다.

어쨌거나 그들은 하나같이 여유로워 보였다. 경제적 능력을 갖춘 저 남자들 중 하나에게 혹시나 간택 받진 않을까 하며 한 시간 동안 화장에 공들였다는 사실을 잠시 잊고 있었다. 그러나 나보다 더 애타는 눈길로 남자를 바라보고 있는 선배들을 보자, 초라해 보이는 그녀들과 내가 다를 바 없다는 사실을 깨달았다. 그 사실은 더 나아가 나를 비참하게 만들었다. 열두 살 차이나 나는 남자들과 시선이나 한 번 맞춰보려고 아침 여덟 시부터 일어나 팩을 했다니.

야, 이 미친년아. 내 머리끄덩이라도 잡고 싶다. 아이고 한심한 년 아⋯⋯. 아이고 썩을 년아⋯⋯. 남자 잘 물어서 팔자 고칠 그 열정 으로 공부를 좀 해보소⋯⋯. 나도 모르게 주말 드라마에 나오는 시할머니 말투로 나를 욕하고 있다.

착잡한 심정으로 백을 옆구리에 끼고 다소 한산해진 식장을 바라보고 있는데 누군가 내 뒤통수를 툭 쳤다.

"아이 씨, 누구야?"

뒤를 돌아보자 방금 제대한 티가 팍 나는 남자애가 씩 웃으며 서 있었다.

"오근철! 야!"

"기억 나냐?"

"어디 있었어? 들어와서 너 못 봤는데?"

"남자애들도 몇몇 왔어. 앞쪽 테이블에 있어서 우리도 너네 온 줄 몰랐다. 식장이 좀 크고 사람도 좀 많냐?"

"야⋯⋯ 너무 반갑다! 여기서 진짜 애들 다 보는구나! 학주만 있으면 딱 인데!"

"그 말 진짜 오랜만에 듣는다."

"얼굴 아는 애들끼리 근처 호프집이라도 가자. 오랜만에 만났는데 이렇게 헤어지면 섭섭하지."

"지금 시간이 몇 신데 술이야?"

"원래 맥주는 대낮에 마셔줘야 제 맛이야. 애들이랑 다 같이 계단 앞에서 보자."

근철은 장난스럽게 웃고는 손을 번쩍 들었다. 여자애들은 모두 남자 동창들과의 합석에 동의했다. 마치 모두가 이런 식의 만남을 예상했다는 듯 저녁 약속을 잡아둔 친구는 아무도 없었다. 나는 오랜만에 만난 동창들의 팔짱을 끼고 깔깔대며 식장을 빠져나갔다. 친구 결혼식 후의 동창회라니, 본의 아니게 어른이 되어버린 기분이다.

부모님처럼만 살 수 있었으면 좋겠어

동창들은 신기할 정도로 달라진 것이 없었다. 아니면 오랜만에 학창시절 친구들을 만나 모두가 그 시절 그 모습으로 잠시 돌아간 것일까. 남자애들은 대부분 갓 군대를 제대해 복학했거나 복학을 앞두고 있었다. 여자애들 중 취업한 사람은 나와 민경뿐이었고 나머지는 마지막 학년이거나 인턴십, 어학연수를 준비 중이었다. 동창들은 감탄스러운 목소리로 나와 민경의 취업을 축하하며 직업에 대해 간단히 물었다. 나는 방송작가라는 직업을 최대한 미화시켜 설명했고 그들은 그 이상 묻지 않았다. 아이들의 관심은 당연히 나보다 민경에게 집중되었다.

민경은 '그동안 공부한 것에 비해서' 일은 그다지 만족스럽지 못하다며 포문을 열었다. 그 후로 다른 기업보다 월등한 보너스를 설명했고, 웬만하면 해고당하지 않는 안전한 공기업 시스템에 대해 칭찬했다. 그녀가 일하는 기업은 한국관광공사 계열이었는데 사원이 사표를 내면 그 책임을 담당 부서 부장에게 직접 묻는다고 했다. 사표 낼 생각이 들지 않도록 최대한 신경을 써주는 환경에서 일한다는 뜻이다. 게다가 몇 달에 한 번씩 회사에서 대주는 돈으로 라스베이거스나 괌 같은 관광 도시로 출장을 떠날 수도 있었다. 88만 원 세대(물론 나도 그 세대다)가 판치는 요즘 민경의 화려한 직장 생활은 다른 세계의 이야기처럼 느껴졌다. 민경을 부러운 눈으로 바라보는 동창들의 얼굴은 영국 왕실 생활을 경청하는 관광객들처럼 넋이 나가 있었다.

여왕 폐하는 매일 아침 은쟁반에 담긴 알래스카 빙하수로 손을 씻으시고 유럽 황실에만 납품되는 최고급 도자기 찻잔에 담긴 얼 그레이 티로 하루를 시작하시며……

우리는 주일 성경 학교에서 매주 있었던 일들을 털어놓는 것처럼 한 명씩 돌아가며 그간 있었던 일들을 짧게 얘기했다. 화두는 자연스레 노아로 흘러갔다. 쉽게 볼 수 없는 화려한 결혼식에, 남자들도 여자들 못지않게 충격을 받은 모양이었다. 어쩌면 그들이 더욱 스트레스를 받는 게 당연했다.

한국에서, 특히 어른들은 더, 결혼식은 신랑 집안의 재력과 동등하다고 생각한다. 신부가 몇 캐럿의 다이아 반지를 받았는지, 신혼집은 어느 지역의 몇 평대인지, 전세인지 실소유주인지, 모든 사람들이 관심 없는 척하면서 그런 세세한 사항들을 주의 깊게 지켜본다. 남자고 여자고 이젠 그런 것들을 모르는 나이가 아니다. 게다가 내가 알기로 우리 기수 졸업생 중 처음으로 결혼식을 치른 사람 또한 노아였다. 그건 즉, 앞으로 결혼할 동창들이 산더미처럼 쌓여 있으며, 결혼식을 갈 때마다 자연스럽게 노아의 호화 결혼식을 떠올리게 될 것이라는 뜻이다. 비교 대상은 우리 모두였다.

"이노아 술집 나갔다는 건 진짜야?"

"맞아. 재작년까지만 해도 압구정동에서 새벽 네 시쯤에 노아 봤다는 애들 진짜 많았어. 만날 남자랑 같이 있었다던데? 외제차 타고."

"야, 새벽에 외제차 타고 남자랑 같이 있으면 전부 다 술집 여자냐?"

"그 시간에 압구정동에서 그러고 있는 여자 열 중 여덟은 술집 여자야."

"압구정동 백화점에서 낮에 명품 쇼핑하는 예쁜 여자들은 전부 술집 여자라는 얘기도 있어."

"그건 좀 신빙성 없다. 내 친구도 낮에 쇼핑 자주 하는데 멀쩡한 학생이거든?"

생리 시즌마다 오전 강의를 땡땡이 치고 갤러리아를 누비던 민희를 떠올렸다. 그러나 민희가 쇼핑백을 산더미처럼 들고 걱정스러운 얼굴로 혹시 자기가 술집 여자처럼 보이냐며 물었던 게 기억난다.

"텐프로였다는 건 맞아. 노아 일본으로 유학 간 것도 그때 모은 돈으로 간 거잖아. 유부남 스폰서 있다는 얘기도 있었어."

"얘기만 있지 확인된 건 아무것도 없잖아. 원래 노아같이 예쁜 애들은 그런 소문 쉽게 나."

다정이 또 초를 친다. 여자애들이 이 자리에서 하고 싶은 얘기가 뭔지 정말 모르는 걸까? 우리는 노아의 결혼을 축하하고 나온 지 한 시간도 되지 않아 그 결혼이 정당하지 못하다고 까발리고 싶은 것이다. 굳이 남자애들 앞에서.

"아까 우리 옆 테이블에 앉은 여자애들 봤어?"

500cc 맥주를 벌써 반쯤 비운 근철이 옆자리에 앉은 남자애들을 툭툭 친다.

"말하는 거 들어보니까 텐프로 애들이더라고."

"아, 나도 보고 싶었는데! 진짜 그렇게 예뻐?"

"응, 예뻐. 진짜 술집 여자같이 안 생겼어. 옷도 되게 얌전하게 입었던데? 하나같이 죄다 명품 들긴 했더라. 얼굴이 다 이만해."

근철이 자기 주먹을 최대한 오므린다. 남자애들이 왜 우릴 빨리 못 찾고 먼 데서 서성거렸는지 알만하다.

"왜, 너네도 그런 여자들하고 결혼하고 싶냐?"

민경이 빈정대는 말투로 쏘아붙인다. 그녀는 '이노아 할퀴기'의 주동자 격이다. 이 자리에서 남자애들에게 이노아 험담을 얻어내야 직성이 풀릴 것이다.

"미쳤냐? 아무리 예뻐도 술집 여자랑 결혼하게?"

"노아는 술집 여자였는데도 결혼했잖아. 누구는 쑥대밭 같은 취업 전선 들쑤실 때 노아는 유럽에서 우아하게 브런치 하시겠지. 부럽다 정말. 역시 여자는 예쁘고 봐야 돼. 이노아 정말 성공했다."

"솔직히 진짜 여자는 예쁘면 돼."

근철은 참 분위기를 못 맞춘다. 이 타이밍에서 저런 대답을 하면 안 된다. 민경이는 끝까지 남자들을 붙들고 늘어질 것이다.

"여자애들 잘 들어라. 여자는 진짜 예쁘면 된다. 내면의 아름다움 뭐 이런 거 다 개소리야. 그런 걸 어떻게 봐? 그게 얼굴에 써 있냐? 꼭 보면 내면의 아름다움 운운하는 애들이 서른 살 넘을 때까지 책에 파묻혀서 아는 척 백날 하다가 애완동물이랑 늙어가요."

"어우! 너 말이 심하다?"

"그게 진실이야. 솔직히 여자는 부잣집 남자랑 결혼해서 편하게 사는 게 꿈 아니야? 너네도 이노아 까기 전에 솔직해져봐. 부럽잖아?"

"난 하나도 안 부러워. 그래봤자 술집 여자잖아. 걔 과거 알고 있는 애들이 세상에 몇인데? 그 꼬리표 평생 갈 걸?"

"안 부럽긴. 너도 방금 이노아 인생 성공했다며. 여자애들은 꼭 시집 잘 간 여자들한테 성공이라는 단어를 붙여요. 사회적으로 성공한 서른다섯 노처녀를 남자보다 더 열렬하게 걱정하는 게 여자들 아냐? 꼭 페미니스트인 척하는 애들이 맞선에 목숨 걸더라."

뜨끔. 나는 압정 박힌 방석에 살짝 걸터앉은 것처럼 엉덩이를 꿈틀거렸다. 눈만 안 마주쳤을 뿐이지 꼭 내게 삿대질하며 얘기하는 것 같다.

나는 종종 경제적 조건이 월등한 애인을 가진 여자를 보면 '성공했다'고 부러워했다. 그러나 토익 990점을 받았다는 친구에게는 성공했다는 말을 하진 않는다. '축하해' 혹은 '잘됐네'라는 말을 할뿐이다. 왜 남자 잘 만난 여자들은 부러워하면서, 사회적으로 성공해도 애인이 시원치 않은 여자들은 오지랖 넓게 걱정해주고 싶은 걸까? 우리 아빠의 영향? 우리 아빠는 TV에 김혜수가 나올 때마다 늘 한결같은 질문을 한다.

"쟤 아직도 결혼 안 했니?"

그러면 난 어이가 없다는 얼굴로 대답한다.

"아빠, 김혜수가 뭐가 아쉬워서 결혼에 목을 매?"

그러면 엄마는 늘 아빠를 거들며 역시나 한결같은 말을 했다.

"아무리 성공해봐라. 여자는 결혼해봐야 아는 거야."

그럴 거면 굳이 왜 직장을 가지라고 하는 걸까? 단순히 맞선을 위한 스펙 쌓기?

"내가 말하는 요점은 그게 아니잖아! 남자가 부자고 아니고를 떠나서, 보통 술집 여자하면 젊을 땐 화려하게 살다가 말년은 고독하게 보낸다고 생각한다고! 그런데 노아는 잘만 결혼했잖아. 난 그걸 성공했다고 얘기한 거야!"

"뭐, 이노아가 진짜 예쁘긴 예쁘니까."

"넌 아무리 예뻐도 술집 여자랑은 결혼 안 한다며? 말하는 걸로 봐선 예쁘기만 하면 창녀든 뭐든 상관없다는 걸로 들린다?"

"남 얘기니까 그렇지. 내 여자면 얘기가 달라지지. 걸렌 거 주변 애들이 다 알 텐데 쪽팔려서 결혼을 어떻게 해?"

"가만 보면 남자들이 친구 시선에 더 신경 써요."

"야, 이게 시선에 관한 문제냐? 내 아이 엄마 될 사람 도덕성에 대한 문제지?"

"기뻐. 너 같은 남자들이 꼭 결혼힐 땐 도덕직이고 징숙한 여자 찾지. 놀 땐 가슴 크고 잘 대줄 것 같은 여자가 최고잖아."

민경아 제발.

'대줄 것 같은 여자'라는 단어가 나오는 순간 다정이 헛기침을 하며 고개를 돌렸다. 같은 여자로서 민경의 저런 거침없는 성격을 존경하고 싶지만, 같은 의미의 여자로서 그녀가 여성 운동 선봉자쯤 되는 저 독설을 그만 멈춰줬으면 싶다. 근철이 질린다는 얼굴로 고개를 절레절레 저었다.

"그렇게 따지면 끝이 없지. 여자들도 연애할 땐 키 되고 몸 되는 남자 찾다가 나이 들면 깔창을 다섯 개를 깔든 말든 조건 좋은 남자면 혹 하잖아. 서로 다 알만한 사이에 이러지들 말자. 그리고 니들이 생각하는 것만큼 남자들이 얼굴 하나에 다 빼 먹히는 병신들은 아니야. 우리도 우리 나름대로의 기준과 가치관이 있다고."

"기준? 뭐? 가슴이 크든지 다리가 잘 뻗었든지 둘 중 하나는 돼야하는 거?"

예쁘고 문제 많은 여자에 대한 공정한 토론은 애시 당초 불가능한 일이다. 결국 질투심으로 열등감이 폭발한 불쌍한 여자들과 외모 지상주의를 신봉하는 남자애들의 치졸한 감정싸움으로 번져나가게 된다. 나는 이런 싸움과는 멀찍이 떨어지고 싶다. 과거 있는 여자를 옹호하는 편은 아니지만, 그렇다고 예쁜 여자를 질투해 열폭한다는 자존심 상하는 말을 듣고 싶지도 않다.

"유민이 넌 어떻게 생각해?"

이럴 때 가장 싫은 건 내 의지와는 상관없이, 터지기 직전의 폭탄이 내 손에 옮겨올 때다.

"노아가 과거 숨기고 그렇게 결혼하는 게 옳다고 생각해?"

"나는……."

아, 나는 조용히 묻어가고 싶다. 이쪽도 저쪽도 되고 싶지 않다.

"……너네도 알다시피 난 연극영화과 나왔잖아."

"그게 이거랑 무슨 상관이야?"

"굳이 상관있다고 치자면 우리 과는 외모지상주의가 넘치거든. 예를 들어 너희가 다 아는 로미오와 줄리엣 공연을 한다고 쳐. 어떤 애가 아무리 연기 잘하고 죽어라 줄리엣을 연습해도 몸이 뚱뚱하고 아줌마 같이 생겼으면 절대로 그 배역을 맡기지 않아. 교수님들이 오디션하는 거 보면 결국 이미지 캐스팅이거든. 연기 못하는 애가 이미지가 맞는다는 이유만으로 주인공 맡는 경우도 허다해. 난 그런 걸 많이 봤어. 로미오와 줄리엣이 코믹으로 각색되지 않는 한 못생기고 뚱뚱한 애가 줄리엣을 맡을 가능성은 없다고 봐야겠지."

누구나 주인공을 하고 싶어 한다. 그래서 노력한다. 그러나 노력한 만큼 상을 받진 않는다. 노력한 만큼 돌아오지 않는다. 어쩌면 연극뿐만 아니라 모든 사회가 그럴지도 모른다. 애초부터 그 사람이 해낼 수 있는 몫이 정해져 있고, 그 외의 것을 꿈꿨다간 고배의 잔만 배 터지게 마시게 되는 거다.

"또, 연극과 졸업한 사람들은 대부분 결국 배우를 하고 싶어 한단 말이야. 그런데 졸업한 선배들 보면 학교 다닐 땐 엄청 연기 잘한다고 주인공만 맡던 선배가 몇 년째 단역만 맡는 경우도 많고, 학교 제대로 나오지도 않았던 애가 갑자기 떠서 스타가 되는 경우도 있어. 그러니까…… 한마디로 노력한다고 다 성공하진 않는다는 얘기야. 그런데 요즘 그냥 주변을 보면, 이게 단순히 연예계 같은 특별한 세계에만 적용되는 얘기는 아닌 거 같거든. 난 요즘 열심히 노력한 만큼 대가를 받을 수 있는 세상은 사라진 게 아닌가 생각해. 노력한 사람보다 노력하지 않은 사람이 더 잘사는 모습을 보고 자라면서, 우리가 모든 부당한 일들에 무감각해져 버린 거야.

그러니까 내가 하고 싶은 말은, 노아도 그중 한 명일 뿐이라는 거야. 노아 말고도 부정직하게 성공하는 사람들은 많을 거 아냐. 또 마음 한구석으로 부정직한 방법을 써서라도 성공하고 싶은 사람도 많을 거고. 세상이 점점 그렇게 흘러간다면 과거를 숨기고 자기 사랑해주는 돈 많은 남자 만나서 결혼한 노아가 무슨 죄인이겠어? 다들 그렇게 쉽게 살고 싶어 하는데. 응, 안 그래?"

나는 억지로 웃으며 그제야 맥주잔을 들었다. 절대로 마실 생각이 아니었는데 나도 모르게 세 모금이나 삼키고 있다. 실수했다. 난 진지한 여자라는 이미지는 절대로 갖고 싶지 않다. 그건 왠지 고지식하고 지루하게 느껴진다.

"너무 멀리 갔다, 유민아."

근철의 말에 모두가 웃었다. 우리는 다시 왁자지껄 떠들며 노아의 결혼식으로 화제를 돌렸다. 쉽게 볼 수 없는 아름답고 호화로운 결혼식이라는 사실엔 모두가 동의했다.

언제까지나 수능에 목숨 맬 것처럼 보였던 친구들이 어른이 되어 제 갈 길을 찾아가는 모습은 보고 또 봐도 신기했다. 우리들의 시간은 늘 열일곱에서 열아홉 사이에 멈춰 있을 줄 알았다. 우리는 그때 그 시절 얘기를 하고 또 했으며, 요즘 고등학생들 생년이 '9'로 시작한다는 사실에 이럴 순 없다며 열변을 토했다. 나는 늘 주민등록번호 앞자리 '8'세대에서 이 세상이 끝날 것이라 생각했다.

끊임없는 수다 중에 오늘 결혼식에 나오지 않은 다른 동창들의 근황도 파악할 수 있었다. 서울대 법대에 진학했던 동창 두 명은 이미 사시 1차에 합격했고, 수능 보기 1주일 전 학교를 때려 친 유명한 양아치 한 명은 작년에 이태원 클럽에서 만난 중동 남자와 결혼해 애가 하나 있다고 했다. 물론 속도위반으로. 얌전한 얼굴로 남자 후리기의 선수라 불렸던 누구는 여전히 학벌 좋고 집안 좋은 남자와 교제 중이라고.

모든 아이들의 삶이 달라진 것처럼 보였지만 실은 달라진 것이 거의 없었다. 명문대에 진학한 모범생들은 엘리트의 삶을 위한 초석을 차근차근 밟아가고 있었고, 날고 기던 양아치들은 속도위반으로 결혼했거나 가라오케를 운영하거나 나이트나 클럽 같은 곳에서 일했다. 다들 무언가 열심히 하는 것 같았지만 결국 고등학생 때의 그 이미지와 그 위치가 몇 년이 지난 지금까지 우리의 인생을 좌지우지하는 것이다. 우리들 삶이 열일곱 살 때부터 정해져 있었다고 생각하니 어쩐지 소름이 끼쳤다.

“나중에 진짜 우리 기수 애들 동창회 한번 하면 예전에 우리가 범생이라고 비웃었던 걔네들 정장 쫙 빼입고 나와서 거들먹거릴 거 같지 않냐? 옆에서 주식이 어쩌네, 스톡옵션이 어쩌네, 이런 얘기들 하고 있고, 저번에 사둔 땅이 몇 배가 올랐네, 뭐 이런 얘기들 나누겠지?”

“우리는?”

“우리는 옆에서 떡고물 떨어지는 거 없나 입 벌리고 있겠지.”

무리는 벌써 나뉘었다. 잘나가는 ‘걔네’ 무리와, 별 볼 일 없이 떠들기만 좋아하는 ‘우리’ 무리. 내 주변에는 ‘우리’ 무리의 리더와 ‘걔네’ 무리의 리더가 모두 있었다. 예쁘고 압구정에서 잘나가는 혜지 덕분에 자주 ‘걔네‘ 무리가 되곤 했지만 그것이 진짜 나는 아니다. ‘윤혜지와 노는 애들 중 하나’였을 뿐이다. 어느 쪽도 진짜 나의 무리는 아닌 것 같았다.

물론 민경도 우리 또래에서 성공했다고 말할 수 있는 삶을 살고 있었다. 그러나 이상하게 남자들은 사시 1차에 합격한 것만으로도 이미 성공한 것처럼 들리는 반면, 여자는 어느 남자와 결혼하는지 끝을 봐야지만 비로소 성공이란 단어를 붙일 수 있는 것처럼 느껴졌다. 성별을 기준으로 여자를 차별하는 것은 여성 또한 마찬가지다. 이 편견도 결국 여자가 만든 것이다.

여자는 모순의 동물이다. 어느 때는 똘똘 뭉쳐 남성 중심 사회에 맞서 싸우는 척하면서도, 정작 그들 무리 중 누군가 성공 가도를 달리기 시작하면 순식간에 엄격한 성공의 잣대를 들이대며 그녀의 성공을 깎아내리지 못해 안달한다. 우리들의 우정은 모두가 평등할 때만 적용되었다. 특히 모두가 비슷하게 구질구질할수록 우리는 넘쳐나는 우정에 어찌할 줄 모르고 감격한다. 그러다 그들 중 한 명이 빛의 세계로 날아오르면 이번에는 어찌할 줄 몰라 하며 분노한다. 우리 모두가 잘나가게 된다면 그제야 순수한 우정이 싹틀까? 글쎄.

장담하건데, 우리가 몇 년 후 똑같이 잘나가게 된다 하더라도 여자들은 미세한 차이(구두 브랜드나 살고 있는 아파트 이름, 먼 미래에는 아이가 다니는 영어 유치원 수준까지)를 세세히 분석하면서 끊임없는 경쟁 체제로 돌입할 것이다. 나는 이 피곤한 여자 그룹의 생리를 알게 된 후 남성 위주 사회에서 희생되고 분노하는 여자인 척하는 것을 그만뒀다. 어차피 최후에 뒤통수를 치는 건 남자가 아닌 여자이리라 확신한다.

"야, 너네도 부러워만 하지 말고 뭐 좀 해봐! 오근철 너 졸업반 되는 거 금방이다."

"일단 여친부터 만들고. 야, 이유민 너 연극영화과잖아! 예쁜 애들 좀 소개시켜줘."

"다들 남자 친구 있어."

난 정말 오근철 같은 남자애들을 이해할 수가 없다. 한 시간 동안 된장녀를 욕하더니 물 한 모금 마시고는, 예쁜 애들을 소개시켜 달라고 하다니. 자신과 사랑에 빠질 여자는 예쁘지만 된장녀는 아닐 것이란 저 자신감은 어디서 나오는 걸까?

"야, 오근철 넌 여자 소개 받고 싶으면 편입이나 해. 여자애들 학벌 보는 거 하루 이틀이냐?"

"아, 씨…… 진짜 그러려고. 유민이 너희 학교 경영학과 편입 어렵냐?"

"야! 유민이 명문대야! 얘네 대학이 그렇게 만만한 줄 알아? 너가 고3 때 기를 써도 못간 데를 지금이라고 가겠냐? 그리고 유민이네 학교 분교 있잖아. 분교 있는 학교들은 편입 경쟁률 장난 아니야. 지방 캠퍼스 애들이 죄다 노리고 있으니까."

"물어보는 것도 안 되냐?"

"그냥 차나 사. 차 좋은 거 끌면 학교 간판 커버할 수 있어."

"진짜 여자애들 스물넷쯤 되니까 차 없는 남자 안 만나려고 하더라."

"계속 차 없는 남자 만나면 모르겠는데, 차 있는 남자 만나다, 없는 남자 만나려면 짜증나긴 하더라. 그리고 다들 차 얻어 타고 다니는데 나만 걸어 다니면 괜히 뒤처지는 것 같단 말이야."

"요즘은 스무 살짜리도 그래. 우리 과 신입생 중에 진짜 예쁜 애 있거든? 걘 주마다 남자도 바뀌고 차도 바뀌어."

"우리나라가 유독 그렇지. 괜히 성형 왕국이겠냐?"

"정말 이해할 수 없어. Frankly, 이건 미국에서는 상상도 할 수 없는 일이야. 내 미국 친구들 중 진지하게 차 기종 따지면서 남자 만나는 애들은 없다고."

선주가 영어를 섞어 쓰며 주변 사람들을 당황시킨다. 그녀의 말투에 문득 우리 팀 이 PD가 떠올랐다. 그의 말버릇인 '이건 일본에서는 상상도 할 수 없는 일이야'는 덤으로. 도대체 우리나라에는 뭐가 그렇게 상상도 할 수 없는 일들이 주구장창 일어나는 걸까.

"하지만 미국은 우리 나이면 누구나 차가 있잖아. 차 없으면 못 다니는 나라니까. 우리나라는 그게 아니니까 희소성이 생기는 거라고."

"내 말은 그게 아니야. 한국 여자애들은 차가 없으면 없는 대로 문제고 있어도 모델을 문제 삼잖아. 전 남자 친구는 SM7 끌고 다녔는데 지금 남자 친구는 그보다 못한 차 끌고 다닌다고 속상하다고 말하는 여자애도 봤어. 너넨 그게 이해가 가니? 물론 모든 여자애들이 다 그런 긴 아니겠지만, 남자 친구의 차나 학벌이 자기 가치를 결정한다고 생각하는 애들이 너무 많단 말이야. 외국에서 살다보면 우리나라 여자애들에게 이상한 점이 얼마나 많은지 뼈저리게 느끼게 돼."

"너도 그 우리나라 여자애 중 한 명이라는 거 잊지 마라. 이선주 너도 말은 그렇게 하지만 한국에 오래 눌러 앉아 살다보면 똑같은 짓 하고 있을 거다."

"난 절대로 아니야. 나한테는 미국 사고방식이 더 맞다구."

선주가 입술을 삐죽거리며 맥주잔을 든다. 누가 들으면 교포 2세라도 되는 줄 알겠다. 한국에서 19년이나 살다 갔으면서 마치 남의 나라 비난하듯 하는 그녀의 말투가 마음에 들지 않는다. 자기도 고1 때 같은 반이었던 남자애를 재벌가 아들이라는 이유만으로 좋아했던 걸 잊은 걸까. 해외로 나간 애들은 하나같이 저렇게 과거를 잊는다.

"중요한 건 근철이 소개팅이잖아. 근철이한테 잘 어울릴만한 여자애 정말 없니?"

이쯤에선 다정이가 나와 줘야 맞다. 근철이는 기대 가득한 눈으로 여자애들을 둘러보았지만 다들 나와 같은 생각을 하는지 누구도 입을 열지 않았다. 여기 있는 스물네 살 우리의 친구들은, 변변치 못한 학벌에 차가 없고 스타일도 내세울 것 없는 남자와는 정말로 만나려고도 하지 않았다. 스무 살 때만 해도 그렇게까지 조건을 따지진 않았던 것 같은데 어느새 이렇게 되어버렸는지 모르겠다.

시간은 그렇게 시선을 변화시킨다. 남자애들은 신입생에게 추파 던지지 못해 안달인 굶주린 복학생으로. 여자애들은 차 없는 남자와는 소개팅조차 하지 않으려 하는 세속에 찌든 부류로. 마치 다단계를 밟아가는 기분이다. 앞선 세대를 살았던 사람들이 우리의 동의도 구하지 않고 만든 나이별 다단계 절차 말이다.

드라마에 보면 스물넷은 모두 순수하고 때 묻지 않은 영혼들로 나오던데, 도대체 그건 어느 행성 외계인들일까?

"지금 근철이 소개팅이 문제냐? 나 먹고살기도 바빠 죽겠는데. 난 이달 말에 어학연수 가거든. 영국으로. 남들 다 갔다 오니까 일단 비행기 표 끊어놓긴 했는데, 막상 떠나려고 하니까 회의감이 든다. 그 돈 처발라도 나중에 취업 안 될까봐 걱정되고."

"요즘 파운드 많이 오르지 않았어?"

"응. 눈치 많이 보여."

"그럼 네가 아르바이트 해서 보태든지."

"우리 엄마가 나 아르바이트 하는 거 싫어해. 차라리 그 시간에 공부를 더 하라고 하지. 지원은 다 해줄 테니까 공부만 열심히 하라고 하는데, 솔직히 그게 더 부담된다."

"그런 소리 하지 마라. 지원받고 싶어도 못 받는 애들이 얼마나 많은데?"

"알아……. 하지만 누구든 그 입장이 되지 않고는 이해 못하잖아. 부담감 때문에 너무 지쳐."

어학연수 준비 중인 재연은 고3 때도 반에서 다섯 손가락 안에 드는 수재였다. 재연은 내가 보았을 때 전형적인 목동 모범생이다. 우리는 고1 때도 같은 반이었다. 도대체 여기서 뭘 더 어떻게 해야 성적이 20등 안에라도 들지 고민하는 내 눈에, 그녀는 너무나도 당연하게 모든 장애물을 거뜬하게 뛰어넘는 황새처럼 보였다. 저대로 사뿐히 뛰어넘다 그대로 하늘로 승천해도 이상할 게 없어 보이던 그녀는, 일부러 이번 봄 학기를 휴학했다. 어학연수 준비는 학교 다니면서도 충분히 할 수 있지 않느냐고 묻는 내게, 재연은 정말 몰라서 묻느냐는 얼굴로 대답했다.

"일부러 한 거야. 최대한 늦게 졸업하려고. 난 졸업하는 게 무섭거든."

그리고 동창들 대부분이 그와 같은 생각을 하고 있다는 사실을 알았을 때, 난 약간 놀랐다. 변두리 도시에서 전학 온 나는 목동 애들이 얼마나 괴물처럼 공부를 잘하는지 누구보다 잘 알고 있었다. 이 인간들 몸속엔 서울에서 초중학교를 보내지 못한 나와 달리 자가 에너지 발전기가 내재되어 있다고 생각했다. 그러지 않고서야 저렇게 하라는 대로 다 공부할 수가 없다.

졸업 시즌을 앞두고, 이들은 대부분 똑같았다. 괴물 중에서도 실패라는 것을 모르는 완전체 괴물을 제외하고는, 대부분 완벽하게 지친 얼굴을 하고 있었다. 사회에 나가기 두려워하는 것은 황새든 뱁새든 똑같다. 미래가 암담해 보이는 것도 똑같았고, 어떤 이유로든 다들 눈이 높아 웬만한 직장에 취업하지 않으려는 것도 똑같았다.

이 똑똑했던 애들조차 사회를 두려워한다면, 도대체 누가 힘차게 세상과 맞서 싸우고 있는 것일까?

"2세들은 다들 그래. 한국 애들은 너무 나약하다고."

우리는 누구라 할 것 없이 선주를 쏘아보았다. 한 번만 더 그 놈의 미국 타령을 하면, 다음번 한국을 나왔을 때 나이트 가자며 노래 부르는 그녀의 전화를 자동응답기로 돌려버릴 생각이다.

"2세들 중에 유학생 사귀기 싫어하는 애들 정말 많거든. 걔네들 인식이 그래. 여자는 된장녀, 남자는 엄마 치마폭에서 평생 휘둘리는 애들. 그게 한국 유학생들 이미지야."

"몇몇 사람들 얘기 가지고 일반화시키지 마. 유학생들 중에 공부 잘하는 애들이 얼마나 많은데?"

"많지. 그런데 너 그거 알아? 공부 잘하고 정신 제대로 박힌 유학생들은 열에 아홉은 한국 가기 싫어해."

"그래서 넌, 공부 잘하고 정신 제대로 박힌 유학생이라 한국 가기 싫어서 시민권자 꼬셔서 결혼해? 시민권 얻으려고?"

"듣자 하니까 미국 한인 사회 완전 계급 사회라며? 시민권자들은 독수리라고 부른다던데? 특히 한국 여자들 미국인이랑 결혼하면 신분 상승했다고 뒤에서 말 엄청 많다며?"

대화는 미묘하게 선주를 공격하는 방향으로 흘러갔다. 금세 얼굴이 일그러진 그녀가 따지듯 반박했다.

"난 오빠 시민권 보고 혹한 적 없어. 하지만 그래, 솔직히 시민권 얻어서 미국 눌러 살게 된 건 백번 천번 잘된 일이라고 생각해. 한국? 좋지. 이 세상에서 내 나라만큼 편한 곳이 또 어디 있어? 그런데 여자들 정말 이거 알아야 돼. 돈 있는 집안 여자들이 왜 그렇게 하나같이 원정출산하는 건지 알지? 교육 때문이야. 솔직히 여기 있는 너희들 전부 다 공감하잖아? 한국에서 애들 교육시킨다는 게 어떤 의민지? 아마 우린 아기가 말문을 트자마자 한글 대신 알파벳 외우게 할 걸."

사교육 전쟁의 최전방에서 자란 우리는 다들 불만스러운 얼굴이었지만 딱히 토를 달진 않았다. 모두가 고3 때 모의고사 성적을 보고 이쯤에서 이번 생애를 마감해도 괜찮지 않을까 생각했던 적이 있었을 테니까.

"……우리 숙모가 미국에 사시거든. 내가 언젠가 미국에 살아서 뭐가 좋으냐고 물어보니까, 이 한마디 하더라. 자긴 한국에서 내 딸을 길렀다고 생각하면 지금도 너무 끔찍하대. 오로지 교육 때문에. 그리고 덧붙이더라. 교육 아니면 내 나라에서 살기 싫은 이유 없다고. 엄마들은 다 그런가봐."

다정인 한숨을 쉬며 어울리지 않게 맥주를 세 모금이나 연달아 삼켰다. 우리 모두 피해자 같은 얼굴을 하고 있었다.

"난 딱히 이민 가고 싶은 마음은 없어. 어쨌든 내 나라니까. 그래도…… 가끔은 생각해. 미국에서 학창시절을 보냈다면, 지금보단 덜 지쳤을까?"

재연은 사는 게 짜증난다는 얼굴로 다정이보다 더욱 맥주를 벌컥벌컥 들이켰다. 나는 그 와중에도 오 년 전 나보다 훨씬 똑똑했던 친구와 나의 미래가 똑같이 암담하다는 사실에 왠지 모를 위로와 안도감을 느끼고 있었다.

"그리고 한 가지 더 덧붙이자면, 제발 그 나약하다는 얘기는 집어치웠으면 좋겠어."

얼굴이 불그스름해진 재연이 맥주잔을 쾅 내려놓았다. 근철이 흠칫 놀라며 그녀의 눈치를 본다. 아직 태어나지도 않은 자식 교육 이야기가 나오자, 남자애들은 완전히 흥미를 잃은 얼굴들이다. 나의 아버지가 나의 교육 문제를 완벽하게 엄마에게 일임했던 것처럼 말이다.

"그래, 우리 엄마 아빠 세대도 분명히 힘들게 살아오셨겠지. 하지만 언제까지 오십 원짜리 새우깡을 세 남매가 나누어 먹으며 자랐다는 얘길 들으며, 내가 누리고 있는 것들에 감사만 하면서 살 순 없잖아. 지금은 완전히 달라. 그로부터 30년이 흘렀다고. 난 초등학교 때부터 넌 공부만 하면 된다는 말 한마디에 시달려왔어. 우린 평생 시달렸다고. 그때 그 시절 어른들보다 훨씬 빨리 지치는 게 당연하잖아. 이십대에 느낄 삶의 고통을 이릴 때부터 겪어온 애들이 나약한 거야? 단지 에너지를 너무 빨리 소비했을 뿐이라고. 그렇게 달려왔는데 사방에서 들려오는 소리는 온통 나약하다는 얘기뿐이잖아? 이건 너무 부당한 거 아니야?"

아이 씨! 재연이 짜증스럽게 기본 안주로 나온 땅콩을 테이블에 내던졌다. 이번에는 내가 흠칫 놀랐다.

"야, 그래도 넌 똑똑하잖아. 하면 돼. 어학연수 준비나 잘해. 솔직히 부모님이 돈 다 대줘서 가는 건데 불평만 하는 건 아니라고 본다."

"그건 알아. 나는 단지…… 불안해. 지금까지 내가 공부한 것만 보면 대기업 취직해도 아까울 정도인데, 현실은 아니잖아. 그저 그런 직장이라도 감사하게 취업해야 하는 순간이 오면 어떡하나 싶고……. 이건 아닌 것 같아 때려치우면, 또 그 소리 듣겠지."

우리는 동시에 외쳤다.

"너무 나약해!"

그리고는 깔깔대며 웃었다. 그제야 좀 스물넷다운 웃음소리가 주위로 번져나갔다.

"그래도 솔직히 우리, 다들 좀 살잖아?"

근철이 스스로 입 밖으로 꺼내기 민망한 말을 아무렇지 않게 던졌다. 우린 긍정도, 부정도 하지 않고 눈썹이나 입술만 꿈틀거렸다. 내가 알기론 여기 앉아 있는 애들 대부분이 목동 토박이들이다. 그건 즉, 대부분 집안이 부동산 버블 혜택을 보았으며 자신들의 부모가 앉은 자리에서 억대의 돈을 번 것을 알고 있다는 뜻이다. 심지어 집값이 롤러코스터 하강하듯 폭락한다 해도, 그래도 억대의 돈을 번 집안의 자식들이 우리들이다. 부동산 폭락으로 손해를 보는 사람들은 버블이 한창일 때 대출금 끼고 집 산 사람들일 뿐 토박이들과는 거리가 멀다. 일억에서 십억이 되어 버린 집이 다시 일억으로 돌아간다면 모를까.

만약 그때가 온다고 해도, 나의 머릿속에 자리 잡은 한탕주의 는 어쩔 수가 없다. 사억 좀 넘게 주고 산 집이 십삼억이 넘어섰 을 때의 충격은 아주 고요하면서도 강렬했다.

"우리가 좀 살면 뭐해? 그게 다 우리 돈이 아닌데. 그건 다 부 모님 돈이야."

다정이 그녀다운 건전한 상식으로 우리 머릿속에 남아 있는 최후의 보루를 몰아냈다. 최후의 보루란 설명할 필요도 없다. 이 렇게까지 공부하고서도 직장을 못 잡고 백수로 빌빌거리면 어 쩌나 걱정하는 동창들이 대부분이었지만, 백수가 되어도 경제 적으로 아주 궁핍한 삶을 살게 될 거라고 생각하는 애들은 거의 없었다. 무한한 사랑으로 가득한 부모님들이, 우리의 미래를 어 떻게든 괜찮아 보이도록 조립시킬 것임을 이미 알기 때문이다. 머리기 새하얗게 센 백발이 될 때까지 자식 문제로 한숨을 쉬며.

"우리가 나중에 커서 우리 부모님처럼 살 수 있을까?"

대한민국에서 가장 비싼 땅 중 한 곳에 떡하니 아파트 한 채 마련해놓고 자식들 과외란 과외는 과목별로 다 시키고, 등록금 걱정 없이 대학 보내고, 어학연수는 기본에 취업이 안 될 시를 대비해 괜찮은 직장에 연줄까지 마련해놓을 수 있을까? 그 모든 것에 실패해 결국 억대를 먹어치운 백수가 된다고 해도, 가게 하나 마련해줄 정도의 돈을 따로 모아놓을 수 있을까?

갑자기 부모님이 하늘에 계신 우리 아버지로 느껴졌다. 그리고 나만 그렇게 느낀 건 아닌지, 테이블 주변에 둘러앉아 있던 모두가 한목소리로 대답했다.

"아니."

그리고 재연이 현재 우리들의 가장 현실적이고, 소박하지만 원대하기도 한 그 소망을 이야기했다.

"난 나중에 우리 부모님처럼만 살았으면 소원이 없겠어."

첫 번째 고개

"동창이 술집 여자였다고?"

"응. 그런데 엄청 부자랑 결혼했어. 동창회에서 완전 난리 났었잖아. 여자애들 열폭하고 남자애들은 술집 여자는 싫다, 그러면서도 예쁜 여자가 최고라고 난리고. 싸울 뻔한 거 있지."

"다 그런 거지 뭐."

석원은 마치 그런 일을 많이 겪어본 사람처럼 별 대수롭지 않게 대답했다. 그리고 글라스 와인을 두 잔 더 시켰다. 바람 선선한 오후에 '청담동 74'를 오랜만에 찾았다. 테라스 쪽에 앉아 글라스를 부딪치며 아이스크림 얹은 와플을 먹고 있으니 기분이 한결 나아졌다. 민경이처럼 난리를 치진 않았지만 기분이 별로였던 건 나도 마찬가지였다. 언제까지나 한 배를 탈 것 같았던 동창들이 점차 다른 항구에 닻을 내리는 모습은 기분을 꽤 묘하게 만들었다.

"우리 동창 중에 벌써 사시 1차 합격한 애도 있대."

"빠르네. 머리 좋았나봐?"

"응. 신기한 거 있지. 다들 점점 다르게 사는 거 보니까."

"네 나이 때도 그런데 오빠 나이 되면 어떻겠냐? 남자는 내 나이 되거나 좀 넘으면 대부분 자리 잡고 결혼하잖아."

"하긴. 오빠 내년이면 서른이네? 다른 세상 사람 같다."

"야, 너는 서른 안 되는 줄 알아? 여자 스물다섯 넘어가면 금방이다, 너?"

"그래도 아직 육 년이나 남았거든요!"

졸업 후 갑자기 나이를 확 먹은 것 같아 늘 우울했는데, 석원과 함께 있으니 기분이 한결 나아졌다. 나는 아직 대여섯 살 차이 나는 남자들에게 어리광부리고 철없이 굴어도 괜찮을 나이다. 연상의 남자가 지닌 매력이란 이런 데서 오는 게 아닐까 생각한다.

"나 아는 누나가 그러는데, 여자들 이십대에 고개를 세 번 넘어야 된대."

"무슨 고개?"

"왜 스무 살, 스물한 살 때는 나이 먹는 거 신경도 안 쓰잖아. 그런데 점점 나이 먹어간다는 걸 느낄 때가 이십대에 세 번 찾아

온다는 거야. 대학 졸업하고 한 번, 스물일곱 정도에 한 번, 그리고 스물아홉에 제대로 한 번. 그 누나 말로는 스물아홉 때가 최고래. 막 죽고 싶다는 생각까지 든다더라.”

“스물아홉이 그렇게 늙은 건가?”

“물론 늙은 건 아닌데…… 왜 한국은 여자 나이에 되게 민감하잖아. 특히 여자 나이 서른이면 좋은 시절 다 갔다고 아줌마 취급하는 거 진짜 심하니까. 사실 내 주변만 봐도 서른 살 여자라고 확 늙거나 그런 거 없거든? 오히려 관리 잘한 누나들은 이십대보다 훨씬 예뻐. 그런데도 ‘서른이에요’ 하고 얘기하면 아무래도 ‘어……’ 하면서 다시 보는 그런 게 좀 있지.”

“억울해. 남자들은 서른 되도 좋은 시절 다 갔다는 얘기 별로 안 하잖아!”

“맞아. 남자 스물아홉은 한창 좋을 때지. 하지만 오빠가 그렇게 만든 거 아니니까 나한테 화내지 마.”

석원이 가볍게 웃으며 아이스크림이 듬뿍 묻은 와플을 삼킨다. 면도를 제대로 안 하고 나온 건지 턱이 까끌까끌해 보인다. 저 턱에 내 얼굴을 비빈다면 굉장히 따가울 것이다. 와인 탓인지, 오늘 그와 키스할지도 모른다는 생각을 했다. 네 번째 만남이다. 사실 내년이면 서른인 남자가 네 번째 만남까지 제대로 진도를 나가지 않은 건 조금 늦은 감이 있다. 그 순간 석원이 예고 없이 물었다.

"유민이 너 오늘 집에 들어가야 되니?"

주임 교수 대면하듯 허리가 꼿꼿이 세워지고 입가가 경직된다. 나는 능수능란하게 대답하지 못하고 거의 바닥난 글라스만 내려다보았다. 내가 당황한 얼굴로 아무 대답도 못하고 있자, 석원이 웃음을 터트리며 내 볼을 꼬집었다.

"너 방금 이상한 생각 했지?"

"아닌데……."

"오해하지 마. 오빠 친구가 클럽에 있는데 들리래서. 혜지 친구면 클럽 좋아할 거 아냐. 놀다 갈 수 있으면 놀다 가라고. 오빠가 태워다줄게."

아……. 나는 여전히 당황스러운 얼굴로 고개를 끄덕였다. 왜 일평생 남자와 하룻밤 지낸 적 없는 시골 처녀처럼 얼굴이 시뻘개져서 목구멍에 솜을 틀어막은 걸까? 혜지라면, "왜? 호텔 잡아주게?" 하며 농담조로 대답했을 것이다. 나에게는 그런 '쿨'한 여자의 기질이 없다.

"유민이 너 정말 귀엽다. 혜지 친구라고 해서 그 과일 줄 알았는데."

"나 혜지 과 아니야. 혜지랑 놀면서 클럽 자주 간 것뿐이지 혜지처럼은 안 놀아."

"둘이 베스트라며?"

"베스트 프렌드라고 뭐든지 같이하는 건 아니잖아."

"하긴, 혜지처럼 노는 애면 감당하기 힘들지."

나는 끈적하게 녹아든 아이스크림과 와플 부스러기를 뒤섞었다. 부정하지 않는다는 건 인정한다는 뜻이다. 나는 나와 별 관계도 아닌 남자가 나의 베스트 프렌드를 깎아내리는 것을 묵인했다. 거기에 동의하기까지 했다.

석원이 지갑을 챙기며 먼저 일어선다. 발렛파킹한 차를 주차 요원이 가지러 간 사이 석원은 내 옆에서 담배 한 대를 입에 물었다. 나는 담배 연기를 싫어한다. 만약 수환이었다면 당장 끄라고 얘기했을 것이다. 석원에게는 그럴 수가 없다. 만난 지 얼마 안 된 사이여서가 아니다. 내가 그런 식으로 행동하면 잔소리 심한 여자라고 생각할까봐 겁이 나기 때문이다. 남자의 눈치를 본다는 건 이미 그 남자에게 주도권을 빼앗겼다는 뜻이다. 나를 먼저 소개시켜 달라고 조른, 내년이면 서른인 남자에게 주도권을 빼앗긴다는 건 한 가지 의미다. 내가 그를 더 원하고 있었다.

지하 주차장에서부터 올라온 차가 천천히 원을 그리며 앞에 섰다. 재력을 기준으로 달라지는 청담동의 대우는 차에서도 예외가 아니다. 웬만한 국산 차는 길가에 주차되지만 BMW 같은 외제차는 친절하게도 지하 주차장 안쪽에 고이 모셔둔다. 민희가 더 값싸고 성능 좋은 국산차를 외면하고 굳이 유지비 많이 드는 외제차를 선택한 이유도 이런 미묘한 대접의 차이를 알기 때문이다.

"유민이 넌 좀 독특한 구석이 있는 거 같아."

시꺼멓고 반짝반짝거리는 한강을 내다보고 있는데 석원이 무릎 위에 올려둔 내 왼손을 잡았다. 그리고 아주 자연스레 깍지를 끼고 내 허벅지를 툭툭 쳤다.

"잘 놀고 잘 어울리다가도 한순간 너만의 세계에 빠진다고 해야 되나? 아무튼 좀 특이한 구석이 있어."

"특이한 게 아니라……."

나는 운전 중인 석원의 눈치를 봤다. 그에게 진지한 이야기를 털어놓아도 되는지 모르겠다. 남녀 관계의 농도는 대화의 내용으로 결정된다. 지금까지 우리는 가벼운 일상 얘기나 농담 따먹기, 주변 친구들 얘기로 대부분의 시간을 보냈다. 거기서 서로의 고민을 공유하게 되는 순간 좀 더 농도 짙은 관계로 발전하게 되는 것이다. 그리고 그건 스킨십의 바로 전 단계이기도 했다.

"대학 졸업하니까…… 그냥 갑자기 생각이 많아져서. 자꾸 딴 생각을 하게 돼."

"무슨 생각?"

"그냥…… 진짜 나를 모르겠다는 생각을 자주 해."

"진짜 너?"

"진짜 나의 성향 말이야."

나는 혜지처럼 하루하루 즐기며 젊은 시절을 후회 없이 태워 버리고 싶은 것일까? 만약 내게 혜지 같은 미모와 재력이 있었다면 오늘이 마지막인 것처럼 하루를 살았을까? 아니면 열심히 공부해 누구나 들어가고 싶어 하는 공기업에 취업한 민경이처럼 되고 싶은 것일까? 부모님에게도 떳떳하고 사회의 건전한 일원이라 자신 있게 말할 수 있는 그런 사람이 되고 싶은 것일까? 그것도 아니라면, 그저 화려한 결혼? 결국 노아처럼 남자 잘 만나 모두의 동경과 시샘 속에 결혼하는 신데렐라가 최고라고 생각하는 걸까?

내 주변에는 내 또래의 여자들이 꿈꾸는 삶의 모든 케이스가 있었다. 그것이 행운인지 불행인지 모르겠다. 그들 모두의 삶에는 어딘가 하자가 있어 보였고, 모든 삶이 나와 맞지 않는 것처럼 느껴졌다. 혜지의 삶은 속 빈 강정처럼 보였고, 민경의 삶은 재미없게 들렸으며, 노아의 삶은 언제 터질지 모르는 가시방석 위의 풍선 같았다.

이 세상에 내 열정을 다 태워서라도 이루고 싶을 만큼 완벽하게 내 마음에 드는 삶은 진정 없는 걸까?

"내가 지금까지 뭐했나 싶기도 하고, 내가 어른인지 앤지도 모르겠고."

"흠."

"다른 동창들은 멀쩡하게 취직하거나 취업 준비하고 있는데 나만 이러는가 싶어서 무섭기도 해……. 뭐 한다 그러면 엄마 아빠가 지원 안 해주는 것도 아닌데, 하고 싶은 것도 딱히 없고. 아무튼 이것저것 다 어려워."

"원래 여자들 대학 졸업하면 많이들 그렇대."

석원은, 다들 그러니까 너무 고민하지 말라는 일반적이고도 가벼운 답변으로 대신한 후 길게 하품을 했다. 내 얘기가 지루하다는 노골적인 표현이라기보다는 그냥 늦은 시간에 자연스레 하품이 나온 것 같았다. 그런데도 괜히 눈치가 보여서 입을 다물었다.

"유민이 넌 아직 어리고 예쁘니까 괜찮아. 아니면 오빠가 결혼해줄까?"

"뭐야……."

"왜? 오빠는 유민이 같이 예쁘고 어린 신부는 언제나 환영이야."

그가 가볍게 던진 결혼이란 단어는 말 안 듣는 애기 앞에서 흔드는 플라스틱 젖꼭지 같다. 그는 분명 그것을 입에 물려주면 내가 좋아할 거라고 생각했을 것이다. 애기들은 다 똑같으니까.

"그냥 시집와서 우리 집에서 살아. 오빠 아침마다 된장찌개 끓여주는 여자면 돼. 뭐 하러 머리 아프게 직장 나가냐? 그치?"

그는 나이에 어울리지 않게 킬킬대며 웃었다. 저건 분명히 비웃는 거다. 그의 가슴 어느 구석에서 이유민이란 여자는 똑똑한 커리어우먼 형이 아니라 이런 식으로 젊음 팔아 남자 만나다가 결혼할 그런 여자로 정의된 것이다. 아침마다 된장찌개 끓여주는 것밖에 못하는 여자. 나는 석원에게 무엇을 기대했던 걸까?

만약 수환에게 이런 얘길 했어도 딱히 다른 답변이 나오진 않았을 것이다. 수환은 신부 수업이나 잘 받고 있다가 오빠에게 시집오라는 달콤하고 영양가 없는 얘기를 해줬을 게 뻔하다. 나는 여자에겐 결혼 말곤 답이 없다는 남자의 무시 말고, 나처럼 이 시기를 방황하며 보낸 후 인생의 해답을 찾은 사람의 충고를 듣고 싶었다.

그러나 나를 진심으로 사랑했던 수환도, 스물아홉이나 먹은 석원도 그 답을 주지 못한다. 어쩌면 이런 문제에 답을 줄 수 있는 사람 자체가 세상에 없을지도 모른다. 그렇게 생각하니 갑자기 외로워졌다. 나 스스로 답을 찾지 못하면 이대로 패배감을 뒤집어쓰고 사회에서 도망치게 되는 걸까? 마치 선주처럼. 수능이란 전쟁에서 패배한 후 미국으로 도망친 내 친구처럼. 결국 몇 년 늦었다 뿐이지 나도 그녀의 전철을 똑같이 밟게 될 것이다.

인생의 패자와 승자가 결정되는 순간은 스무 살 겨울 방학이 아닌 대학 졸업 이후부터일까. 나는 불안한 미래를 두려워하면서도 나를 위한 자기계발을 시작할 생각조차 하지 않고 있다. 아직도 근거 없는 낙관주의가 나를 지배하고 있기 때문이다. 그래도 어떻게든 내가 원하는 대로 잘 흘러가지 않을까, 하는 대책없는 희망.

결정적으로 나는, 무언가를 얻기 위해 피눈물 나게 노력한 적이 한 번도 없었다. 내 인생에서 유일하게 열정과 오기를 느낀 대상이 있다면 연기뿐이었다. 그러나 그마저도 스무 살이 지나가면서 찬물을 끼얹은 냄비처럼 금세 식어버렸다.

학자금 대출이란 것을 받아본 적도 없다. 부모님은 오백만 원에 달하는 대학 등록금을 아무 잔소리 없이 여덟 번 꼬박 내주셨다. 그러나 새 학기가 시작될 때마다 부모님에게 감사하다는 말 한 번 한 적 없다. 은혜를 모르는 동물이라기보다는 그냥 그게 너무 당연하게 느껴졌기 때문이다. 나뿐만이 아니라 친구들 모두가 그랬다. 우리 사이에는 부모님이 대주는 돈으로 사는 것이 당연하다는 사고방식이 만연했다.

등록금 때문에 고민한 적이 없으니 등록금 인상 반대 시위에 참여한 적도 없다. 정작 '내' 몸으로 느끼는 '나의' 문제가 아닌 다음에야 그룹 전체의 이익을 위해 항변한다는 것이 어쩐지 우습게 느껴졌다. '상아탑이 아닌 백골탑'이라는 무시무시한 시위 구호를 외치는 것보다, 등록금 문제는 다른 세상 이야기인 듯 외면하는 것이 부유하고 우아하게 느껴졌다.

아르바이트를 해본 적도 없다. 휴대폰 요금과 차비 모두 엄마 카드로 해결했다. 필요한 것이 있으면 엄마에게 말하는 것으로 모든 문제가 해결됐다. 집에 안 들어오거나, 하는 일 없이 침대에서 빈둥거릴 때마다 엄마는 늘 용돈을 줄이고 카드를 압수하겠다고 엄포를 놓았다. 물론 실제로 그런 적은 한 번도 없다. 친구들은 모두 루이비통 백이 하나씩 있는데 나만 없다는 말에, 엄마는 우리 딸 기 죽을까 얼른 내 손을 잡고 백화점으로 달려갔다.

배우가 되기 위해 노력한 적도 없다. 연예인이 되기 위해 얼굴을 다 뜯어고칠 독기도 없었고, 대사 한 줄을 하기 위해 두 시간 기다리는 연극 연습도 싫었다. 배우의 세계는 모 아니면 도였다. 나는 모가 될 자신도 없었고 도가 되고 싶지도 않았다. 책상에 앉아 공부하는 과가 싫어서 연극과를 지망했으면서 연기 공부조차 귀찮아 결국 전공조차 살리지 못했다.

취업 준비를 한 적 없으니 이력서 낼 곳이 한군데라도 있을 리 만무하다. 그러나 걱정 없다. 어릴 때부터 딸에게는 늘 전지전능하신 분이 함께하지 않았던가. 엄마는 어디선가 알아낸 연줄로 나를 손쉽게 취업시켰다. 월급이 백만 원이 안 되고 내가 전혀 관심 없는 직업이라는 것은 둘째 문제다.

나는 삶은 사 년 동안 이런 식이었다. 그리고 이런 삶이 오 년째 접어들고 있었다. 이런 삶이 지속되어온 결과, 나는 앞으로 나의 삶이 어떻게 흘러갈지 어림짐작할 수 있었다.

엄마는 내가 조신하게 직장 다니는 것을 지켜보며 때를 기다릴 것이다. 엄마는 교회에서 나와 비교도 되지 않는 좋은 조건의 남자들을 찾아내 악착같이 맞선을 준비할 것이다. 엄마는 나를 정숙하고 얌전한 여자로 포장시킬 것이다. 엄마는 혼수 문제로 시댁이 될 집안과 전투를 치를 것이다. 엄마는 내가 첫아이를 임신했을 때부터 제2의 인생을 시작할 것이다. 엄마는 자신의 손자나 손녀가 다닐 사립 영어 유치원을 알아보고, 어떻게든 입학시키기 위해 고군분투할 것이다.

엄마는…… 나를 위해 아주 많은 것을 해주려 들 것이다.

그리고 나는, 엄마와 싸울 것이다. 늘 그랬던 것처럼 소리 지르고 물건을 집어던질 것이다.

그리고 결국 엄마 말에 따를 것이다. 그것이 가장 편한 인생이라는 것을 이미 알기 때문이다.

소속감이 없는 여자아이

새벽 한 시의 클럽 앞은 올나이트의 패배자들과 주량 측정에 실패한 만취자들, 그리고 좀비 같은 얼굴로 담배를 빠는 흡연자들로 가득했다. 나이트 라이프로 치면 아직 이른 시간이라 미니스커트 입고 주저앉아 구토하는 여자들과 술 한 잔만 하자며 여자를 잡아 세우는 남자들은 아직 보이지 않았다.

"이석원!"

입구에 들어서자 계단 앞에 서 있던 키 큰 남자가 석원을 보며 반갑게 웃었다. 한눈에 그가 모델이라는 것을 알아봤다. 이 시간에 저 기럭지로 클럽을 누비는 남자는 대부분 모델들이다.

"여자 친구?"

"어, 우리 마누라야."

석원이 장난스럽게 나를 소개하며 어깨에 팔을 둘렀다.

"넌 왜 이렇게 마누라가 만날 바뀌냐? 이 새끼 여자 많은 거 알아요? 오늘 밤새도록 이석원 여성 편력 서사시 한번 읊어줘?"

"들어가, 새끼야."

뭐야 오빠, 진짜야? 당연히 아니지. 오빠가 그런 사람으로 보여? 저런 농담에 응당 맞받아쳐 줘야 할 대화들을 나누며 계단을 내려갔다. 계단 입구에 서 있는 건장한 보디가드들은 석원의 친구를 보자 별말 없이 우리를 통과시켰다. 계단을 한 칸씩 내려갈 때마다 쿵쿵거리는 클럽 사운드가 몸속을 파고들었다. 한 칸만 더 내려가면 그 사운드가 심장을 움켜쥘 것 같던 그 순간, 선명한 녹색의 레이저 빔이 내 머리 위로 찌를 듯이 쏟아졌다. 고래작살처럼 사방에 꽂히던 레이저 빔은 곧 얇고 미세한 선으로 쪼개져 스테이지 안을 둥글게 감쌌다. 무대가 뜨거워질 때마다 기다렸다는 듯 뿜어져 나오는 드라이아이스 특유의 냄새, 몸치마저 클럽 댄서로 바꾸어놓는 화려한 조명, 가래침과 담배꽁초, 잡다한 쓰레기로 지저분한 바닥……. 세대에 따라 '열정', '청춘', '문란함', '난잡함'으로 정의되는 그 정신없는 공간에 들어서자마자 기분이 몽롱해졌다.

무릎까지 오는 얌전한 원피스를 입었을 때 여자의 몸가짐이 달라지는 것처럼 클럽 계단을 다 내려오는 순간 행동거지가 뒤바뀐다. 나는 좀 더 자신감 있게 걸었고 아무에게나 눈길 주지 않겠다는 듯 클럽 DJ에게 시선을 고정시켰다. 마치 내가 주관한 파티인 것처럼 참석한 사람들을 점수 매기는 눈길로 바라보는 일도 물론 빼놓지 않았다. 이 세계의 방문객이 아닌 주인으로 보이고 싶은 욕망이 온몸에 넘쳐흐른다. 청담동 카페테리아에 앉아 있을 때와 클럽에 입장하는 기분은 비슷하다. 나는 속물적인 세계를 동경하는 이들에게 동경 받고 싶었다. 클럽은 그 욕망을 마음껏 채울 수 있는 곳 중 하나였다.

내가 스무 살이 되던 해 대한민국 패션과 대중음악의 지배자는 단연 이효리였다. 이효리처럼 입은 여자들은 이효리스러운 섹시함을 과시하고자 너 나 할 것 없이 클럽을 찾았다. '클럽 데이'가 대대적으로 홍보되기 시작하면서 홍대 앞은 제대로 한번 놀아보고 싶은 이십대로 넘쳐났다.

나도 그들 중 하나였다. 고등학생 때부터 밤 문화의 선두에 서 있던 혜지와 민희는 나의 밤 문화 입성을 열렬히 환영하며 적절한 클럽 패션부터 클럽 메이크업, 작업 방식과 적당히 거절하는 방법들을 가르쳐주었다. 수능 후 친구들과 나이트 한 번 가본 게 다인 나는 휘황찬란한 밤 문화에 금세 젖어들었다. 그 세상은 모든 게 너무 신기하고 이상했다. 제정신 아닌 행동들이 용납되었으며 오늘 만난 남자가 십년지기 친구처럼 굴어도 전혀 이상할 것이 없었다. 오히려 체면과 도덕을 따지는 행동이 비정상적으로 보이는, 그런 세계였다.

그리고 나는 그런 세계가 좋았다. 외모 지상주의가 뿌리내리다 못해 아예 자체 카스트 제도까지 만들어 낸 지하세계라도 상관없었다.

"이유민!"

그렇지 않아도 혜지와 마주칠 것 같다는 생각을 했다. 혜지는 늘 그렇듯 술이 즐비하게 늘어진 테이블 앞에 앉아 있었다. 양옆으로 근사한 남자들을 첩처럼 끼고서.

"뭐야! 조용하다 싶더니 석원 오빠 만나고 있었어? 둘이 뭐야? 벌써 이런 데 같이 다니는 사이 된 거야?"

"병근이 연락받고 온 거야. 유민이랑 데이트하던 참이라 같이 왔는데 잘됐네. 친구 있으면 더 편하잖아."

"뭐야? 이 배려는? 아주 빠진 거야? 그런 거야?"

"우리 이미 깊은 관계야. 몰랐어?"

농담, 농담, 농담……. 저 둘은 농담 아니면 딱히 할 말이 없는 사이다. 그리고 이곳에 있는 대부분의 사람들도 마찬가지다. 다들 친해 보이지만 장담하건데 저들 중 오늘 처음 만난 사이가 절반이 넘을 것이다. 그 누구도 클럽에 진지한 관계를 기대하며 오지 않는다. 때문에 이곳에는 깊이가 없고, 그것이 곧 진리다.

"그리고 혜지야. 너 유민이 너무 자주 클럽 데리고 오지 마라. 유민이가 자기는 너 과 아니라잖아. 왜 자꾸 순진한 애를 어둠의 세계로 끌어들여?"

나도 모르게 오만상을 찌푸리며 석원을 노려볼 뻔했다. 그 말이 내가 뒤에서 혜지를 은근히 깎아내리고 있다는 뉘앙스를 풍긴다는 걸 정말 모르는 걸까? 스물아홉 먹은 남자들은 여자들 사이의 오묘한 경계선을 감으로나마 이해할 것이라 생각했던 건 나의 착각이었다.

"우리 유민이, 아저씨랑 만나니까 애기 취급받고 좋겠네?"

혜지는 석원의 민감한 발언에도 표정에 아무 변화가 없다. 그녀는 자연스럽게 내 어깨를 끌어안으며 볼을 꼬집었다. 그게 다다. 찔리는 건 찔리는 짓을 한 사람뿐이다.

혜지는 언제나 여자 특유의 미묘한 심리적 문제들과 늘 멀찍이 떨어져 있었다. 어릴 때부터 여자를 괴롭히던 그 많은 복잡 미묘한 문제들에게서 말이다. 이를테면 홀수로 놀면 꼭 한 사람이 소외된다거나, 좀 더 잘나가는 무리에 끼고 싶어서 오래 사귀던 친구들에게 등을 돌린다거나, 친구가 좋아하는 남자에게 왠지 모르게 매력적인 여자로 보이고 싶은 그런 심리들. 가끔 한 사람의 삶을 좌지우지하기도 하는 그 작고 독한 문제들에, 혜지는 항상 초연했다. 나는 그게 늘 부러웠다.

"오늘 디제잉 죽이지. 내려가서 춤추자. 나 아까 진짜 괜찮은 애 찜해놨어. 조금 있다 보여줄게."

혜지는 살갑게 내게 팔짱을 꼈다. 계단을 내려가면서 석원과 어디까지 갔냐는, 친구로서 당연히 궁금할 이야기들을 능글맞은 목소리로 물었다.

"아직 키스도 안 했어."

"진짜? 너네 초등학생 연애 하냐? 알 거 다 아는 사람끼리 왜 그래?"

"수환이 말고 다른 남자랑 진도 빼려니까 좀 이상하기도 하고……."

"제발, 유민아. 내 베스트 프렌드가 2년 내내 한 남자하고만 잤다는 건 좀 공포다."

혜지는 깔깔 웃으며 내 등을 탁 치더니 긴 생머리를 쓸어 넘기며 스테이지를 파고들었다. 클럽 카스트 제도에서 혜지는 단연 브라만이다. 나는 크샤트리아와 바이샤의 중간쯤 될까. 내 입으로 차마 수드라라고 말하고 싶진 않다.

물론 클럽을 찾는 모든 사람들이 이 계급 제도에 속하는 것은 아니다. 그들 중에는 순수하게 클럽 음악을 즐기는 사람도 있고, 오로지 춤을 추기 위해 오는 사람도 있으며, 트렌디한 곳을 찾아 젊은 감각을 느끼는 것이 곧 직업인 사람들도 많다. 그러나 허세 부리기와 남자 사냥을 목적으로 클럽을 찾은 여자들은 열이면 열, 클럽 카스트 제도의 어느 신분에 반드시 속하게 된다. 잘나가는 클럽에 드나드는 일이 자신의 가치를 높인다고 생각하는 나 같은 여자들은 말이다.

"유민아, 쟤야!"

혜지가 내 팔을 끌어당기며 속삭인다. DJ박스 바로 앞에 서 있는 남자가 눈에 띄었다. 몸에 적당히 달라붙는 독특한 꼼므 데 가르송 티셔츠를 입고 있었고 키는 190센티미터쯤 되어보였다. 얼굴이 작고 스키니 한 게 딱 혜지의 취향이다. 나는 멸치류는 싫어했지만, 혜지는 모델 스타일의 남자가 아니면 거들떠보지도 않았다.

"나 오늘 쟤랑 잔다."

굳이 선포하지 않아도 이미 너의 결의를 안다. 혜지는 자연스럽게 몸을 흔들며 남자에게 다가갔다. 저렇게 전지현처럼 머리를 쓸어 넘기며 골반을 흔드는 혜지는 정말 매력적이다. 혜지는 저렇게 먹잇감을 향해 돌진할 때 가장 빛이 난다. 그리고 나는 혜지의 저 모습을 가장 좋아한다.

"저 여자애 진짜 예쁘다."

"누구? 긴 생머리?"

"쟤도 연예인이야?"

"몰라. 본 적 없는데……. 신인 뭐 그런 거 아니야? 모델이거나. 아니면 텐프론가? 이 클럽에 그쪽 애들 많이 오잖아."

혜지 옆에 있는 대여섯 명의 여자애들이 그들만의 추리를 주고받는다. 그들은 크샤트리아다. 나름대로 남자들에게 대시도 많이 받고 예쁘다는 소리도 많이 듣겠지만, 혜지처럼 '정말' 예쁜 사람 옆에서는 '일반인'이라는 한 무리에 통째로 묶여버리는 부류다.

　그들에겐 남자들에게 성적으로 매력 있는 여자라고 인정받는 일이 클럽에 온 목표다. 하지만 그것이 끝일 뿐, 혜지처럼 그 남자와 하룻밤을 보내는 '큰일'을 저지를 용기는 없다. 클럽 문화도 알고 춤을 즐길 줄도 알지만, 클럽 문화에 대한 주인의식은 없다. 마치 밤에 늘 지속되고 있는 이 짜릿한 세계에 잠시 들른 관광객 같은 기분이랄까. 바로 나처럼.

　그리고 브라만 계급과 크샤트리아 계급 아래인, 바이샤들이 있다. 그들은 주로 클럽 뒤쪽이나 벽에 붙어 있다. 피곤해서 잠깐 쉬는 것이 아니라, 클럽에 들어온 그 순간부터 주구장창 똑같은 자리에 동상처럼 서 있는 것이다. 발은 석고상처럼 그대로 굳어 있고 상체만 흔들흔들 움직인다. 춤추는 것도 어색하고 남자들에게 번호 물어보는 일은 더 어색하니 그저 그런 모습들을 구경만 힌다. '클럽은 외모 지상주의가 판을 치는 난잡하고 세속적인 세계일 뿐이며 진짜 클럽 문화는 사라지고 부비부비만 남았다'는 이론을 적극적으로 확장시키는 사람들도 이 계급에 많다.

　혜지와 모델은 이제 본격적으로 대화를 나누고 있었다. 남자의 손이 자연스럽게 혜지의 허리를 감싸 안은 것으로 보아 잘되어 가고 있는 것 같다. 남자는 혜지에게서 눈을 떼지 못했고, 혜지도 남자에게서 눈을 떼지 않았고, 벽에 일렬로 서 있는 여자들도 그 둘에게서 눈을 떼지 못했다. 그들은 그렇게 구경꾼의 역할을 충실히 수행하다 집으로 돌아갈 것이다. 춤도 추지 않고 남자도 만나지 않고 노래도 즐기지 못하는 사람들에게 클럽이란 동네 술집만도 못하다.

"유진아, 여기 내 베스트 프렌드!"

"아, 안녕하세요."

"귀엽지? 우리보다 두 살 어리대."

"스물둘?"

"응. 나 연하 완전 사랑하잖아! 대학 졸업하니까 또 연하가 이렇게 눈에 들어와요."

혜지의 특기. 오늘 만난 남자 십 년 사귄 애인처럼 끌어안기. 연인처럼 꼭 달라붙어 있는 그 둘은 선남선녀, 환상의 짝꿍, 천생연분, 그 모든 말들이 어울렸다. 마르고 허연 게 내 스타일은 아니었지만 확실히 잘생기긴 했다. 만약 바깥에서 길가다 그를 봤다면 아, 잘생겼다 하며 뒤돌아보았을 것이다. 그세 나나. 혜지처럼 대시할 생각은 꿈에도 못했겠지. 겉모습만 보고 나와 다른 세상의 사람이라 단정 짓고 미리 포기할 테니 말이다.

혜지는 그쪽 사람이다. 흔히 연예인들은 다른 세계에 살고 있다고 말하곤 하는데, 혜지는 그 다른 세계에 꼭 어울렸다. 화려하고, 예쁘고, 잘나가고. 만약 그 세계에 들어가고 싶은 사람들을 위한 면접이 따로 있다면 혜지는 특차로 붙을 것이고 나는…… 떨어질 것이다.

나는 늘 언젠가 혜지가 연예인이 될 거라 생각했다. 연예인 외에는 혜지에게 어울리는 직업을 떠올리기 힘들었다. 화려한 삶과 주목받는 것에 익숙해진 여자가 선택할 수 있는 직업이 몇이나 있을까? 사실 내 친구들 중 미래가 가장 궁금한 사람은 혜지였다. 혜지처럼 이십대를 보낸 여자들에겐 도대체 어떤 미래가 펼쳐질까?

냉정하게 말한다면, 혜지처럼 미래에 대한 고민과 노력 없이 놀고먹고 남자와 자는 일에 청춘을 불사른 여자들 말이다.

♥

"오빠 안 보고 싶었어?"

바람 쐴 생각으로 클럽 계단을 올리가려는 순간 누군가 내 허리를 끌어안았다. 나는 짜증스럽게 팔을 밀쳐내고 뒤돌아섰다. 석원이 놀란 얼굴로 서 있었다.

"무슨 일 있었어?"

"아…… 오빠인 줄 몰랐어."

"뭐야. 도대체 몇 명이 작업 건 거야?"

석원이 웃음을 터뜨리며 다시 내 허리를 끌어안는다. 당연히 그래야 한다는 듯. 그리고 천천히 음악에 맞춰 몸을 움직였다.

그 순간 혜지와 눈이 마주쳤다. 그녀는 싱긋 웃으며 내 쪽으로 팔을 내밀었다. 여자 둘이 클럽을 찾았을 때 가장 안심이 되는 순간이다. 둘 다 남자를 찾아 적당한 스킨십을 즐기고 있을 때. 나도 이 클럽의 일원으로 제대로 즐기고 있다는 자신감이 가장 강하게 들 때다.

"혼자 내버려둬서 미안해. 오랜만에 친구랑 얘기 좀 하느라고……. 이해하지?"

굳이 내 허락 받을 필요가 뭐 있는가. 애인 사이도 아닌데.

"유민이 보고 싶어 미치는 줄 알았잖아. 우리 둘이 다른 데 갈 걸 그랬다, 그치?"

내가 남자들에게 가장 적응하기 힘들 때가 바로 이럴 때다. '단계'에 대한 시각이 어긋날 때.

나는 관계에 있어서 꽤 보수적인 시각을 갖고 있다. 영화에서 보는 것처럼 한눈에 번개가 꽂히지 않는 한, 여러 번의 만남을 통해 서로를 충분히 알아산 후에 몸을 더듬는 것이 당연하다고 생각한다. 그러나 유독 소개팅으로 만난 강남 남자들은 다섯 번째 손가락을 접기도 전에 잠자리 실현 가능성 유무를 토론하고 싶어 했다.

스물한 살에 만났던 쇼핑몰 CEO 오빠는 이런 말을 했다.

"우리 술자리에 어느 정도 익숙해졌으니 이제 잠자리에 익숙해져야 되지 않을까?"

두 번째 데이트에서 나왔던 대화다.

스물두 살에는 반포동에 사는 치대생을 소개받은 적 있다. 택시 뒷좌석에서 그는 뇌리에서 절대로 잊히지 않을 강한 행동을 남겼다.

"느껴져……?"

내 손을 자신의 불뚝 선 그것에 가져간 것이다. 세 번째 데이트에서였다.

그리고, 지금 이 남자.

"유민아, 오빠가 유민이 정말 마음에 들어 하는 거 알지? 나 정말 진지하게 잘해보고 싶다."

확실한 건 그가 지금 내 허리를 끌어안고 자신의 그것을 내 엉덩이 쪽으로 밀착시키고 있다는 것이다. 술 냄새가 확 풍기는 것으로 보아 지금까지 위층에서 친구들과 양주 몇 잔 기울이고 오신 모양이다.

"오빠 오늘 유민이 집에 보내기 싫다……."

대한민국에서 가장 잘나간다는 클럽에서 쌍팔년도 대사를 들어야 하다니. 석원이 점점 노골적으로 그것을 엉덩이 사이에 비벼댔다.

"유민아! 화장실 갔다 오자. 유진아, 나 담배 한 대만 피우고 올게 여기서 기다리고 있어."

짜증스럽게 그를 밀치려는 순간, 혜지가 구세주처럼 내 손을 잡아끌었다. 혜지는 늘 눈치가 빨랐다. 나는 망설일 필요도 없이 혜지를 따라나섰다. 순간 석원이 내 팔을 잡아끌고 2층에서 기다릴 테니 빨리 돌아오라며 귓가에 속삭였다. 나는 어색하게 웃으며 고개를 끄덕였다. 돌아서자마자 왜 고개를 끄덕였는지 스스로 자책했다.

♥

"바보냐? 싫으면 싫다고 말을 하면 될 거 아냐?"

"얘기하려고 했어."

"언제? 그 새끼 바지 찢어지고 그거 튀어나올 때?"

혜지의 거칠 것 없는 말투에 웃음을 터뜨렸다. 나는 주머니에 넣어둔 면봉으로 눈 밑에 번진 화장을 지우고 립글로스를 고쳐 발랐고 혜지는 담배를 입에 물었다. 우리는 거울 아래 마련된 동그랗고 작은 소파에 나란히 앉았다.

"설마 나 원망하는 건 아니지? 석원인 취했고 여긴 클럽이잖아. 내가 너한테 이상한 개새끼 소개시켜 준 거 아니다?"

"알아. 별로 화 안 났어. 저 정도면 양반이지. 저번에 그 일 기억 안 나?"

"뭐 말하려고 하는지 알아! 그 CK 모델 얘기하는 거지? 오빠랑 단둘이 파라다이스로 떠나자면서 민희 끌고 나가려던 애?"

우리는 동시에 깔깔대며 웃었다. 사실 석원 정도면 클럽에서는 양반 축에 속했다. 그가 정말 발정 난 개였다면, 1층에 내려와 나를 찾기 전에 2층에 앉아 있는 어느 야하게 입은 여자애를 꼬드겨 이미 모텔로 차를 돌렸을 것이다. 이곳에서는 그런 일이 흔했다. 만난 지 십 분 된 여자에게 단둘이 여행을 떠나고 싶다며 밖으로 끌고나가는 남자, 클럽 죽돌이 남자 연예인 눈에 들기 위해 옆자리에서 술 따르기 바쁜 여자들이, 시험 기간에 중앙도서관에서 죽치고 있는 학생들만큼이나 흔했다.

애초부터 멋진 섹스와 스타일 좋은 남자 낚기라는 목표 달성을 위해 클럽을 찾은 이들을 누가 비난하겠는가. 대한민국의 클럽은 이미 음악과 춤을 즐기는 공간과, 쾌락주의와 속물근성이 합법적으로 인정된 공간으로 양분화 되어 있다. 이곳에 발을 딛는 순간 고상함과 상식을 찾는 것은 위선이다.

하지만 아까 같은 노골적인 스킨십은 정말이지 짜증난다. 남자들은 왜 자꾸 단계를 건너뛰고 싶어 하는 것일까? 아니면, 스킨십 이전에 단계를 따지는 내가 시대에 뒤떨어진 진정한 촌년인 걸까?

"그럼 아웃시키지 말고 좀 봐줘. 그래도 너 되게 마음에 들어 하는 거 같던데?"

"나도 싫은 건 아니야."

"그럼 살살 얼러가면서 계속 만나. 그 정도면 조건 진짜 괜찮은 거다, 너?”

“그러니까 문제가 뭐냐면…….”

나는 립글로즈가 묻은 손가락을 짜증스럽게 소파에 문질렀다.

“석원이가 자자고 하면 뭐라고 해야 돼?”

“애 좀 봐라? 뭐가 문제야? 석원이가 무슨 사또야? 수청 들라면 들게?”

“그럼 분위기 이상해지는 거 알지. 남자들한테 너랑 자기 싫다고 하는 거 남녀관계의 끝이잖아.”

“얼러가면서 만나.”

“넌 그게 쉬워?”

“어려울 게 뭐 있어? 그냥 웃으면서, 오빠, 난 오빠가 좋다, 하지만 아직 자는 건 싫다, 그래도 오빠랑 간간이 만나면서 밥도 먹고 데이트도 하고 싶다, 그렇게 솔직하게 얘기하면 되잖아.”

“그래도 남자가 나한테 원하는 건 여전히 사는 거잖아.”

“뭐…… 궁극적으로 따지면 그게 맞겠지.”

“난 솔직히 말하면 너처럼 행동하는 게 어려워.”

친구와의 대화 중 가장 어려운 부분은 그녀의 생활방식과 가치관에 반하는 의견을 내놓을 때다. 방금 그 말이 빈정거리는 뉘앙스를 풍기진 않았을까 염려되어 눈치를 보았지만 혜지의 표정에는 아무런 변화가 없다.

“난 공짜로 뭔가를 받는 게 거북해. 한두 번이면 상관없지만 그게 계속 이어지면 나도 뭔가를 주어야 한다는 의무감이나 압박감이 들어. 하지만 남자 차를 얻어 타고 밥을 얻어먹고 선물을 받기 위해 좋아하지도 않는데 같이 자는 건 싫어. 그건 된장녀를 넘어서 마치…… 창녀 같잖아.”

“그렇게 말하는 건 오버다. 남자들이 여자를 오로지 섹스 가능성 유무로 판단해서 만나는 건 아니야.”

“내가 말하는 건 모든 남자들이 아니야. 예를 들어서 석원 오빠 같은 남자. 난 오빠와 사귀지도 않고 그럴 가능성에 대한 애기를 진지하게 나눠본 적도 없어. 그런데도 우리는 만날 때마다 연인처럼 데이트를 해. 연인처럼 데이트한다는 게 무슨 뜻인지 알지? 남자가 이만 원짜리 밥을 사고 여자가 이천 원짜리 커피를 사는 걸 당연하게 생각한다는 거야. 난 석원 오빠가 아무 생각 없이 나에게 돈 쓴다고는 생각 안 해. 너 남자 선배들이 했던 애기 기억 안 나?”

“남자가 여자한테 쓰는 돈은 결국 침대로 가는 기름 값이라고?”

“그래. 그리고 아까 석원 오빠가 부비부비할 때 직감적으로 느꼈어. 얼마 안 가 그렇고 그런 애길 꺼내겠구나, 날 한번 떠보겠구나, 하는 느낌 말이야.”

혜지가 나의 미묘한 문제를 완전히 이해하리라곤 기대하지 않는다. 그녀처럼 순간의 감정에 따르는 타입은 미래에 일어날 어떤 일에 겁을 먹고 고민하는 나 같은 사람을 이해하지 못한다.

그래도 혜지는 친구를 위해 무언가 골똘히 생각하는 얼굴로 지저분하게 젖은 화장실 타일을 바라보았다. 비어 있던 타일 위가 하이힐로 금세 채워졌다. 엉덩이만 간신히 가릴 정도로 짧은 미니스커트 차림의 여자들이 '방금 그 미친놈' 이야기를 하며 깔깔 웃으며 들어왔다. 한쪽에는 남자 친구에게 클럽 온 걸 들켰다며 호들갑 떠는 여자애들이, 다른 한쪽에는 핸드폰 셀카를 찍느라 눈을 크게 뜨고 입술을 오므린 여자애들이 가득했다. 한참 동안 닫혀 있던 화장실 칸막이에서 나오는 여자애는 반쯤 풀린 눈을 하고 있다. 구토를 했거나 구토가 올라오는 것을 참고 있을 것이다.

조명 없는 환한 불빛 아래서 본 여자들은 하나같이 번진 화장에 피곤에 찌든 얼굴을 하고 있었다. 고개를 돌려 거울 속 내 모습을 볼 용기가 나지 않는다. 그때 혜지가 내 무릎을 가볍게 치며 두 번째 담배를 입에 물었다.

"너 내가 가끔 만나는 성형외과 의사 알지?"

나는 혜지의 풍만한 가슴을 힐끔 보며 고개를 끄덕였다. 혜지는 6개월마다 다른 환자들의 절반 가격으로 가슴 필러를 맞았다. 그녀의 코끝 수술을 해준 압구정동 유명 성형외과 의사와 친분이 있기 때문이다. 혜지가 코끝 수술을 마친 한 달 후, 둘은 한 나이트클럽 룸에서 재회했다. 이번에는 의사와 환자가 아닌 부킹남과 부킹녀의 신분으로.

"나 그 의사랑 안 잤어. 그런 사이로 발전하고 싶지 않다고 분명히 얘기도 했고. 6개월에 한 번씩 내 가슴 크게 비뚤어지지 않았는지 손으로 가늠해주는 남자랑 자는 건 영 안 내켰거든. 그런데도 여전히 연락 와. 얼마 전엔 샤넬 백도 사주더라. 가슴 필러도 여전히 절반 가격으로 해주고. 그런 남자들도 있어. 예쁘고 젊은 여자들에게 뭔가를 해준다는 것만으로도 가슴 벅찬 자부심을 느끼는 남자들 말이야."

혜지는 재미있다는 얼굴로 킬킬거렸다. 그녀의 발밑으로 떨어진 담배꽁초가 8센티미터 높이의 하이힐 굽에 짓이겨진다.

"유민이 너도 예쁘고 젊잖아. 그런 너를 석원이가 먼저 소개시켜달라고 한 거야. 네가 왜 석원이 눈치를 봐? 걔가 주면 넌 받고, 걔가 뭔가 받기를 원하는데 주기 싫으면 주지 마. 그러다가 자연스레 연락 끊어지면 아, 그런 놈이 있었지, 하고 쿨 하게 안녕, 하면 되는 거야. 요즘 다들 그렇게 만나고 그렇게 헤어져. 유민이 넌 나이답지 않게 너무 진지한 게 문제라니까?"

"그러면, 원점으로 돌아가서 석원이가 자자고 하면……."

"자지 마. 네가 하고 싶은 대로 하면 되잖아. 뭐가 문제야?"

네가 하고 싶은 대로 해. 뭐가 문제야? 혜지는 어떻게 저 말을 저토록 쉽게 할 수 있는 걸까? 내 문제는 내가 하고 싶은 대로 하지 못하는, 현실과 이상의 장벽 따위의 거창한 문제가 아니다. 내가 원하는 게 무엇인지도 모른다는 대책 없는 방황에 있다.

갑자기 이 문제로 고민하는 내가 너무 한심하게 느껴졌다. 나는 여자 특유의 기질로, 간단한 실뜨기를 일부러 손가락을 꼬아가며 엉클어놓고 있었다. 나는 석원과 함께하면서 경험할 수 있는 화려한 생활을 유지하고 싶었다. 그런데 그는 관계의 발전을 빌미로 내게 잠자리를 기대하고 있다. 나는 그와 벌거벗고 뒹구는 것은 상상조차 하기 싫었다. 그러면서도 혜지처럼 얼러가며 만날 능력은 또 안 되는 지라, 이도 저도 못하고 고민하는 것이다. 내 전공 아닌가. 이도 저도 아닌 상태로 고민하기.

"네가 남자한테 차 얻어 타고 밥 얻어먹는 여자라는 말 듣기 싫으면 그만 만나. 네가 나는 아니잖아. 각자 자기 가치관과 스타일이 있는 건데……."

"난 계속 만나고 싶어……!"

신경질적으로 소리 지르다시피 해버렸다. 혜지가 깜짝 놀란 얼굴로 담배를 입에서 뗀다. 그리고는 당황스럽게 웃으며 내 어깨를 토닥였다. 왜 그래, 하며. 정말 왜 그러는 걸까? 예전에는 혜지처럼 순간순간의 기분에 따르며 가볍게 넘겼던 일들이, 왜 요즘은 문제가 되는 걸까?

"석원이하곤 늘 강남에서 데이트를 해. 청담동에서 밥을 먹고 신사동에서 디저트를 먹고 술을 마셔. 영화를 보면 꼭 코엑스 메가박스에서 보고, 하다못해 커피빈을 가도 청담동에 있는, 온갖 연예인들이랑 스타일 좋은 인간들이 바글거리는 그 커피빈을 간다고. 걸어서가 아니라 BMW를 타고 발렛파킹을 맡겨가면서! 난 그게 좋아. 단순히 그게 좋고 계속 그러고 싶은 거야.”

잠시 말을 멈추었다. 더 이상 무슨 말을 해야 할지 모르겠다. 네가 그러고 싶으면 그러면 되지, 뭐가 문젠지 이해할 수 없다는 혜지의 얼굴이 우리의 대화를 가로막는다. 혜지가 어떻게 이해할 수 있을까? 그건 어릴 때부터 그녀가 살아온 삶이다. 그녀에게는 내가 열거한 그런 삶을 누리는 것이 당연했다. 그러나 나는 아니다. 나는 한 번도 강남에서 산 적이 없고 부잣집 남자와 오랫동안 만남을 유지한 적도 없었다. 혜지는 나처럼 동경과 열등감으로 똘똘 뭉친 여자애들을 이해하지 못했다. 이렇게 다른 우리가 어떻게 오랫동안 가장 친한 친구 관계를 유지할 수 있었을까? 어쩌면 혜지는 나의 친구라기보다 그저 내 대리만족의 매개체는 아닐까?

“안 나가봐도 돼? 그 연하 계속 기다릴 거 아냐.”

대화가 어색해지자 나는 괜히 연하 탤런트를 들먹였다. 그만 대화를 정리하고 싶을 때 늘 써먹는 수법이다. 제3자 끌어들이기. 그러나 혜지는 세 번째 담배를 입에 물며 얼굴을 찡그렸다.

“기다리다 지치면 가든지 말든지 하겠지. 걱정 말고 하고 싶은 얘기 있으면 더 해. 생각해보니까 요즘 유민이 너랑 대화도 제대로 못했던 거 같아. 네가 평소에 무슨 생각하고 사는지도 잘 모르겠고……. 그런데 진지한 얘기 이런 데서 하니까 좀 그렇긴 하다."

혜지는 장난스럽게 웃으며 턱으로 화장실 칸막이를 가리켰다. 누군가 주량을 한참 넘어선 건지 거하게 토악질하는 소리가 들려왔다. 나는 넘어올 것 같다는 제스처를 하며 혜지를 따라 웃었다.

사실 이런 이야기를 하기에는 클럽 화장실이 적격인지도 모른다. 방금 전 스테이지에서 도도하게 놀던 여자들이 하이힐 신은 다리를 절뚝거리며 피곤에 절은 얼굴로 들어오는 이곳이야말로 가식과 허울이 벗겨진 여자들의 진짜 놀이터다.

"……난 새 학기 시작될 때마다 학자금 대출 받으러 뛰어가는 남자 말고 압구정동에 사는 남자랑 연애하고 싶었어. 그래서 수환 오빠에게 냉정하게 이별 선언을 한 거야. 그런데 이상하게 강남 남자들하고는 데이트를 오래 못해. 진실로 좋아하는 감정이 안 생겨. 돈 많은 애들은 여자가 많고 제멋대로라는 편견 때문인지, 아니면 내가 조건 좋은 남자와 사귈 자격이 없다는 자격지심 때문인지, 이상하게 다섯 번도 못 만나고 늘 종치게 되더라. 난 그게 늘 마음에 걸렸어. 석원이처럼 조건 좋은 남자들도 분명 누구와 사랑을 했고 연애를 했을 거 아냐. 왜 나는 그 여자가 될 수 없는 거지? 왜 나는 돈 많은 남자와는 연애를 못할까? 나한테 무슨 문제가 있는 걸까?"

"너한테 무슨 하자가 있어서 남자들이 널 찬 게 아니잖아. 넌 단지 그 남자들한테 연애 감정을 못 느꼈을 뿐이야. 그게 문제 야?"

"어쩌면 그게 문제일 수도 있어. 나는 석원이처럼 조건 좋은 남자들에겐 마음을 못 열어. 연애 감정이 생기기도 전에 마음의 문을 닫아버린다고. 조건 좋은 남자들은 여자가 많고 제멋대로 다, 그래서 이 남자와 함께하면 순간만 즐길 뿐이지 행복해질 수 는 없다, 나도 모르게 이런 편견이 생겨버린 거야. 그리고……사실 이건 편견이라기보다는 사실에 가깝잖아. 난 돈도 많고 스타일도 좋은 남자가 성격까지 좋은 경우를 본 적이 없어."

"그럼 넌, 돈도 많고 스타일도 좋은 데다 주변에 여자도 없고 너만 사랑해주는 남자를 만나길 기대하는 거야?"

혜지가 어린아이 쳐다보듯 나를 본다. 늘 철이 없다고 생각한 건 혜지였는데, 어쩐지 지금은 내가 동화 같은 사랑을 꿈꾸는 일 곱 살 꼬마애가 된 것 같다.

"정신 차려, 유민아. 현실감 없는 애도 아니면서 왜 그래? 너 요즘 왜 그렇게 남자한테 목을 매?"

혜지가 정곡을 찌른다. 그렇다. 나는 요즘 너무 남자에게 목을 매고 있다. 대학 졸업 후 내 머릿속엔 조건 좋은 남자를 만나 편 하게 살고 싶다는 일념이 강하게 자리매김하기 시작했다. 나는 미래를 진지하게 고민 '해야만 하는' 시기가 시작된 이후로, 나의 가능성을 새로운 남자와의 만남에 한정시켜 왔다. 앞이 보이지 않는 암담한 미래에서 탈출할 수 있는 유일할 동아줄을 오직 남자만이 내려줄 수 있다고 생각해온 것이다.

특히 노아의 결혼식에 압도당한 후 강박관념은 더욱 심해졌다. 노아는 과거가 어쨌든 만인의 동경과 시샘 속에서 성공적으로 결혼식을 올렸다. 그런 결과를 낼 수만 있다면 과정 따윈 상관없는 게 아닐까? 짧은 인생을 살아왔지만 결과보다 과정을 중요시하는 현실 따윈 겪어본 적 없다. 풍족한 장래를 누릴 수만 있다면 어떤 식으로 살든 상관없지 않을까? 어쩌면 모두가 오래전 이 사실을 깨우쳤는데 나만 순진한 척하며 아무리 조건 좋은 남자라도 사랑이 없으면 관계를 지속할 수 없다며 징징대고 있는 건지도 모른다. 뒤처진다고 생각하자, 또다시 불안해졌다.

"너 졸업하고 한 번도 초조함이나 조급함 같은 거 느껴본 적 없이?"

"별로."

"우린 이제 학생이 아닌 거잖아. 우리 인생에서 학교라는 제도권이 영영 사라진 거라고."

"속 시원하지. 너나 나나 얼마나 학교 싫어했냐?"

"우리는…… 지금 소속감이 없어."

"그게 그렇게 중요해? 그리고 유민이 넌 방송국에서 일하고 있잖아. 직장에선 소속감 못 느껴?"

"엄마 연줄로 얼떨결에 취직한 거잖아. 평소에 내가 전혀 관심 없는 분야였고. 언젠가 그만둘 일이라고 생각하니까 정이 안 들어."

"그러면 그만두고 다른 일 알아봐. 시간 낭비 아니야?"

"혜지야. 나는…… 아무 데도 취직할 수가 없어."

내 한숨에 반응하듯 아주 잠시 클럽 안이 조용해졌다.

"나는 아무것도 안 해놨어. 대학 다니면서 사 년 동안 놀기만 했다고. 내 이력서는 백지야. 졸업하고 나서야 그걸 알았어. 그때부터 좀…… 무서워지더라."

"미래가?"

"미래가."

혜지의 대답을 말꼬리만 내린 채 그대로 따라했다.

"뭐라도 해서 먹고살아야 될 거 아냐. 언제까지 엄마가 주는 용돈으로 한 달 한 달 살 수도 없는 거고……. 그런데 정말, 뭐라도 할 게 없어. 연극영화과를 나와서 어디 취직하겠어? 그렇다고 연극이나 영화 쪽 일을 하고 싶은 것도 아니고. 별 볼일 없는 회사 경리나 비서직은 또 싫단 말이야. 어찌 저찌 해서 방송국 들어가긴 했는데, 아침 아홉 시부터 일곱 시까지 매주 꼬박 닷새 일하고 받는 돈이 백만 원도 안 돼. 이렇게 내 남은 이십대를 보낸다고 생각하면…… 정말 무섭다. 대학 입학 했을 때만 해도 내가 졸업하고서 이렇게 살리라곤 상상도 하지 못했어."

"하긴, 시간은 금방 가지."

혜지는 마치 남의 일처럼 얘기했다. 대학시절 내내 놀다 빈털터리로 졸업한 것은 혜지도 마찬가지다. 강남에 살고 얼굴이 예쁘다는 것이 능력이 될지언정 경력은 될 수 없다. 그녀는 왜 자신의 미래에 대해 고민하지 않는 걸까? 저 정도면 혜지의 낙관주의는 병이 아닌가? 어째서 똑같은 나이를 사는데도 한 사람은 조급하고 한 사람은 여유로울까. 혜지와 나의 차이는 무엇일까?

"내가 가진 거라곤 대학 간판과 나이밖에 없어. 스물넷은 어린 나이지. 아직까지는 말이야. 그래서……."

"그래서, 한 살이라도 더 어리고 예쁠 때 돈 많은 남자 만나서 시집이라도 가고 싶다, 이거야? 네 말은?"

혜지의 말이 맞다. 저것 외에 내 현재 심리 상태를 표현할 수 있는 말이 또 어디 있을까? 나는 내 젊음을 하루 빨리 괜찮은 조건에 팔아치우고 싶은 것이다. 스스로 인정하고 나자, 소름끼치도록 나 자신이 한심해졌다.

"내가 이상한 거지?"

지금까지의 우리 대화가 그저 데킬라 몇 잔에 새어나온 시답지 않은 수다이길 빈다. 대학 졸업 후 하고 싶은 일이 없어 빨리 결혼이나 하고 싶다는 이야기를, 이렇게 진지하게 얘기한다는 것 자체가 코미디로 느껴졌다. 아, 대학에 막 합격했을 때만 해도 내 미래가 이렇게 암담하게 흘러가리라곤 상상조차 하지 못했는데…….

"내가 웃긴 거지? 스물넷이 이런 얘기 한다는 게 말이나 되니? 네 말대로 한창 즐기고 놀 나이인데. 비웃고 싶으면 비웃어. 비웃음 당해도 싸지."

"젊고 예쁠 때 좋은 데 시집가고 싶다는 게 비웃음 당할 얘기야?"

"노력하면서 사는 게 싫다는 거잖아."

"괜찮은 남자 낚는 것도 노력 없인 못한다, 너?"

"아무도 그런 걸 노력이라고 얘기하지 않아. 누가 그런 걸 삶의 목표로 인정해주겠어?"

"사람들이 뭐라던 그건 다른 사람들 생각이야. 열심히 공부해서 원하는 직장 취직하겠다는 꿈은 건전한 거고, 어리고 예쁠 때 시집 잘 가고 싶다는 꿈은 멍청한 거야? 그걸 누가 정하는데?"

"굳이 누가 정하는 건 아니야. 하지만 자아성취라든가 어떤 목표가 없기 때문에 차선책으로 결혼을 생각하는 여자들이 많은 건 사실이잖아. 나를 봐. 난 하고 싶은 것이 아무것도 없어. 그렇다고 엄마 체면을 위해 하기 싫은 일을 억지로 하면서 이십대를 보내고 싶지도 않아. 결국 결혼밖에 남는 게 없어. 이건 선택하는 게 아니라 도망치는 거야. 이런 건 무시당해도 싼 거라고."

"스물넷밖에 안 됐잖아. 목표가 없으면 차차 생각해. 평생 하고 싶은 일이 없진 않을 거 아냐? 왜 그렇게 조급하게 생각해?"

"왜냐면 여자한테는 나이가 중요하기 때문이야!"

언제까지고 네가 젊고 예뻐서 남자에게 대접받을 거라 생각하니? 이 말을 간신히 삼켰다. 이 어린 나이에 조급한 내가 이상한 건지, 아무것도 이루어놓은 게 없으면서 느긋한 혜지가 이상한 건지 알 수가 없다.

"스물여섯이 돼도, 스물일곱이 돼도, 하고 싶은 일이 나타나지 않으면 어떡해? 나타났다고 해도 그 일을 하기 위해 무언가를 시작하기엔 이미 너무 늦었을 거란 말이야. 여자는 남자와 달라. 어른들은 남자 스물아홉에 공부를 하고 있으면 미래를 위해 준비하고 있구나 생각하지만, 여자 스물아홉에 공부하고 있으면 시집도 안 가고 뭐하고 있을까 생각해. 난 내가 그렇게 될까 봐 무서워. 이십대가 다 지나갈 때까지 하고 싶은 일도 찾지 못하고 결혼도 히지 못한 여자로 늙어가는 게 너무 무섭나고! 그때가 되면 누가 나를 봐주겠어? 스물다섯만 넘어가도 꺾인 여자라고 하는 게 농담 같니? 우리나라가 여자 나이에 얼마나 냉정한지 몰라? 그래, 스물아홉, 서른에 요즘 그렇게 떠드는 골드미스인 여자들은 남자나 결혼 따위에 목매지 않고 자기 하고 싶은 거 하면서 멋지게 살지도 모르지. 그런데 그건 그 여자들 얘기야. 지금의 나를 보면 골드미스는커녕 구리미스도 못 될 거 같

아. 이렇게 내 미래가 걱정되면서도 내가 지금 하는 노력이란 클럽 화장실에서 부잣집 남자와 잘지 말지를 고민하는 것뿐이잖아. 내가 얼마나 한심한지 짐작이 안 가니?"

"네가 무슨 말을 하는지는 알겠어. 하지만…… 난 네가 한심하다고 생각하지 않아. 진심이야. 난 그런 고민조차 하지 않거든. 적어도 넌 너 자신에 대해 고민하고는 있잖아. 그리고 앞으로 네가 어떤 삶을 선택하든 난 네 선택을 존중할 거야. 친구니까. 그뿐이야."

혜지는 무언가 더 말해주고 싶지만 생각나는 말이 없다는 듯 답답한 얼굴로 마지막 담배를 힐로 비벼 껐다. 당황스러운 혜지의 얼굴을 보자 내가 하는 말에 점점 자신이 없어졌다. 나는 내가 가장 싫어하는 '지루한 애늙은이 여자애'가 되어가고 있었다. 행동하는 것은 아무것도 없으면서 고민만 줄기차게 해대는 사이비 철학가. 점점 나만의 작은 상자 속에 고립되어 간다.

클럽에 들어온 후 마신 거라곤 데킬라 두 잔뿐이다. 갑자기 입안이 바싹 말라왔다. 시원한 아이스티가 마시고 싶다. 그러나 클럽에서 아이스티를 마시는 건 어쩐지 촌티나 보여서 늘 병맥주를 주문했다. 아이스티를 마시고 싶은데도, 언제나.

내 삶은 늘 이런 식이었다. 내가 무엇을 원하는지와 상관없이 남들의 눈에 어떻게 보일지가 우선이었다. 그 결과 나란 인간이 뿌리부터 흔들리기 시작했다. 내 미래나 꿈과 같은 거창한 문제가 아닌 음료수 종류부터 헷갈리는 것이다. 일 분에 한 번씩 진실과 위선 사이에서 선택을 강요받는다.

"요즘 되게 외롭다. 우울하기도 하고……. 가장 우울한 게 뭔지 알아? 나한텐 동정 받을 구석이 없다는 거야. 이제 와서 할 수 있는 것도 없고 하고 싶은 것도 없다고 징징대는 여자애를 누가 위로하겠어?"

이 세상에는 나 같은 여자애 말고도 동정과 위로가 필요한 사람들이 너무도 많다. 여기저기 살기 힘들다고 아우성치는 사람들뿐이다. 당장 하루 먹고살 돈이 없어서 사채의 유혹에 시달리는 부모들, 누구나 동경하는 멋진 직장에 취업했지만 이상과 현실의 괴리를 느끼고 좌절하는 청춘들, 너무 높아진 등록금 때문에 울며 겨자 먹기로 휴학한 후 아르바이트 전선에 뛰어든 대학생들, 인생의 첫 관문인 입시에 시달리는 수험생들. 사회는 그들에게 관심을 기울인다. 위로가 필요하다고 목소리를 높인다.

그러나 나 같은 이들, 벌거벗은 상태로 사회에 떠밀려 나와 하고 싶은 일조차 없으면서, 부모덕에 유지하는 삶의 질이 혹여나 떨어질까 두려워 조건 좋은 남자에 목매는, 어느 드라마에서나 한심한 여자로 묘사하는, 그러나 분명히 이 사회의 한 부분을 차지하고 있는 이런 어중이떠중이들에게도 위로가 필요하다는 목소리는 한 번도 들어본 적 없다. 삶에 대한 고민 없이 청춘을 방탕하게 소비한 대가로, 나는 소외받는 게 당연한 인생으로 전락했다.

하고 싶은 일이 없다는 것이 얼마나 사람을 두렵게 하는지, 또 미치게 하는지, 겪어보지 못한 사람들은 도저히 이해할 수 없는 것일까? 나는 나의 부모 세대와는 다르게 모든 것을 지원받으며 커왔다. 어느 집의 귀한 자식으로 갖고 싶은 것은 갖고 하고 싶은 것은 하면서 자랐다. 그러나 결국 이것밖에 안 되는 딸이 되어버렸다. 그 창피함과 미안함과 괴로움을, 어디 털어놓을 데도 없는 나 같은 애들은, 고통 받아 마땅한 부류일까? 나는 정말 위로받을 가치도 없는 인간이 되어버린 걸까?

그사이 노래가 또 한 곡 바뀐다. 이제는 정말 나가봐야 될 것 같다. 혜지를 클럽에서 놀지 못하게 하는 건 고문하는 것이나 다름없다.

"걱정 말게나. 내가 있잖나, 친구."

혜지가 엄지손가락을 치켜 올리며 한쪽 눈을 찡긋했다.

"이 비루한 내가 어떤 도움도 주진 못하겠지만 술 한 잔 같이 해줄 수는 있네. 언제라도 부르게나. 단, 오후 여섯 시 이후로. 언니 야행성인 거 알지?"

혜지는 이제 다시 전장으로 뛰어들 준비가 되었다는 듯 쭉 기지개를 펴며 일어섰다. 내 어깨에 팔을 두르는 그녀를 보며, 근래 들어 처음으로 누군가에게 위로받았다고 느꼈다. 스물네 해 동안 적어도 윤혜지라는 절친 하나는 만들어 놓았으니 내 인생이 아주 쓸모없는 것만은 아니라는, 그런 위로.

"혜지야."

"응?"

"미안해."

나는 순순히 사과했다. 아까부터 그녀를 볼 때마다 마음에 걸리는 구석이 있었다. 찜찜하게 넘어가는 건 질색이다.

"뭐가?"

"아까 석원이 오빠가 했던 말. 내가 오빠한테 그랬거든. 난 혜지 과는 아니라고. 클럽 자주 다니면서 남자랑 노는 애 아니라고……."

"그게 사과할 일이야?"

"기분 나쁘게 들릴 수도 있는 거잖아."

"그게 어째서 기분 나쁜 거야? 난 클럽 자주 다니면서 남자랑 노는 애야. 네가 틀린 말 한 것도 아니잖아."

나는 거짓말은 하지 않았다. 그러니 진실을 교묘히게 비꼬았다. 혜지는 정말 모르는 걸까?

"나는 나에 대해서 속이고 싶은 게 전혀 없어. 난 클럽 좋아하고, 남자 갈아치우는 것도 좋아하고, 섹스도 좋아하고, 술 마시고 사고치는 것도 때론 즐겨. 다른 사람들 눈에는 문제 많은 여자처럼 보이겠지. 뭐, 어쩌면 진짜 문제가 많을 수도 있고."

혜지는 너무 쉽게 자기 자신을 제3자의 눈으로 바라보았다.

쉬워 보이지만 보통 사람들은 쉽게 할 수 없는 일이다. 제3자의 눈으로 바라본 자신은 대부분 마음에 들지 않는 구석 투성이라 고개를 돌리게 된다.

"하지만 난 나에 대해서 창피하다고 생각한 적 없어. 유민이 넌 네가 창피하니?"

내가 창피하냐고? 혜지의 질문에 말문이 막혔다.

그렇다. 나는 나를 창피하게 생각한다. 이 나이 되도록 이것밖에 되지 않는 나를 부끄럽게 생각한다. 타인을 만날 때마다 그나마 가지고 있는 것들로 나를 최대한 그럴듯하게 포장하는 나 자신이 가엾다. 결론적으로, 나는 나 자신을 사랑하지 않는다. 할 수만 있다면 나보다 나은 타인의 삶을 빌려 쓰고 싶을 정도다.

그러나 혜지는 자신을 창피해 하지 않는다. 타인의 판단에 개의치 않는다. 만약 혜지가 마음 한구석에 자신의 삶에 모멸감을 가지고 있었다면, 자신과 같은 부류로 분류되기 싫다는 내 말에 크게 화를 냈을 것이다. 혜지는 그렇게 하지 않았다. 그녀는 진짜이기 때문이다.

혜지는 자신이 무엇을 좋아하는지 정확히 안다. 혜지는 화려한 삶을 좋아한다. 생산성 없고 그저 즐기기 바쁜 그 삶에 목숨을 건다. 오후 세 시에 일어나 피트니스 클럽에서 러닝머신을 달리고, 단골 피부과에서 피부 관리를 받으며 관리사 언니와 수다를 떨고, 압구정 카페 화장실에서 화장을 하고, 시시때때로 연락 오는 남자들을 만나 돈 한 푼 안 내고 강남을 누비는 팔자 좋은 삶을 누린다.

그런 삶이 가치가 있는지 없는지를 누가 판단하는지는 모른다. 그러나 대부분의 사람들이 그런 삶을 천박하고 미래가 없는 삶이라 정의한다는 것은 안다. 그리고 그중 몇몇의 무의식 속에, 자신은 그런 삶을 살 수 없다는 자격지심과 열등감이 숨어 있다는 사실 또한 안다.

미래 없는 쾌락주의적인 삶을 자신 있게 사랑한다 말할 수 있는 혜지와, 그런 삶을 경멸하면서도 무의식적으로 동경하는 이율배반적인 사람들 중 누가 더 천박한 걸까. 그리고 나는 그들 중 어느 쪽에 가까울까.

"이제 진짜 나가자. 난 유진이랑 나가든지 할 건데, 넌?"

"내가 알아서 할게. 걱정 마."

혜지의 어깨를 한 번 토닥이고 화장실을 나섰다. 그나마 조용했던 화장실을 나서자마자 고막이 터질 정도로 시끄러운 음악이 순식간에 몸을 휘감았다. 혜지가 점찍어놓은 남자는 여전히 같은 자리에서 혜지를 기다리고 있었다.

나는 벽에 기댄 채 스테이지를 바라보았다. 그루브한 음악에 맞춰 사람들이 한 뭉텅이로 움직인다. 반짝거리는 조명 아래서 몸을 흔드는 사람들 모두가 멋지게만 보인다.

문득 남산 타워에서 내려다보았던 서울 야경이 떠올랐다. 온

218

통 반짝거리고 아름답던 서울의 야경도 이 클럽과 비슷했다. 모든 것이 눈부시고 감탄스럽다. 그러나 어디까지나 '야경'에 한해서다. 정작 야경을 이루고 있는 건물 하나하나는 어딘가 으스러지고 음산해 보이는 것들 투성이다. 빌딩 속 좁은 칸막이마다 주인이 남기고 간 두려움을 끌어안고 아침이 올 때까지 네온사인에 몸을 숨기고 있는 것만 같다.

여기 이 사람들 중 몇이나 두려움을 끌어안고 있을까. 당장 몇 시간 후부터 시작될 구질구질한 하루를 두려워하면서 이 화려한 세계에 미련을 버리지 못하고 머물러 있는 청춘이 나 말고 몇이나 더 있을까.

"혼자 왔어요?"

멍하니 스테이지를 바라보는데 파리 눈알을 연상시키는 커다란 선글라스를 눌러쓴 남자애가 다가왔다. 척 봐도 나보다 어려 보인다. 나는 기계적으로 웃으며 고개를 끄덕였다.

"몇 살이에요?"

"몇 살처럼 보여요?"

"스물둘?"

이제 스물까진 안 되는구나. 나는 긍정도, 부정도 하지 않았다.

"학생이에요?"

"……네."

"어디, 대학생?"

고개를 끄덕이며 내 학교 이름을 또박또박 말했다. 내가 가진 몇 안 되는 자랑. 언제나처럼 학교 이름을 말할 때만 당당하다.

"우와, 좋은 학교 다니네!"

순간 나도 모르게 이 환락적인 클럽에 어울리지 않는 아련한 미소를 지었다. **좋은 학교 다니네!** 이제는 이런 소리를 듣겠지. **좋은 학교 다녔네!** 그리고 덧붙일 것이다. **그래서 지금 뭐하고 있어?** 새로운 사람을 만나는 것이 점점 두려워진다.

몇 달 전만 해도 내 소속감은 최상위권까진 아니더라도, 어디가도 부끄러워하지 않을 정도는 되었다. 좋은 대학교, 예쁜 사람들이 가는 과로 인식된 연극영화과 소속. 바로 얼마 전까지, 나는 스스로를 사랑한다고 말할 수 있었다. 나름대로 자랑스러워했다.

이제는 아니다. 나를 정의하던, 내가 사랑하던 나의 소속이 내 인생에서 완전히 사라져버렸다. 나와 혜지의 차이점이 무엇인지 이제야 알겠다. 혜지는 그녀의 삶을 사랑한다. 나는 지금 나의 삶을 사랑하지 않는다. 너무도 거대해 제거조차 불가능한 허영이란 종양을 달고 사는 나를 사랑하지 않는다. 초조한 자와 여유로운 자의 차이는 현재 자신의 삶을 얼마나 사랑하느냐에 달린 것이다.

더 이상 이곳에서 가벼운 마음으로 당당하게 놀 수가 없다. 소속감 없이 허공에 붕 떠 있는 여자아이는, 점점 스테이지에서 밀려나 벽에 등을 맞댄 채 그저 바라보기만 한다. 모든 것이 나에게서 점점 멀어지고 있다는 느낌이 든다. 나는 가볍게 몸을 떨었다.

♥

"유민아, 오늘 꼭 집에 들어가야 돼?"

응. 나는 당연하다는 듯 대꾸하고 창밖으로 시선을 돌렸다. 그는 일말의 제정신은 남아 있는 건지 다행히도 대리 기사를 불렀다. 밤새 클럽에서 놀다가 대리 기사가 모는 BMW를 타고 새벽에 집으로 귀가. 전형적인 파티 피플의 삶이다. 나는 이런 삶을 너무나도 좋아한다. 허영심이 충족되면 될수록 더욱 공허해지는 삶을. 스무 살 때 이런 생활도 있다는 것을 처음 안 이후로 끊임없이 이 삶에 집착해왔다.

그러나 이런 삶에 모든 것을 던질 정도로 미쳐버린 것은 아니었다. 그것이 불행인지 다행인지 모르겠다. 차라리 혜지처럼 이 삶에 목숨을 걸었다면 지금보다는 마음이 편안했을까? 외모가 곧 권력이 되는 이 세계의 룰에 적응하기 위해 얼굴을 모조리 뜯어 고쳤다면, 연예인과 사귀기 위해 클럽을 전전하며 눈도장을 찍고 몸을 내던졌다면, 그래서 미니홈피 투데이가 하루 오백이 넘는 유명 인사들을 친구로 사귀었다면, 하루하루가 술과 남자의 연속인 망나니 같은 삶, 그러나 지루할 틈 없이 자극적이고 화려한 이 세계의 시민권을 따는 일에 몇 년을 바쳤다면, 지금보다는 덜 방황했을까?

"오빠 오늘 유민이랑 같이 자고 싶은데……."

그가 내 쪽으로 몸을 기울이며 노골적으로 가슴을 더듬었다. 앞에서 말없이 운전하고 있는 대리 기사는 못 본 척 핸들만 잡고 있다. 하긴, 저 사람은 이보다 더한 꼴도 많이 보았을 것이다. 술 냄새 가득한 석원의 입술이 나를 덮쳤다. 잠시 그와 섹스하는 상상을 했다. 그와 자고 난 후에는 어떨까?

"차 돌릴까? 이쪽으로 빠지면 역삼동이야. 거기 좋은 모텔 많은데."

그 근처에 낡은 여관을 리모델링한 최신 모텔과 안마방이 즐비하다는 것쯤은 나도 안다. 그중 몇 곳은 수환과 즐겨 찾았던 단골집이다. 내 옛 남친과 드나들었던 단골 모텔에 어정쩡한 관계의 남자와 재진입하는 상상을 하니 머리가 아찔해졌다.

"진짜 안 돼. 내일 아침에 출근해야 돼. 여기서 양화대교로 가주세요."

"매정하다……."

그는 생각보다 쉽게 포기한다. 석원은 내 가슴에서 손을 떼고 옆으로 퍼지듯 누웠다. 그의 아랫도리에 친 텐트를 애써 외면했다. 빨리 내 방 침대에 누워 자고 싶다. 내 얼굴을 덮고 있는 이 두꺼운 파우더와 마스카라를 모조리 씻어내고 싶다.

"우리 진도 나가야 되는데. 오빠랑 언제 자줄 거야, 유민아?"

한 번 튕겼다고 바로 내빼진 않는 걸 보니 결국 나를 정복하리라는 자신감이 확실히 있는 것 같다. 내가 그렇게 만만하게 행동했던가? 그와 잘 생각이 없다면 지금이 확실하게 말할 타이밍이다. 나는 고개를 돌려 그를 바라보았다. 석원은 지갑에서 대리기사에게 지불할 현금을 꺼내고 있었다. 오십만 원짜리 루이비통 지갑과 반들거리는 신용 카드가 눈에 들어왔다. 그의 손가락에 걸린, BMW 로고 표시가 선명한 차키와 사진 넣는 곳에 들어 있는 그의 주민등록증도. 압구정동 현대아파트라는 글씨가 선명하게 찍혀 있다.

"참, 곧 오빠 친구 청담동에서 와인바 개업해. 오픈 파티 같이 가자. 오빠 친구들 많이 오니까 소개시켜줄게."

"……응."

내 허벅지를 만지작거리는 그의 손을 내버려두었다. 그사이 차는 우리 집 앞에 도착했다. 낡은 놀이터와 단층짜리 벽돌 상가가 눈에 들어오자 마음이 편안해졌다.

"전화할게. 조심히 들어가."

석원은 당연히 그래야 한다는 듯 내게 가볍게 키스했다. 술 냄새와 담배 냄새가 뒤섞인 불쾌한 키스였지만 나는 화사하게 웃으며 손을 흔들었다.

절뚝거리며 아파트 현관으로 향했다. 하이힐 제한시간은 이미 오래 전에 끝났다. 발에 불이 나는 것처럼 아프면서도 하이힐을 신고 걸어야만 하는 여자들의 고통을, 겪어보지 않은 자들은 모른다. 나는 대낮에 맨발로 하이힐을 든 채 뛰어가는 여자를 보고도 미친년이라고 욕하지 않을 자신이 있다.

"아이, 씨발!"

나도 모르게 버럭 욕을 했다. 벽돌 길 사이로 굽이 끼어버린 것이다. 도대체 우리나라 길바닥은 왜 이 따위인 것인가! 만날 길바닥 갈아엎는 세금 낭비 대신 이런 것 좀 고쳐주면 안 되겠니? 나는 신경질적으로 힐을 벗고 굽을 살폈다. 눈에 띄게 벗겨진 가죽을 보자 한숨이 절로 나왔다. 새벽 네 시. 아무도 없고 다리는 아프겠다, 결국 맨발로 집까지 뛰어갔다. 몇 시간 전부터 피를 철철 흘리며 작두 타는 기분이었다. 신발 하나 벗었을 뿐인데 태국 마사지라도 받은 듯 온몸이 가뿐해졌다.

클렌징크림으로 두꺼운 화장을 말끔히 닦아내고 차가운 물로 세인했다. 영양크림까지 꼼꼼히 바르고 나자, 거울 속에는 밋밋한 얼굴을 한 앳된 얼굴의 여자만이 남았다. 몇 분 전까지 하얀 분과 반짝거리는 펄로 치장했던 화려한 여자와 동일 인물이라고 도저히 생각할 수가 없다. 점점 맨 얼굴을 견디기 힘들어진다.

스탠드 불을 끄고 이불 속으로 기어들어왔다. 많은 사람들이 하루 일과 중 이 시간을 가장 행복해 한다. 나도 마찬가지였다. 얼마 전까지는 말이다. 분명 몇 달 전까지만 해도, 나는 이 시간에 광기에 가까운 상상력을 발휘해 다른 세계로 떠나곤 했다. 오늘 백화점에서 보았던 삼백만 원짜리 코트를 입고 청담동 카페에 앉아 거만한 얼굴로 수다 떠는 정도는 기본이다. 상상 속의 나는 조인성과 결혼했지만 여전히 강지환의 구애를 받고 있었으며 헤어진 구 남친인 공유의 집착으로 늘 괴로워했다. 하와이에 내 명의로 된 별장이 한 채 있고 록펠러 센터의 크리스마스 점등식을 보기 위해 뉴욕으로 떠나기도 했다. 나의 상상은 스티븐 스필버그의 극적 구성력에 바즈 루어만의 감각적인 세트, 한스 짐머의 배경음악이 더해져 한 편의 블록버스터 영화를 연상케 했다.

그러나 어느 순간부터 점차 나의 영화는 현실적인 문제들 앞에서 통째로 편집되어 버렸다. 앞으로 나는 무엇을 하며 살아야 하는가, 쥐꼬리만 한 월급으로 저금하며 사는 것이 가당키나 할까, 나도 나중에 독립해서 집 한 채 마련해야 할 텐데, 이 미친 땅값 도시 서울에서 전세라도 한 평 마련할 수 있을까 등등……

그럴 때마다 생각한다. 아, 이제는 이 시간마저 행복하지 않구나. 만년 꼬마일 것 같았던 내가 어른이 되어가긴 하는구나. 그리고 그것은 약간 슬프다……

실패하는 인생의 공식

저기, 그녀가 온다. 나의 최신 악몽에서 노트북 배터리 폭발 사고로 죽은 처녀귀신으로 등장했던 그녀가.

"유민 씨!"

"네!"

나는 각 잡힌 이등병처럼 재깍 일어섰다. 임 작가는 발꿈치로 바닥을 찍어 누르며 걸어왔다. 그녀는 요즘 늘 뿔난 얼굴이다. 케이블 쇼 프로그램 하나가 엎어져 며칠 밤을 새워가며 만든 기획안과 대본이 공중분해된 것 같았다.

방송작가들은 프로그램이 정식으로 방송되어야만 원고료를 받는 경우가 많다. 방송 자체가 펑크 나면 몇 달을 고생했건 간에 받는 월급이란 그동안 수고했다는 말뿐이다. 명절 같은 공휴일 때문에 결방되면 그 방송 분량만큼의 돈이 월급에서 가차 없이 깎이기도 했다. 때문에 방송작가들은 공휴일과 애증의 관계에 놓여 있었다. 두 메인 작가는 공휴일과 특집 방송이 유독 많은 5월에 들어서 점점 건드리기 무서운, 자가폭발 직전의 여드름처럼 변해갔다.

"오늘 세 시부터 회의 있는 거 알지? 준비 다 끝냈어?"

"네. 프린트해서 책상 위에 정리해놨어요."

"그럼 회의 전까지 이것 좀 프리뷰 해줘. 이 PD님 오늘 거제도로 촬영 나가셨잖아. 아마 못 오실 거야. 테이프 두 개, 각각 삼십 분 분량이고 회의 전까지는 끝내놔."

"하지만 중요한 전화라도 걸려오면……."

"유민 씨만 전화 받을 수 있는 거 아니야. 나도 팔이랑 귀 있어."

그녀는 마치 팔과 귀만 있으면 누구나 이 일을 할 수 있다는 듯 내 업무를 무시했다. 군말 없이 테이프를 챙겨 일어섰다.

"그리고 회의 전에 지하 마트 내려가서 다과거리 좀 사와. 사러가기 전에 나한테 카드 받아가고."

임 작가는 내가 대답할 틈도 주지 않고 두 개의 테이프를 내 책상에 던지다시피 올려놓았다. 그리고 다정한 손길로 자신의 분신과도 같은 노트북 아가리를 열었다. 그녀에게 난 노트북보다 못한 존재임이 분명했다. 나와 노트북이 동시에 물 불어난 계곡에 빠진다면, 그녀는 망설임 없이 노트북을 건져내 근처 컴퓨터 대리점으로 울며 달려갈 것이다. 그녀의 노트북은 최신식 모델로 휴대하기 부담 없이 가벼운 데다 최고 사양을 자랑했다. 그에 비해 나는 '매도자', '토지매매', '이중계약', '지적공사', '분할측량' 등의 단어를 알아듣지 못해 검색창의 힘을 빌리느라 바쁜 막내 작가였다. 기계보다 못한 취급을 받는다고 불평할 처지가 아니다.

3층에 위치한 편집실은 투명한 유리로 만들어진 고시원 같다. 한 평도 안 되는 골방에 갇힌 사람들은 저마다 모니터로 목을 쭉 빼고 노트북을 두드리거나 화면을 쉴 새 없이 되감고 있었다. 쇼 프로그램의 자막 작업과 막내 작가들이나 프리뷰 아르바이트생들의 작업도 모두 이곳에서 이루어진다.

프리뷰란, 간단히 말해서 비디오 받아쓰기 작업이다. 카메라맨은 촬영 시 이루어지는 한 시간이 넘는 기나긴 질의응답이나 인터뷰를 밑도 끝도 없이 녹화한다. 보통은 PD들이 이 녹화된 비디오를 직접 보며 방송될 분량만 추려내는데, 비디오를 죄다 돌려볼 시간이 없을 때는 아랫사람을 시켜 비디오에 나오는 모든 '말'을 받아 적게 한다. 그것이 '공포'라고 불리는 프리뷰 작업이다. 물론 단순히 말만 받아 적는 일이라면 무엇이 어렵겠는가. 프리뷰는 비디오 속 대화를 초 단위로 정리해야 한다. 10초, 20초마다 비디오 속 인물이 어떤 말을 했는지 정리하기 위해서는 끊임없이 되감기를 하고 귀를 예민하게 단련시켜야 한다. 빠른 타자 실력은 말할 것도 없다.

후에 PD들은 말끔하게 정리된 받아쓰기를 보고 자신이 필요한 부분만 시간대로 찾아본다. 결국 이 직업은 PD들의 빠르고 신속한 일처리를 위한 막내 작가들의 19세기형 수작업이라 보면 된다. 맨 처음 이 작업을 접했을 때, 나는 21세기에도 여전히 비디오를 손수 되감아가며 한글 파일에 받아쓰기를 하는 단순 노동이 있다는 사실에 경악했다. 이 세상에 대사 한마디 하기 위해 두 시간을 기다리는 것보다 훨씬 더 사람을 진 빠지게 만드는 작업이 있을 줄은 몰랐다.

"유민아!"

비어 있는 유리 골방을 향해 걸어가는데 누군가 살가운 목소리로 내 어깨를 쳤다. 뒤돌아보자 영미가 바로 뒤에 서 있었다. 한 손에 사약 같은 블랙커피가 담긴 종이컵을 들고서.

"오랜만이다! 자막 작업하러 내려온 거야?"

"아니, 프리뷰 하러."

"아, 그거 정말 힘들지. 나도 초반에 프리뷰 때문에 작가 일 때려치우고 싶었던 적 많았어."

딱히 프리뷰 때문이 아니라도 때려치우고 싶은 순간 천지다.

"내 옆에 비어 있어. 거기서 해. 잘됐다. 안 그래도 유민이 너 보고 싶었거든. 전화도 잘 안 받던데 무슨 일 있었어?"

그간 딱히 무슨 일이 있었겠는가. 노아의 결혼식 이후 나의 일상은 이렇다 할 사건 없이, 지루하다 못해 우울하게 흘러갔다.

석원은 요즘 일이 바쁘다는 문자를 마지막으로 삼 일 동안 연락이 없다. 정말 일이 바쁜 건지 엄한 데서 욕구불만을 해결하고 있는 건지 내 알 바 아니다. 이건 마치 남자로 구원 받을 착각 따위 접어버리고 네 현재나 돌아보라는 신의 계시 같지 않은가. 방송국 골방 사무실에서 전화 받고 파일 작업하는 단순 노동이 반복될수록, 나는 내 인생이 이런 식으로 마침표 찍게 되는 건 아닌가 하는 불안감에 시달렸다.

"난 이번 주부터 자막 달게 됐어. 내가 쓴 글이 방송에 직접 들어가는 건 처음이라 신기해. 아직 서브 작가님들이 도와주시긴 하는데 이제는 어느 정도 익숙해졌어. 이거 끝나면 시간 조금 비니까 내가 도와줄게."

영미는 여전히 사심 없이 친절하다. 전혀 친하지도 않았던 동창에게 다정한 그녀의 모습을 보니 괜히 신통 맞게 굴었던 내가 심술밖에 남지 않은 할머니처럼 느껴졌다. 인생 다 산 것도 아닌데 왜 이렇게 불만과 짜증만 쌓여갈까. 잠시라도 마음을 고쳐먹고 싶은 생각에 순순히 그녀의 옆방에 자리를 잡았다. 영미의 모니터에 '내 아이 최고의 도시락! 오천 원으로 가능하다고?' 라는 자막이 파란 글씨로 찍혀 있다.

나는 기지개를 한 번 쭉 편 다음 두 귀를 최대한 활짝 열었다.

내 고막과 달팽이관이 최고의 기량을 내길 바라며 비디오 내용을 열심히 받아 적기 시작했다.

"이거 마시면서 해."

시간이 얼마나 흘렀을까. 유리문이 살짝 열리더니 영미가 자판기 커피를 슬쩍 넣어주었다. 사약 같은 커피에서는 정말 사약 맛이 났다. 물론 사약을 마셔본 적은 없지만 이 커피처럼 담뱃재 맛이 나지 않을까 싶다.

갑자기 친구들과 나누어 마셨던 스타벅스의 카라멜 마끼아또가 그리워졌다. 종이컵을 두 손으로 쥔 채 회전의자를 빙그르르 돌렸다. 유리로 사방이 막힌 편집실 전경이 한눈에 들어왔다. 여기에 앉아 있는 사람들 중 이보다 더 나은 곳으로 갈 수 있는 사람은 몇이나 될까? 내 옆에서 '야채 먹지 않는 아이들! 걱정 마세요!'라는 초록색 자막을 화면에 넣고 있는 영미?

사실 내 주변 사람들 중 나와 가장 비슷한 서클에 속해 있는 사람은 그 누구보다 영미였다. 나와 영미는 같은 공간 안에서 비슷한 일을 하며 같은 직함을 달고 있다. 어딜 가든 우리는 똑같이 '막내 방송작가'라고 서로를 소개할 것이다. 나는 그것이 우울했다. 나는 그녀와 전혀 다른 화려한 이십대 초반을 보냈다고 자부할 수 있다. 그런데 어째서 현재 그녀와 한 덩어리로 취급받아야 하는 것인가. 그녀를 볼 때마다 화려한 왕궁 생활을 끝내고 콩시에르쥬리에 수감된 마리 앙투아네트라도 된 기분이다.

"좀 도와줄까?"

우려했던 일이 벌어졌다. 혼자 앉아 있기도 벅찬 이 콩알만 한 편집실에 영미가 엉덩이를 들이민 것이다. 그녀는 내 옆에 앉아 지금까지 받아쓰기한 한글 문서와 화면을 번갈아 바라보았다.

"이 프로그램 나름대로 되게 유명한 거 알아? 상도 여러 번 받았어. 시청자가 뽑은 좋은 프로그램 1위에 선정된 적도 있고."

"로빈 후드 같은 프로잖아. 상 주라고 있는 프로 같아."

"나도 원래는 시사나 다큐 쪽 하고 싶었어. 그런데 방송작가 시작하기에는 종합구성물이 좋대. 특히 '아침에 만나요' 같은 프로그램은 스튜디오도 있고 VCR도 있어서 막내들이 배우기 좋거든."

"힘들지 않아? 외주 제작사는 환경 별로라며?"

"좋진 않아. 우리 사무실은 합정동에 있는데 솔직히 되게 후져. 그래서 스튜디오 녹화 있는 날은 방송 끝나면 어떻게든 방송국에 더 있다 가. 오늘도 녹화 끝나고 일부러 여기서 자막 작업하는 거야. 합정동 사무실 들어가기 싫어서."

"그럼 처음부터 본사로 취직하지?"

"그게……."

당황하는 영미의 얼굴을 보고서야 내가 말실수했다는 걸 깨달았다. 방금 나의 질문에는 이태백 시대를 고려한 배려가 없었던 것이다.

"……다 떨어졌거든. 본사 정규 프로그램 막내 작가로 들어가는 거 은근히 어려워. 아카데미에서 강의하는 작가님들이 찍어둔 애들 데려가는 경우가 제일 많은데, 난 별로 능력 없게 보였나봐. 끝까지 취업 안 시켜주더라."

영미가 씁쓸하게 웃었다. 그녀도 결국 별 다른 대안이 없어 현재 직장을 선택한 것이다. 입봉도 빠르고 배우는 것도 많다며 자신의 고된 업무를 애써 합리화시키던 영미가 괜히 안쓰러워졌다.

"그래도 결국은 면접 봐서 잘 들어갔잖아. 작은 외주 제작사 같지도 않던데."

"사실은 월급도 제때 안 주고 막내 작가 되게 부려먹는다고 악명 높아. 그래서 몇 달에 한 번 꼴로 작가 구인란에 만날 글 올리는 제작사야. 막내가 몇 달 못 견디고 다 나가거든. 그래도 붙여주는 데가 여기밖에 없더라."

"넌 지금 몇 달 째야?"

"난 이 년째야."

뭐? 이 년째 팔십만 원만 받고 일하고 있다고?

"운 좋지 않는 담에야 보통 일이 년은 막내 작가 해야지 서브로 올라가고 그래."

내 앞에 앉아 있는 밋밋한 얼굴의 여자가 다시 보인다. 영미는 생각보다 되게 독한 구석이 있나보다. 나는 이 일의 리밋을 반년으로 잡고 있었다. 이 년간 남들에게 나를 백만 원도 안 되는 인생으로 소개하는 것은 죽기보다 싫었다.

"다른 데로 좀 옮기지! 그래도 일 년 정도 경력 쌓이면 다른 데 갈 수도 있잖아?"

"그럴 생각도 해봤는데…… 그래도 한곳에서 오래 하는 게 낫겠다 싶었어. 우리 프로그램 서브 작가만 일곱 명이거든."

직속 상사가 일곱 명이라고? 말만 들어도 창자가 꼬일 것 같다. 영미는, 정말 독한 애였다.

"그중 한 명이 올해 안으로 다른 프로그램 메인으로 입봉한다는 소문이 돌아서 그때까지 참아보려고. 막내 작가가 나 포함해서 네 명인데, 그래도 내가 가장 짬밥 있거든. 일단 서브로 올라가면 그때부턴 지금보단 훨씬 나아질 테니까."

"어떻게 이 일을 이 년이나 할 수 있는 거야? 졸업하자마자 계속……."

잠깐만, 영미가 대학을 안 갔던가? 나도 모르게 민감한 질문을 불쑥 던졌다.

"너 대학은?"

"아, 내가 얘기 안 했나? 난 전문대 국문과 졸업했어. 2년제라 사회생활 빨리 시작한 편이야."

국문과……. 그녀와 어울린다. 우리 대학에도 물론 국문과가 있다. 문학 교양강좌를 수강했던 적도 있었다. 그 수업을 듣는 대부분의 학생들은 국문과 아이들이었다. 그들은 늘 열심히 수업을 경청했고, 무언가를 필기했으며, 난생 처음 들어보는 책 이름을 당연하다는 듯 알고 있었다. 전혀 재미없는 교수의 농담에 '하하하' 글자 그대로 웃었으며 교수가 질문을 던질 때마다 수준 높은 답변을 내놓았다. 연극과 학생들 대부분이 하기 싫은 것은 죽어도 안 하고 하고 싶은 것은 죽어라 하는 아이들의 집합체라면, 국문과 학생들은 하기 싫은 것이나 하고 싶은 것이나 똑같이 최선을 다해 임해야 한다는 건강한 정신이 바로 박힌 무리처럼 보였다.

"어쨌든…… 내가 좋아하는 일이니까 견딜 만해. 난 방송작가 말고 다른 직업은 생각해본 적 없거든."

하고 싶은 일이 확실한 사람조차 그다지 행복해 보이지 않는다. 꿈이 있는 사람이나 없는 사람이나 똑같이 얼굴은 죽상이다. 언제부터 이십대가 이러나저러나 행복해질 수 없는 나이가 되어버렸을까.

"신기하다. 이런 일에 꿈을 갖고 있는 사람이 있긴 있구나."

"유민이 넌 정말 이 일에 아무 관심 없는 거야?"

"응."

"난 네가 더 신기해. 어떻게 관심도 없고 하기도 싫은 일을 직업으로 삼을 수 있어?"

이번에는 영미가 배려 없는 질문을 던진다. 의도적이지 않게 세운 손톱이 더 아프다. 누구도 아닌 영미 앞에서 솔직하게 나 자신을 판단하고 싶지 않아서, 또 나쁜 습관이 튀어나왔다. 언제 어디서나 무엇이라도 선택할 수 있는 것처럼 건방 떨기.

"지루한 일이지만 어쨌든 방송국에서 일하는 거잖아. 일도 쉽고 퇴근도 제때 하고. 썩 나쁘진 않은 것 같아서 사회경험 한다 치는 거지, 뭐."

"그렇구나……."

영미가 씁쓸한 얼굴을 한다. 묘하게 우쭐해졌다. 이 년간 문학 공부를 하고 작가 아카데미까지 수료해 정식으로 이력서를 넣고 면접을 봐서 이 세상에 발을 디딘 그녀보다, 어디서 놀다 뚝 떨어진 내가 우위를 점하고 있었다. 몇 달마다 막내 작가가 못 견디고 뛰쳐나가는 악덕 제작사보다, 방송국 출입증으로 출근하는 여의도 한복판의 멋들어진 방송국이 누가 봐도 훨씬 나았다. 실제로 배우는 일의 질이 어떻든 간에 그건 두 번째 문제였다. 그녀의 눈에 나의 직장 환경과 편안한 업무를 부러워하는 눈빛이 역력했다. 어쩌면 화려한 이십대 초반 생활을 끝내고 골방 편집실에 갇힌 나보다, 누구보다 건강한 정신으로 살았는데도 세상을 요행으로만 살길 바랐던 나 같은 애와 같은 선상에 놓인 영미가 더 억울할지도 모르겠다. 영미의 착잡한 동경에서 얻은 삶의 에너지가 빠른 속도로 충전되었다. 현재를 긍정적인 눈으로 보기 위해서는 무엇보다 남보다 나은 삶을 살고 있다는 확신이 필요했다.

"나도 가끔은 편하게 일하는 애들이 부러워. 난 열 시 넘어 퇴근할 때도 많고 열두 시까지 사무실에 붙어 있을 때도 있거든. 서브 작가가 아이템 마음에 안 들어 하면 밤새 인터넷 다시 뒤져야 되고, 섭외 펑크 나면 내 잘못도 아닌데 엄청나게 혼나. 사회생활이라는 게…… 되게 배려가 없는 거 같아."

"어느 프로그램이나 막내는 시다잖아. 시다한테 무슨 배려야? 다들 자기 살기 바빠 보이던데."

"그렇긴 해."

"이 젊은 나이에 이 고생 하는 거 억울하지 않아? 고등학교만 나와도 할 수 있는 단순노동할 때마다 내 청춘이 어디 저당 잡혀서 팔려가는 기분이야. 내가 생각한 사회생활은 이렇게 구질구질한 게 아니었는데. 월급도 너무 짜고."

"그래도…… 그건 어느 일이나 마찬가지잖아. 어떻게 아무 고생도 없이 성공해? 이런 시절을 겪어야지 경험이 쌓이고 쌓여서 노련해지는 거지."

영미의 이야기는 너무도 당연했다. 그리고 나는, 그 당연한 사실을 여태껏 무의식적으로 외면하고 있었다. 내가 초등학생마저 당연하게 생각하는 진리를 받아들이지 못하고 있다는 사실에 충격 받았다.

영미의 말이 맞다. 무슨 일을 하든, 올챙이 시절은 있다. 화려한 패션 디자이너가 되기 위해선 바느질부터 배워야 했고 가수가 되기 위해선 연습실에서 땀부터 빼야 했으며 부장이 되기 위해선 말단 직원부터 시작해야 했다. 천재나, 백 명 중 한 번 나올까 말까한 행운아나, 재벌 집 자제들이 아닌 담에야 고생의 터널을 거쳐 가는 것이 당연했다. 어찌 보면 그건 꿈을 가진 자들에게 찾아오는 숙명 같은 것일지도 모른다.

나는 꿈이 없었고, 그래서 그것을 이루기 위한 과정의 고통도 알지 못했다. 게다가 내겐 인생을 실패하는 사람들의 전형적인 문제점이 또 하나 있었다. 나는 끊임없이 내 인생을 비싼 값에 스카우트 해줄 사람을 기다리고 있었다. 내가 알지 못하고 실제로 있는지도 불확실한 번뜩이는 재능을 우연히 발견해줄 사람을 말이다. 노력하지 않아도 남들과 다른 드라마틱한 인생을 살게 될 것이라는 근거 없는 믿음이 나의 인생을 차차 좀먹어 가고 있었다. 나는 이제 달라져야 했다. 하지만 어떻게? 어디서부터?

나의 문제는 생각보다 심각했다. 우리 관게는 또다시 역전되었다. 나는 움츠러들었고, 영미는 눈을 반짝였다.

"다들 막내 시절에는 우리처럼 고생할 거야. 그리고 승진하는 거지. 막내 때야 어떤 일이든 구질구질하지만, 잘나가는 서브 되고 메인 되면 대접 완전 달라진다? 진짜 유명한 방송작가들은 쇼 프로그램 기획만 해주고 부르는 대로 받아가. 일 년에 몇 억씩 버는 방송작가들이 얼마나 많은데."

"진짜?"

"방송은 시청률 전쟁이잖아. 군비로 얼마가 나가든 간에 전쟁에서 승리만 하면 되는 거야. 손대기만 해도 프로그램 대박 나는 작가들한테는 방송국 국장이 직접 전화도 건네. 시청률 떨어지면 구세주처럼 모시는 거지. 물론…… 단순히 돈 문제가 아니더라도 나는 이 일이 좋아. 노력의 완성품을 바로 볼 수 있는 것도 좋고, 그 완성품을 선보일 때마다 가슴 떨리는 느낌도 좋아. 방송이 매력적인 분야라는 건 너도 동의하지?"

그녀의 입술이 점점 빠르게 움직였다. 영미는 정말 이 일을 좋아했다. 시청자들이 방송을 보면서 여간해선 절대로 떠올리지 않는 이 직업을 말이다. 황정민이 수상소감 중에 말했던 '밥상' 차려주는 이들이 바로 스텝들 아닌가. 영미는 애써 차린 밥상을 남이 비우는 모습을 뿌듯하게 지켜보는 사람이 되고 싶어 했다. 영미다운 꿈이다. 그리고 무시할 만한 꿈이 아님을 깨달았다. 영미의 꿈은 소박함과 원대함을 동시에 가지고 있었다.

"……너 진짜 성공할 거 같다."

진심으로 그녀를 격려했다. 예의상의 위로나 속이 배배 꼬인 비웃음이 아니다. 이 년이나 '작가'보다 '잡가'에 가까운 이 일을 견뎌낸 영미 같은 사람에겐 반드시 보상이 따라야 한다. 노력한 만큼 세상이 돌려준다는 말은 여전히 믿지 않지만, 나 같은 회의주의자들이 틀렸다는 것을 증명할 긍정적인 삶의 표본을 보고 싶었다. 방송이나 책, 영화에서가 아니라 가까운 곳에서. 현재 내 주변에서 오랫동안 간직해온 꿈을 이루기 위해 차근차근 노력하는 사람은 영미뿐이다. 영미가 옆에 있으면 내 자신이 초라해질지언정, 내 현재 모습을 똑바로 직시할 수 있었다.

"고마워, 유민아."

영미가 감동받았다는 얼굴로 나를 빤히 쳐다본다. 마치 지금까지 아무에게도 이런 격려를 들어본 적 없다는 얼굴이다.

"내가 좀 도와줄게. 이거 하나만 마저 하면 되는 거야?"

"아냐, 괜찮아. 내 일이잖아."

"나 프리뷰 되게 빨라. 내 속도 보면 놀랄걸?"

영미는 들뜬 얼굴로 내 자리를 차지했다. 그리고 두 번째 비디오를 넣었다. 나는 굳이 거절하지 않았다. 영미는 나보다 세 배는 빠른 속도로 프리뷰를 해나갔다. 키보드와 혼연일체가 된 손가락을 보고 있자니 이 년간 그녀의 일상을 상상할 수 있었다. 영미는 이 일이 언젠가 자신을 날게 해주리라는 믿음을 갖고 받아쓰기에 임했으리라.

"사실 학교 다닐 때 너랑 친해지고 싶었어."

"나랑? 왜?"

"유민이 넌 나와 전혀 다르게 보였거든. 예쁘고, 활발하고, 남자들한테 인기도 많았잖아."

이런 추억만큼 여자의 자존심을 살려주는 얘기도 없다. 금세 기분이 좋아졌다. 나는 타인의 기억 속에서 예쁜 여고생으로 회상되고 있었다.

"늘 밝고 재미있게 사는 것 같아서 네가 부러웠어. 연극영화과 지망한다고 했을 때는 역시 유민이 같은 애가 그런 과에 가는구나 생각했어. 왜 전공 살리지 않는 거야? 네가 연기하는 거 보고 싶은데. 요즘 배우들, 돈 정말 많이 벌잖아."

"막상 배워보니까 별로 재미없더라. 연기엔 관심 없어."

"아쉽다. 너 데뷔하면 정말 인기 많을 텐데."

영미에게 나는 예쁘고 인기 많고 늘 재미있게 사는 아이였다. 그러나 나의 세상에서는 아니었다. 나는 나와는 비교도 되지 않을 정도로 훨씬 눈부시게 예쁜 아이들이 가득한 세상을 알았다. 그 아이들이 누비고 다니는 세계에서, 나는 특별하지도, 눈에 띄지도 않았다. 그래도 나는 나보다 낫거나 우월한 것들로 둘러싸인 세상을 선택했다. 그런데 몇 년 동안 포장이 화려한 세상 속에서 살다보니, 내 실제 삶이 그것과 일치되지 못할 때마다 열등감으로 괴로워졌다.

요즘은 자꾸 과거 나의 선택이 옳았는지 의문을 던지게 된다. 평생 화려하게 살 수 없다면, 아예 그런 세상을 모르는 편이 낫지 않았을까?

"주변 사람들이 그러는데 요즘은 옛날과 다르대. 옛날에는 예쁜 애들은 멍청하다는 인식이 많았지만 요즘은 예쁜 애들이 더 자신감도 넘치고 똑똑하대. 모두가 자신에게 친절하니까 성격도 모난 구석 없이 착하다고 하더라."

이런 외모 지상주의적 발언은 영미에게 어울리지 않는다. 내가 그녀를 나쁜 쪽으로 '물들인 게' 아닌지 약간 걱정이 된다.

"확실히 예쁜 사람에겐 대우가 다른 것 같아. 나이 먹을수록 점점 더 느껴. 그래서 여자들이 그렇게 성형을 하고 다이어트를 하나봐. 가끔은 나도 성형수술이나 다이어트를 했어야 하는 게 아닐까 생각해. 난 되게 소극적이고 자신감도 없거든. 예전엔 겉모습에 집착하는 사람들을 솔직히 이해할 수 없었어. 그런데 사회생활 해보니까 사람의 겉모습이라는 게 생각했던 것보다 여러 면으로 중요한 것 같더라."

자신이 속한 세상에 대한 의문은 비단 나만의 문제는 아니리라. 건강하게 살았던 사람과 비딱하게 살았던 사람 모두, 이십대 시절에는 끊임없는 의문과 방황으로 나름의 괴로움을 안고 살아가는 걸까.

"그럼 유민이 넌 하고 싶은 일이 뭐야? 네 꿈 말이야."

"꿈?"

지금 내 머릿속에 떠오르는 이미지를 과연 꿈이라고 할 수 있을까?

"……BMW 끌고 압구정동 갤러리아 백화점 가서 샤넬 백 사는 거."

영미는 내 말이 끝나자마자 웃음을 터뜨렸다. 내 말을 농담으로 생각한 것이다. 나도 덩달아 웃었다. 나의 꿈은 '칙릿 영화의 주인공일 법한 멋진 여자'일 뿐, 그 이상이 없었다. 거기까지 이르기 위한 노력의 과정이 생략되어 있었다. 영미와 대화하면서 알았다. 나는 화려한 삶의 이미지만 꿈꿀 뿐 그 이미지를 현실에 뿌리내리지 못하고 있다는 것을.

나는 겉으로 멋지고 화려하게 보이는 직업이라면 무엇이든 좋았다. 디자인 관련 직업이 가장 끌렸다. 하지만 내 어린 시절을 미루어보아 미술에 재능이 있는 것 같지는 않다. 결정적으로 디자인 관련 직업은 뭐 하나 할 것 없이 경쟁률이 너무 높다. 일단 내 주변에 돈 많은 집안의 예쁘고 세련된 딸들은 열에 여섯은 디자인을 전공하거나 디자인 공부를 위해 해외 유학을 떠난 상태였다.

연예인만큼 화려한 직업이 또 있을까? 그러나 주변의 넘쳐나는 준 연예인 선배들을 볼 때마다 그 세계의 치열함에 뛰어들 엄두가 나지 않았다. 무엇보다 얼굴이 안 된다. 뜯어고칠 용기 또한 없다.

PD도 좋다. 그러나 고등학생 때부터 공부와 담을 쌓은 내가 이제 와서 언론 고시를 준비한다는 건 코미디다.

아나운서. 말할 것도 없다. 남녀 할 것 없이 선망의 대상이자 꿈의 직업이다. 돈 많은 집안의 예쁘고 세련된 딸들 중 열의 여섯이 디자인을 공부하면 나머지 넷은 무얼 하고 있느냐, 아나운서 준비 중이다. 도전하기도 전에 기운부터 빠진다.

결국 죄다 이 모양이다. 꿈이야 얼마든지 가질 수 있다. 도전이야 얼마든지 할 수 있다. 그러나 나는 출사표를 던지기도 전에 의욕을 상실하게 만들 방해 요소부터 점검했다. 점검 결과는 늘 같았다.

도전 불가!

나의 꿈은 화려한 이미지로 한정되어 있었고 그 이미지를 현실로 만들기엔 겁이 너무 많았다. 그것이 이 나이가 될 때까지 구체적인 장래희망조차 정하지 못하고 허송세월을 보낸 데 대한 변명이다.

"너 진짜 재밌다. 비웃는 거 아니니까 오해하지 마."

영미가 한 손으로 입을 가리며 조신하게 웃는다. 그녀가 비웃는 걸 못한다는 것쯤은 안다. 그녀는 'BMW'와 '압구정동'과 '샤넬' 심빅자가 나 같은 여자애들에게 깃는 의미를 알지 못할 뿐이다.

"왜 웃어? 진심인데. 난 여자로 태어난 이상 한 번쯤 샤넬은 사보고 죽어야 한다고 생각해."

"샤넬이 그거 말하는 거지? 이렇게 생긴 거."

영미가 손가락으로 샤넬 로고를 그린다. 확신하지 못하겠다는 얼굴이다. 이번에는 내가 웃음을 터뜨렸다. 여자라면 샤넬과,

샤넬의 대표적인 가방과, 그 가방의 가격대를 어림짐작으로라
도 알고 있는 것이 내겐 당연했다. 그러나 영미는 아니다. 잘못
되거나 이상한 것이 아니라, 그냥 서로의 가치관과 살아온 세계
가 다르기 때문이다. 영미는 모든 사람은 꿈을 위해 열심히 살아
간다고 생각하지만 실은 꿈조차 없는 나 같은 애들이 수두룩하
다. 나는 모든 여자들은 샤넬을 꿈꾼다고 생각하지만 영미는 고
가의 명품 백에는 별 관심이 없다.

그와 같은 의미로 모든 여자가 조건 좋은 남자와의 결혼을 성
공의 척도로 생각하고 '청담동 며느리 스타일'로 보이기 위해
애쓰는 것은 아니다. 영미는 스타일과 명품 소비력과 사는 동네
로 사람을 등급 매기는 나의 세상에 관심 없었다. 그리고 나도
영미처럼 고루해 보이는 일에 미래를 거는 사람들을 지루하다
고 생각했다. 서로가 서로의 세상을 알지 못하고 이해하지 못하
는 마당에 무엇을 비난하고 무시할 수 있을까?

여자들의 세상은 작은 조각으로 단절되었고, 각자의 세상에
속한 사람들은 소통하고자 하는 의지가 없다. 그 결과 모두가 누
군가에게는 '이상한 아이'가 되어 손가락질을 받는 세상이 되어
버렸다.

"가끔이라도 유민이 너 만나서 이렇게 대화도 하고 밥도 먹고
그랬으면 좋겠어. 너랑 있으면 내가 몰랐던 부분을 배우는 거 같
거든."

"뭐, 명품 이름?"

"그냥 나랑 성향이 다른 여자애들의 세계랄까, 뭐 그런 거. 설명하긴 어려워."

나에게 배울 만한 부분이 뭐가 있을까? 게으름? 허영? 나약함? 그녀의 기대가 부담스럽다. 난 영미와 더 깊은 관계가 되고 싶진 않다. 영미마저 내게 실망하게 될까봐 두렵다.

"네 친구들도 다 너 같은 성격이야?"

"나 같은 성격?"

"만나면 다 조용하게 미래에 대해서 얘기하고, 일에 대해서 얘기하고……."

"아카데미에서 만난 언니들하곤 일에 대해 자주 얘기해. 그런데 요즘은 다들 일이 바빠서 만난 지 한참 됐어. 대학 친구들이 있긴 한데, 자주 만나는 편은 아니야. 다들 남자 친구가 있는데 나만 없거든. 모이기만 하면 남자 친구 얘기만 해서 난 잘 끼지도 못해. 애인이 없으니까 수다도 못 떨겠더라."

이해한다. 가끔 남자란 그 자체보다 여자 친구와의 우정을 유지하기 위해 필요할 때가 제법 있다.

"영미 넌 남자 친구 없어?"

"응. 사실 한 번도 사귀어본 적 없어. 내가 남자들 눈에 별로 매력이 없나봐. 나는 지금까지 첫사랑 한 번 못해봤어. 남자들이랑 특별한 썸싱도 없었고……. 얼마 전까지는 그게 별로 신경 쓰이지 않았거든. 때가 되면 좋은 남자 만나겠지, 열심히 일해서 성공하면 그땐 연애할 수 있겠지 생각했는데, 요즘은 그렇게 될 수 있을지 확신이 안 서."

"유명한 작가 돼서 돈 많이 벌어. 요즘은 예쁜 여자보다 돈 많은 여자가 인기 최고야."

"이도 저도 아니게 되면?"

왜 나의 고민을, 나와 전혀 다른 영미에게 듣고 있는 걸까?

"연애 한번 못해보고 죽어라 공부하고 죽어라 일만 했는데, 정작 별 볼일 없는 삼류 작가 돼서 아무도 봐주지 않는 프로그램 만드는 일로 인생을 다 소비하면 어떡하지? 아무도 내 인생을 보상해주지 않는 거잖아."

프리뷰를 작성하는 영미의 손가락이 점점 빨라진다. 프리뷰 만큼은 그 누구보다 빠르다는 것을 증명하고 싶어 하는 손놀림 이다.

"……미안해. 재미없는 얘기해서."

영미는 할 말을 찾지 못하고 당황스러워하는 내 얼굴을 보더니 어색하게 웃었다. 그리고 이제는 아무 말이 없다.

그녀에게 무슨 얘기를 해줘야 위로가 될지 모르겠다. 무언가 번뜩이고 가슴을 울릴 만한 얘기를 해주고 싶다. 그녀가 자신의 삶을 계속 긍정적이고 희망적으로 바라보았으면 좋겠다. 그리 고 원하는 삶을 쟁취하기를 바란다. 그래서 내게, 대학 졸업 후

겪는 혼란을 종결시킨 자의 충고와 해답을 돌려주었으면 한다.

"사실 이런 얘기하는 건 시간 낭비지. 젊은 시절에는 물음표보다 느낌표로 끝나는 문장을 더 많이 가져야 돼. 할 수 있어! 무조건 된다! 실패는 청춘의 특권이다! 이런 것들."

영미는 우울한 혼란은 끝났다는 듯 다시 밝은 얼굴로 돌아왔다. 노력하는 자에겐 보상이 따르리라는 절대적인 믿음을 갖고 전진하는 건강한 청춘의 얼굴이다.

"구하면 얻으리라, 너도 그 말 믿지?"

내가 성경에서 가장 대책 없다고 생각하는 구절이다.

"……비디오 얼마 안 남았다. 조만간 내가 밥이라도 살게. 진짜 고마워."

내게 희망적인 동의를 구하는 영미의 얼굴을 피했다. 나와 비슷한 고민으로 혼란스러워하다가 금세 제자리를 찾은 그녀에게 유치한 배신감이 느껴졌다. 영미는 불합리한 사회에서 자신의 무능한 현실을 위한 핑계거리를 찾는데 시간을 소비하지 않는다. 노력에 앞서 비난부터 하는 나와는 다르다. 그녀는 재미없는 일에 청춘을 낭비하는 지루한 아이가 아니라 불합리할지도 모르는 사회더라도 그곳에 속하고자 하는 의지를 가진 인간이다.

반면에 나는 모든 것을 사회와 남 탓으로 돌리는 데 천부적인 재능을 지닌 백수 아닌 백수에 불과했다. 그렇다고 그 사회를 바꾸려는 작은 노력 한 번 한 적 없다. 촛불 집회가 한창일 때, 십대보다 더 사회에 무관심하다고 비판받았던 이십대의 전형이 바로 나다.

하지만 그 사실을 직시했다고 한들, 이제는 내가 어디서부터 도망쳤는지도 잊었다. 나는 원래 어떤 인간이었으며 어디로 가고 있었을까? 꿈을 가지고 있었던 과거로 거슬러 올라갔다. 고3 시절 인 서울의 간판 좋은 대학이, 나의 마지막 현실적인 꿈이었다. 그 이후로는 기억이 아득해지면서 아무것도 떠오르지 않는다.

온실 속 화초의 고백

버뮤다 삼각지대라는 곳이 있다. 마이애미, 버뮤다 섬, 푸에르토리코를 잇는 삼각형의 해역으로, 수많은 선박과 비행기를 먹어치운 악마의 위장 같은 곳이다. 수십 명의 사람들이 흔적도 없이 사라진 이 세기의 미스터리는 지금까지도 풀리지 않고 남아 있나.

가끔 백화점도 버뮤다 삼각지대 같다는 생각을 한다. 이 거대한 사각지대에 들어서는 순간 모든 고민과 고통은 순식간에 사라져버린다. 모든 것이 아름답고 풍요로워 보이는 이곳은 세상에 존재하되 존재하지 않는 곳처럼 느껴졌다. 나는 이곳에 들어설 때마다 1층을 압도하는 화장품 향기에 홀린 채, 인간 세상의 것이 아닌 듯한 가격표에 정신을 놓아버리곤 했다. 언젠가 이것

들을 살 수 있으리라는 근거 없는 확신에 차서 백화점을 빠져나
오면 전보다 훨씬 극심해진 박탈감과 그에 따른 고통이 순식간
에 전신을 휘감았다. 너흰 도대체 어디 숨어 있었느냐고 물어도
대답을 들을 수 없다. 황홀하지만 벗어난 후가 두려운 곳이 바로
백화점이다.

"유민아. 나 이게 어울려, 이게 어울려?"

"핑크가 나아. 하얀색은 때 잘 타잖아."

민희가 디올 매장 조명 아래서 하얀색과 연 핑크색 토드 백을
번갈아 든다. 한숨을 쉬며 연 핑크색을 가리켰다. 두 달 지나면
어디 처박혀 있는지도 모르게 될 백, 뭘 저렇게 고민하는지 모르
겠다.

"이거로 결정했어!"

그녀는 세상을 다 가진 얼굴로 밝게 웃으며 연 핑크색 백을 계
산대에 올려놓았다. 그리고 어깨에 멘 멀버리 백에서 샤넬 지갑
을 꺼내 신용카드를 내밀었다. 물론 민희 엄마 것이다. 토플 학
원에 다니고 있는 민희는 한 달에 십 원도 벌지 못한다. 그러나
상관없다. 민희는 우리 넷 중 가장 부유한 집안의 딸이다.

"수진이는?"

"차가 막혀서 조금 늦는대."

"혜지하고는 아직도 연락 안 돼?"

"어, '아침에 일어나면 갈게'가 마지막 문자야. 핸드폰 꺼져

있고 집 전화도 안 받아.”

“너무한다. 넷이 모이는 거 간만인데 웬만하면 나오지. 걔 또 놀다 지쳐 안 나오는 거잖아.”

민희는 입술을 비죽거리며 시동을 걸었다. 그녀는 정기적으로 만나 그간의 일상과 감정 변화를 털어놓는 ‘전형적인 여자애들의 우정’을 중시했다. 그러나 혜지는 인간 자체가 ‘전형적인’ 것과 거리가 멀었다. 수진인 그 사이에서 중립을 유지할 줄 알았고, 나는 친구들 간에 불화의 조짐이 보일 때마다 어쩔 줄을 몰라 했다.

생각해보면 우리 넷은 엇비슷하게 닮은 듯하면서도 어떤 면에서는 전혀 달랐다. 모든 일을 분석하기 좋아하는 수진은 ‘여자들의 무리’를 〈섹스 앤 더 시티〉의 일반화’라고 칭했다. 수진의 분석에 따르면 비슷한 성격의 여자들이 모여 만든 것이 ‘그룹’ 같아 보이지만, 실은 서로에게 없는 것을 발견해 흥미를 느끼고 무의식적으로 형성하게 되는 것이 ‘베스트 프렌드 집단’이라고 했다. 모든 여자 친구 무리에는 미란다 같은 시니컬한 성격의 친구와, 사만다 같은 유별난 캐릭터, 불화를 조정하고 결속을 다지게 하는 사랑스러운 샬롯, 모두와 잘 어울리지만 딱히 어떤 성향이라 정의 내릴 수 없는 캐리 같은 캐릭터가 꼭 한 명씩 섞여 있다는 게 수진의 주장이었다. 여자고 남자고 인간이란 결국 ‘흥미’를 추구하는 인간이기 때문에, 자신과 비슷하다 못해 똑같은 성격의 상대방에겐 별다른 매력을 느끼지 못한다는 것이다.

또한 수진은 인간관계를 유지하는 것은 무엇보다 '사건'이라고 믿었다. 각각의 캐릭터가 모여 있는 집단에서는 끊임없는 가치관의 충돌로 사건이 터지게 되는데, 사건을 종결시키는 과정에서 친구들은 서로의 가치관을 인정하고 존중하게 된다. 그렇게 서로에게 동화되어 간 친구들이 '베스트 프렌드'라는 이름으로 끝까지 남게 된다는 것이다. 꽤 그럴듯한 분석이라고 생각한다.

"로데오로 안 가?"

"김 선생님 좀 만나고 가게. 이번 달에 한 번도 못 봤어."

"……요즘 집안 문제 심각해?"

"그냥 똑같아. 특별한 사건은 없는데, 그냥 한 달에 한 번 이상은 상담 받아야 마음이 편해. 중독됐나 봐."

민희의 차는 로데오 거리가 아닌 신사동으로 향했다. 신사동에는 민희의 부모님보다 민희의 심리 사정을 속속히 파악하고 있는 '그분'이 계신다. 민희는 열여덟 살부터 정기적으로 신경정신과에서 상담 치료를 받아왔다.

"약도 떨어졌고."

민희가 비어 있는 약통을 흔들어댔다. 상담 치료를 받을 때마다 병원에서 처방해주는 항우울증제엔 수상쩍어 보이는 성분들이 가득 적혀 있다.

"지금 상담 중이시니까 잠시 기다리세요. 이름 불러드릴게요."

깔끔한 간호사복을 입고 있는 예쁜 언니가 민희를 향해 살짝 웃었다. 정신과 상담을 몇 년째 받아오는 민희를 간호사가 어떻게 생각할지 모르겠다. 철없는 부잣집 딸내미의 돈지랄에 만 원 걸겠다.

"너 토플 시험은 봤어? 입학하는 데 최소 이수 점수 있다며."

"응."

"진짜? 점수 몇이나 나와?"

"그냥, 암담해."

그 얘기는 하지 말자는 의미로 민희가 손을 휘휘 저었다. 곧 민희의 이름이 호명되었고, 우리는 나란히 손을 잡고 진료실로 들어갔다. 이렇게 사람 마음 편하게 만드는 병원은 정신과와 피부과밖에 없다. 어디선가 흘러나오는 클래식 선율과 크림색 소파가 안락한 분위기를 자아냈다.

"오랜만이네. 그동안 별일 없었고?"

"네. 어, 선생님 염색하셨어요? 흰머리가 다 사라졌는데?"

저 대화만으로도 둘의 관계가 얼마나 친근한지 짐작할 수 있다. 예순이 좀 안 돼 보이는 정신과 의사는 이 분야를 위해 태어난 사람처럼 편안하고 다정해 보이는 인상이다. 마치 어린 시절 공짜로 사탕을 쥐어주는 문방구 아저씨 같이 생겼다고, 볼 때마다 생각한다.

처음 민희가 '정신과 상담' 받는다고 고백했을 땐 표정 관리가 안 됐다. '정신과 상담'은 기본적으로 정신에 문제가 있는 사람들을 대상으로 하는 곳이 아닌가. 내 머릿속에 떠오르는 이미지는 쉴 새 없이 손톱을 물어뜯으며 이를 딱딱거리는 편집증 환자나, 이대로 두다간 언젠가 사고 칠 것 같아 주변 사람들 손에 억지로 끌려 온 사이코들뿐이었다. 민희는 내 표정을 읽었는지 친절한 설명을 덧붙였다.

"미국에서는 평범한 사람들도 자주 정신과 치료를 받아. 우리나라에서나 이상하게 보지 외국에선 특별한 일이 아니야. 간단한 상담 치료가 우울증 환자들에게 얼마나 도움이 많이 되는데. '정신과'라는 명칭이 한국에서 이미지가 안 좋을 뿐이지."

도대체 네가 우울할 일이 뭐가 있냐는 질문을 애써 삼켰다. 내가 보기에 민희는 우리 넷 중 '행복할 수 있는 조건'을 가장 많이 갖췄다. 청담동 빌라, 예쁜 얼굴, 괜찮은 학력. 졸업 후 그녀는 뉴욕의 패션 학교에 입학하고 싶다고 했다. 하면 된다. 많게는 일 년에 억대가 든다는 유학비가 무슨 상관이겠는가. 몇 백만 원짜리 밍크코트를 색깔별로 가지고 있는 민희인데.

그녀의 유일한 흠은 스물한 살 때부터 부모님이 별거에 들어가셨다는 사실 하나뿐이다.

민희는 암울해진 가정 환경 때문에 자주 힘들어했다. 두 분이 언제 이혼하실까 전전긍긍한 민희를 보면서, 진심으로 그녀가 안쓰러웠다. 도움이 되는 친구가 되고 싶었다. 그러나 종종 명품 구입에서 위로를 받는 민희를 볼 때면, 가정의 상실이란 공허함의 두께가 너무도 얄팍하게 느껴졌다. 이것이 겪어보지 못한 사람의 냉정함일까. 가끔 민희가 나의 무심함을 들여다볼까봐 두렵다.

"선생님은 저 같은 애가 며느리로 들어오면 어떠실 것 같아요?"

이 뜬금없는 포문은 무엇인가. 그러나 의사는 전혀 놀란 얼굴이 아니다. 이보다 더 괴상망측한 질문으로 상담을 시작하는 환자들도 얼마든지 많을 것이다.

"나야 좋지."

"농담이 아니라요."

"딱히 싫을 이유가 없잖아. 그리고 내가 언제 이 시간에 농담하는 거 봤어?"

"선생님은 강남에서 가장 유명한 정신과 의사잖아요."

"그렇게 생각해주니 고마워. 하지만 유명세를 연봉으로 판단한다면 나보다 더 유명한 의사들도 많아."

"세 손가락 안에는 들겠죠?"

"그렇다고 대답해야지. 아니라고 하면 단골손님을 잃을지도 모르니까."

민희를 따라 이 병원에 몇 번 와본 적 있다. '상담 치료'라고 하는 것은 내가 보기에는 그냥 '수다'였다. 어째서 굳이 돈을 내고 생판 모르는 남자와 수다를 떠는 걸까? '의사'라는 직함 앞에선 평범하기 짝이 없는 농담 따먹기도 의학적으로 분석되는 것일까?

"며칠 전에 맞선을 봤어요."

"뭐?"

나도 모르게 비명 지르듯 반문했다. 맞선? 호텔 로비에서 '누구 씨 맞으세요?'로 시작되는 그 맞선?

"미안해, 유민아. 마저 얘기할게."

민희는 긴 머리를 한 번 쓸어 넘기더니 조용한 목소리로 말을 이었다.

"남자 아버지가 강남에서 가장 유명한 피부과 의사래요."

"그래? 잘하면 내가 아는 분일 수도 있겠네. 어떻게 소개받았어?"

"'로얄웨딩'이라는 결혼정보회사 아시죠? 거기 가입했어요. 엄마 친구 딸이 거기서 뉴욕주립대학 교수를 만나서 결혼했대요."

"그런데, 그 의사분이 민희를 아들 맞선 상대로 마음에 안 들어 하셨어?"

"그건 아니고요. 그냥 물어본 거예요. 만약 선생님이라면 아들이 저 같은 여자랑 결혼한다고 하면 어떻게 생각할지 궁금해서요."

"저 같은 여자가, 어떤 뜻인데?"

"그냥…… 말 그대로 저 같은 여자요."

민희는 에둘러 말하며 아랫입술을 윗입술로 핥았다. 긴장하거나 초조할 때 나오는 버릇이다.

"'로얄웨딩'에서는 개인 신상 정보로 등급을 매겨서 같은 레벨에 속한 사람들끼리 맞선을 보게 해요. 전 엄마 친구 덕분에 '노블레스' 레벨에 등록됐어요. 제 원래 정보대로라면 그보다 두 단계 아래 레벨이래요. 키는 165에서 170센티미터까지를 1등급으로 치는데, 저는 162인데, 3센티미터 높여서 썼어요. 직업란에는 백수라고 써야 맞지만 아버지 회사의 통신정보팀 사원으로 속여 기재했고요. 아버지 연봉이나 사는 동네, 엄마 집안, 제 나이와 외모는 굉장히 좋은 평가를 받았어요. 누가 평가하는지는 모르겠지만 이쨌든 상위 10퍼센트 안에 속하는 등급이래요. 무엇보다 제가 어리잖아요. 스물넷은 나이만으로 메리트가 많이 작용한다고 하더라고요. 삼십대 중반 대 남자들은 경험 없는 이십대 초반 처녀를 찾는 경우가 많대요. 거기에다 집안 좋고 학력이 어느 정도 뒷받침되어야 한다는 조건이 따르고요. 물론 전 남자가 기대하는 의미의 처녀는 아니지만요. 그리고 제 혈액형이 O형이라는 것도 장점이래요. 돈 많고 까다로운 남자들은 여자의 혈액형까지 조건을 붙이는데, 가장 많이 요구하는 혈액형이 O형이래요. A형 여자는 너무 재미없고 B형 여자는 다루기 힘들고 AB형 여자는 그냥 싫대나요.

아무튼 저와 맞선 약속이 잡힌 남자는 서른셋이라고 했어요. 원래는 서른다섯이었대요. 저희 엄마가 상담사를 달달 볶아서 다시 잡은 남자가 서른셋이에요. 전 그래도 이십대 후반을 만나고 싶었는데, 이십대 후반 남자는 아직 결혼정보회사에 가입할 정도로 자신이 다급하다고 생각하지 않아서 숫자가 얼마 없대요. 그나마 있는 숫자는 제가 제시한 조건과 전혀 맞지 않고요."

"넌 무슨 조건을 제시했는데?"

"전 딱 두 가지만 제시했어요. 키가 180을 넘을 것, 여드름이 없을 것."

"그래서, 맞선은 어땠어?"

"남자는 제가 제시한 조건 그대로였어요. 키 181에 여드름 없는 꽤 하얀 피부였어요. 청담동에 30억 상당의 빌딩을 가지고 있대요. 그 외에도 가족들 개개인이 소유하고 있는 빌딩이 강남에 몇 채 더 있나 봐요. 직업은 피트니스 클럽 CEO고요. 서울, 수원, 분당에 피트니스 클럽 체인점을 운영한다고 했어요. 몸매도 괜찮았어요. 아시잖아요. 여자들도 남자 볼 때 어깨선이나 벨트 위로 삐져나온 뱃살 보는 거.

대화해보니까 일은 그냥 취미로 하는 것 같았어요. 집안에 원체 돈이 많아서 앞으로 무언가를 이루겠다는 야망이나 열정은 없어보였어요. 그럴 수 있겠다 싶었어요. 잠 줄여가면서 노력하지 않아도 지금 삶이 충분히 만족스러운 사람들도 있을 거 아니에요. 이렇게 조건 좋은 사람이 왜 지금까지 결혼을 안 했을까 싶었는데, 자기는 자기 주변 여자들을 아무도 믿을 수 없대요. 여자들은 다 돈에 영혼을 팔 수 있는 속물들이래요. 자기는 이제껏 사랑 한 번 해본 적 없대요. 세상 여자는 다 똑같다는 진리를 너무 어린 나이에 깨우쳐서 연애에도 별 흥미를 못 느끼고 살았대요.

그래서 제가 여자를 못 믿으시는 분이 맞선은 왜 나왔냐고 했더니, 그래도 결혼은 해야겠다고 생각했대요. 늙은 정자로 아이를 만들고 싶지는 않다고 했어요. 그런데 주변 사람들 소개는 믿음이 가지 않았대요. 자기한테 여자를 소개하는 사람들은 미인을 조공으로 바쳐서 전쟁을 피하려는 약소국 백성으로 보인대나 뭐래나요. 어쨌든, 객관적인 자료와 기준으로 선별된 1등급 여자들을 만나고 싶었대요. 사회적으로 기준치 이상이라 평가받은 여자는 어떤 여자인지 궁금하기도 했대요."

"그래서, 널 보고 뭐래?"

"웃었어요. 역시 사회적 기준으로 최고의 여자는 '젊고 예쁜' 여자인 것 같다고. 비웃는 것 같지는 않았고요. 그냥 기분 좋게 웃더라고요. 그러면서 자기가 나와 레벨이 맞는 여자라고 생각하냐고 물었어요."

"그래서 뭐라고 대답했어?"

민희는 손톱에 긴 얇은 머리카락을 빼냈다. 그리고 그 머리카락을 물레 짜듯 손가락에 빙글빙글 감았다.

"잘 모르겠다고 대답했어요."

"그게 솔직한 네 대답이었어?"

"아니요."

"그러면?"

"사실은 아니라고 대답해야 옳다고 생각했어요."

머리카락으로 감싼 민희의 엄지손가락이 피가 통하지 않는지 새하얘진다. 그녀는 손가락을 고문하는 그 시답지 않은 장난을 계속했다. 손장난을 함으로써 이 대화를 조금이나마 덜 진지하게 만들어보고자 하는 것처럼 보였다.

"사실 지금 선생님에게 말한 대화는 저희가 나눴던 대화의 일부에요. 속물이 싫다는 그 남자는 정말 속물이었어요. 어쨌든 처음 만난 자리잖아요. 맞선이 소개팅과 같다고 생각하진 않았지만, 이 정도로 서로의 경제 사정과 결혼생활에 관한 질문을 까놓고 얘기할 줄은 몰랐어요. 제가 사는 빌라 이름을 듣더니 거기 요즘 시세가 많이 떨어지지 않았냐고 하는 거예요. 그래서 제가 요즘 시세는 전체적으로 하락세가 아니냐고 말했더니, 과장되게 놀란 얼굴을 하면서 경제에도 관심이 있는 줄은 몰랐대요. 마

치 제가 9시 뉴스의 메인 기사거리도 모르는 여자라도 되는 듯
이요. 그리고 자기와 결혼하면 당연히 일을 그만둘 거라고 생각
하더라고요. 물론 실제로 일을 하고 있지도 않지만요. 결혼한 여
자는 집에서 남편 내조와 자녀 육아에 힘쓰는 게 최고의 행복 아
니냐고 묻는데, 할 말이 없었어요."

"그래서 뭐라고 대답했어?"

"……모든 여자들 마음속엔 그런 꿈이 있다고 대답했어요."

"정말 그렇게 생각했어?"

"그런 꿈이 있는 건 사실이에요. 여자라면 누구나 하얀 앞치
마를 두르고 예쁜 부엌에서 남편과 아이를 위해 케이크 굽는 꿈
이 있다고요. 이건 진짜에요!"

순간 목소리를 높인 민희는 다시 어깨를 축 늘어뜨렸다.

"……물론 그게 일상생활이 되면 여러모로 문제가 생기겠죠."

"그래서, 맞선은 그렇게 끝났어?"

"네. 지금까지 늘어놓은 말만 들으면 최악인 것 같지만 실은
그렇지도 않았어요. 남자랑 같이 간 레스토랑은 저도 처음 가보
는, 한 끼에 수십만 원이나 하는 최고급 레스토랑이었고요, 남
자 차는 레인지로버였어요. 그 외에 아우디와 BMW Z시리즈가
더 있대요. 마지막으로 저에게 했던 말이, '샤넬이 잘 어울릴 것
같네요. 다음에 만나면 매장이나 가보죠'였어요. 다음에 또 만나
고 싶다는 거죠. 선생님도 아시잖아요. 그렇게 지 잘난 맛에 사

는 남자들은 조금이라도 마음에 안 들면 얄짤 없다는 거요."

"그래서, 또 만날 생각이야?"

"아마 그럴 것 같아요. 약속은 다음 주 토요일 오후로 잡아놨어요."

"미친 거 아니야?"

나도 모르게 새된 소리가 튀어나왔다. 민희와 의사가 동시에 나를 돌아본다.

"네가 뭐가 부족하다고 그런 놈을 만나? 처음 만난 자리에서 자기랑 레벨이 맞느냐고 묻는 놈한테 뭘 기대하는 건데?"

민희는 무표정한 얼굴로 한참이나 나를 바라보았다. 그리고는 천천히 고개를 돌려 또 그놈의 '선생님'을 찾았다. 화가 난다. 이런 얘기는 술자리에서 욕설을 곁들여가며 해야 마땅하다. 서른셋 먹을 때까지 연애 한 번 못해본 놈이 지랄도 잘한다고 쏘아붙여야 했다. 혜지라면 이 세상에 존재하는지도 모를 욕설까지 곁들여가며 남자를 마구 짓밟았을 것이다. 그리고 한바탕 웃고 끝내야 했다. 나이에 맞지도 않는 이상한 맞선은 그런 결말이 어울린다.

그런데 민희는 우리에게 생애 최초의 맞선을 먼저 털어놓지 않았다. 대신 정신과 의사 앞에서 창피함도 모르고 흐느끼고 있었다.

"……사실은요, 선생님. 저도 그 남자와 다를 바 없는 속물이에요. 저는 그 남자를 처음 봤을 때 습관처럼 입고 있는 브랜드부터 살폈어요. 머리끝부터 발끝까지 명품이었는데, 그중에는 국내에 들어오지도 않은 유럽 브랜드 제품도 있었어요. 아, 나와 뭔가 좀 맞는 사람이구나 생각했어요. 걸치고 있는 명품 하나에 괜찮은 사람이라고 생각했던 거예요. 그 남자 성격과 가치관이 어떤지 알기도 전에요.

그 남자가 본격적으로 속물적인 말을 늘어놓기 전까진 전 도도하게 굴었어요. 그래, 남자 집안이 나보다 우월하고 백수인 나와 비교조차 되지 않는 직업이지만, 나도 그에 못지않다, 대학 갓 졸업한 스물넷 부잣집 예쁜 처녀 정도면 그 자체만으로 경쟁력 있다 생각했어요. 저 스스로가 저를 상품화시켰던 거예요. 저를 가장 아끼고 사랑해야 될 제가, 스스로에게 값을 매기고 있었던 거예요. 그런데 더 슬픈 건, 실은 제 가격이 제가 생각했던 것보다 한참 아래라는 사실을 깨달았다는 거예요. 그 남자와 대화하면서 알았어요. 제 수준이 어떤지.

그 남자는 절 9시 메인 뉴스 기사도 모를 것 같은 여자로 봤어요. 그런데 사실 그게 맞아요. 그 질문을 받고 나도 지적인 면이 있다는 걸 어필하고 싶었어요. 그런데 머릿속에 떠오르는 최근 사회적 이슈는 아무것도 없었어요. 그 사실을 알고 당황했어요. 어째서 내가 살고 있는 사회에 이토록 관심이 없었을까?

왜냐면, 사람들이 일반적으로 말하는 '사회'를 '저의 사회'라고 생각하지 않기 때문이에요. 저도 눈과 귀가 있기 때문에 요즘 세계적으로 불황이고 우리나라 경기가 IMF 때만큼 안 좋아졌다는 기사를 보고 들었어요. 그런데 그거 아세요? 아무리 그런 기사를 보고 들어도 제 세상 이야기로 느껴지지 않아요. 제 주위에는 돈 걱정하는 사람이 아무도 없거든요. 어릴 때부터 그런 친구들하고만 놀았고, 그런 친구들과는 삶에 대한 걱정이니 요즘 사회니 하는 얘길 하지 않아요. 늘 남자, 남자, 남자 얘기만 했죠. 무슨 이자 압박, 등록금 인상, 너덜너덜해진 가계부…… 이게 다 무슨 소린지 모르겠어요. 제가 사는 세계는 변함없이 따뜻하고 안락해요. 아무리 경기가 안 좋아도 대한민국 명품 시장은 죽지 않고 백화점 VIP 특수 마케팅은 여전히 호황이죠. 다 소비가 있으니까 공급이 있는 거예요. 제가 그 소비자고요. 세상은 힘들다고 아우성인데, 정작 그 안에 사는 저는 아무것도 동감할 수가 없어요. 그래서 진짜 세상이 제 세상이 아니라고 생각해버려요. 그래서 진짜 세상과 제 세상 사이에 갭이 점점 커져가는 거예요. 맞선뿐만 아니라, 토플이니 유학이니 직장이니 미래니 하는 문제와 부딪힐 때마다 저는 지레 겁을 먹고 숨어버리게 돼요. 아무것도 몰라도 모든 게 다 풍요로운 제 세상으로요. 그리고 죽을 때까지 나오고 싶지 않아요. 그게 진짜 저예요.”

“유학 준비 한다고 하지 않았어? 다른 거 몰라도 패션에는 흥미 많다고 했잖아. 공부도 재미있을 것 같다고 했고.”

"요 근래 계속 토플 학원을 다녔어요. 솔직히 무슨 말인지 하나도 알아들을 수가 없었어요. 리딩은 어느 정도 되는데, 스피킹이랑 히어링은 죽어도 안 돼요. 얼마 전에 토플 시험을 봤는데 170점이 나왔어요. 합격 커트라인은 230점이고요. 제 GPA도 그다지 좋지 않은 데다 포트폴리오도 하나도 준비 안 해서 아직 까마득해요. 무엇보다 토플이……. 아시죠, 선생님. 전 예고 연극반을 나왔어요. 전 정말 공부라는 걸 제대로 해본 적이 한 번도 없어요. 책상에 엉덩이를 붙이고 앉아 있는 것 자체가 괴로워요. 더 괴로운 건 남들은 멀쩡하게 도서관에서 아침부터 저녁까지 그 어려운 고시 준비하면서도 멀쩡한데, 전 고작 영어 공부 하나에 힘들어한다는 거예요. 제가 너무 창피하고 부끄러워요."

"하지만 네가 그토록 하고 싶은 일이라면 고생이 따르는 건 당연하잖아. 내가 알기론 파슨스 같은 학교는 입학보다도 들어가서 버티는 게 더 힘들다고 하던데. 내 딸 친구가 거길 다녀서 알아."

"사실은 고생해서 입학하고 고생해서 졸업할 정도로 다니고 싶은 학교도 아니에요……."

민희의 머리카락은 늘 단정했다. 비싼 미용실에서 한 달에 세 번 몇 십만 원짜리 트리트먼트를 받은 덕분에 늘 윤이 나고 반짝거렸다. 그 머리카락이 눈물에 젖어 지저분하게 헝클어지자 평소에 내가 알고 봐오던 그녀의 이미지로 보이지 않았다.

그녀의 이미지? 고민하는 것 자체가 사치인 환경에 둘러싸여 늘 철없이 굴지만 사랑스러운 친구? 나는 단순히 '돈' 때문에 민희가 고민을 가질 권리마저 빼앗았던 걸까?

"대학 졸업 후 아무것도 할 수 있는 게 없으니까 공부나 다시 해야겠다고 생각했어요. 뉴욕에서 살아보고 싶기도 했고. 아시잖아요. 저희 또래 여자들에게 뉴욕이 어떤 의미인지……. 또 디자인 공부도 해보고 싶었어요. 그런데 거기까지 안착하는 과정이 생각보다 만만치 않은 거예요. 그런데 그 만만치 않은 과정을 극복할 만큼 열정이 있는 것도 아니에요.

결국 저는 절박함이 없는 거예요. 죽어도 이 일을 하고자 하는 열정도 없고, 이 일을 하지 않는다고 해서 제 미래가 암담해지지도 않아요. 사람들이 성공한 후에는 돈과 좋은 집과 비싼 차가 자연스레 따라와요. 그런데 저는 이미 그것들을 가지고 있어요. 그리고 제 부모님은 저에게 큰 기대를 걸지 않아요. 이미 저의 두 오빠가 부모님의 체면을 살렸으니까요. 부모님은 제가 어릴 때부터 성공이나 공부에 대한 어떤 압박도 주지 않으셨어요. 막내딸은 그저 행복하고 즐겁게 자라기만을 바라셨어요. 그래서 모든 것을 해주셨고, 전 모든 것을 누렸다고 생각해요.

그런데 그 결과를 보세요. 전 결국 부모님이 나를 이렇게 나약하게 만들었다고 원망이나 하고 있어요. 스물넷밖에 안 됐는데 무언가를 시작하기엔 이미 너무 늦었다고 포기하고 돈 많은 남자에게 시집갈 생각이나 하고 있죠. 더 웃긴 건 뭔지 아세요? 제가 남자 친구가 있다는 거예요. 선생님도 아시겠지만 제 남자 친구 조건도 그리 나쁘지 않아요. 반포동에 살고, 명문대까지는 아니지만 괜찮은 대학에서 MBA과정을 밟고 있어요. 저는 충분히 제 남자 친구를 사랑한다고 생각해요. 그러면서도 제 조건을 속여 가면서까지 사회적으로 1등급이라고 선별된 남자와 맞선을 봤죠.

왜냐고요? 제가 누리고 있는 것들을 제 힘으로 이룰 생각은 눈곱만치도 하지 않으면서, 제가 누리고 있는 것들이 영원히 지속되길 바라거든요. 저는 결혼하고서도 여전히 청담동의 빌라에서 원 없이 쇼핑하면서 살고 싶어요. 제 아이들은 어릴 때부터 사립 영어 유치원에 보내고 명문 학군에 입학시키고 싶어요. 그런데 제 남자 친구 집안은 거기까지 능력이 미치진 않아요. 굉장한 연줄이 있어서 대단한 직장에 취직될 것 같지도 않고요.

결국 돈이에요. 저는 평생 돈 걱정 없이 살았어요. 그래서 돈 걱정하면서 살게 되는 게 너무 무서운 거예요. 아무것도 하지 않아도 늘 지갑이 든든한 현재를 죽을 때까지 유지하고 싶어요. 그런데 아무것도 하지 않는 제 자신이 나이가 들수록 점점 꼴 보기 싫어져서, 이러지도 저러지도 못하고 괴로워만 하고 있는 거예요. 고작 이런 일로요……. 그 남자가 절 제대로 꿰뚫어봤어요. 전 고생 한 번 해본 적 없는 온실 속의 화초에요. 온실 밖으로 나가 모험할 용기도 없는 나약한 화초, 처음 만난 남자가 저를 깎아보는데도 반박 한마디 할 수 없는 멍청한 화초요."

나는 쭈뼛거리며 민희의 옆자리에 앉았다. 아직도 굵은 눈물을 뚝뚝 떨어뜨리는 민희의 어깨를 조심스럽게 감싸 안았다. 민희의 보드라운 니트에서는 향긋하고 달콤한 향이 났다. 그녀는 자신을 향기롭고 고급스럽게 관리할 줄 알았고, 그래서 민희는 먼발치에서 보기만 해도 부잣집 여식이라는 티가 확연히 났다. 나는 민희 같은 여자를 보면서 늘 생각했다. 저런 애도 고민이 있을까, 하고.

그녀가 예쁘고 부잣집 딸처럼 보이기 때문이다. 언제부터 외모와 돈이 갖춰진 사람들은 고민거리가 없을 것이라고 단정 짓게 된 걸까? 그건 즉, 예쁘고 돈이 많기만 하면 행복해질 수 있다고 믿기 때문일까?

"그래서, 민희는 결혼을 하고 싶은 거야, 하기 싫은 거야?"

민희는 두 손으로 눈물을 닦고 코를 풀었다. 그 와중에도 마스카라가 번졌을까봐 가방에서 콤팩트를 꺼내 거울을 살피는 그녀가 사랑스럽다.

"하기 싫어요. 당연하잖아요. 전 아직 스물넷이고 클럽이 좋은 걸요."

민희는 자신이 생각해도 우스운지 자조적으로 웃었다. 그러나 의사는 웃지 않았다. 그는 그저 민희의 말을 경청하며 골똘히 생각에 잠긴 것처럼 보였다.

"단지 맞선을 보는 짓이라도 해야, **시간을 그냥 흘러 보내는 느낌을 받지 않을 것 같았어요.** 그리고 그 남자처럼 궁금하기도 했어요. 사회적으로 1등급이라고 판별된 남자는 어떤 남자인지가요."

"그래서, 그 남자는 아웃이야?"

"글쎄요."

눈 밑 화장을 고친 민희는 진료실에 들어오기 전처럼 말끔한 얼굴로 돌아왔다. 그녀는 헝클어진 머리카락을 정돈하고 아직까지 목 언저리에 남아 있는 눈물 가래를 꼴깍꼴깍 삼켰다.

"참 이상해요, 선생님. 여자들은 늘 운명적인 사랑을 꿈꾸면서도 조건 좋은 남자를 만나기를 원하거든요. 그런데 운명적인 사랑은 대부분 가난하고, 조건 좋은 남자에겐 이거다, 하는 느낌이 안 와요. 왜 그런 거예요?"

의사는 오늘 상담은 이것으로 끝났다는 듯 쓰고 있던 안경을 벗어 책상 위에 올려놓았다.

"그래야 드라마가 완성되거든. 여자들은 늘 드라마처럼 살고 싶어 하잖니."

지금보다 꿈이 더 작아질 수도 있을까

"그린티 프라푸치노 톨 사이즈 두 잔이요. 휘핑크림은 빼주시고요."

우리는 쟁반을 들고 북적거리는 주말 오후 스타벅스에서 기적처럼 비어 있는 창가 자리로 잽싸게 뛰었다.

"솔직히 좀 실망했어. 다른 건 몰라도 남자 얘기는 우리들이랑 먼저 했어야 되는 거 아니야? 그것도 생애 첫 맞선인데!"

"진짜 하려고 했어. 그래서 진료실에도 너랑 같이 들어간 거잖아."

"그게 뭐냐? 정작 얘기는 의사한테 하고 나는 옆에서 귀만 열어놓은 거잖아!"

"그냥, 너한테 직접적으로 얘기하는 게 쪽팔려서."

민희는 머리카락을 매만지며 창밖으로 시선을 피했다. 맞선이니 나약한 자신에 대한 염증이니 하는 얘기를 꺼내면 우리가 이해하지 못할 것이라 생각했을까?

생각해보면 언제부터인가 서로에게 진지한 얘기를 하는 시간이 줄어들었다. 잘될 거야, 잘하고 있지, 그냥 그래, 하는 직접적인 대답을 회피하는 대화들이 주를 이룬다. 요즘은…… 우리가 각자 알지 못하는 비밀을 하나씩 안고 있는 느낌이 든다.

"야, 저거 수진이 아니야?"

민희가 내 팔을 방정맞게 내리쳤다. 나는 프라푸치노를 쪽 빨아 마시며 창밖을 내려다보았다. 분명 수진이다. 그녀가 벤츠 S 클래스에서 내리고 있었다.

"뭐야? 누구야, 쟤?"

"수진이 남자 친구 차 샀어?"

"웃기지 마! 걔 작년 수진이 생일 날 필웨이에서 중고로 마크 제이콥스 지갑 선물 했다가 나한테 딱 걸린 거 잊었어? 서거 진짜 누구야? 야, 최수진 족칠 준비해."

"맞선 본 당신만 할까 말입니다."

"아이 씨! 그건 내가 알아서 얘기한다니까!"

수진인 우리를 발견하자 빠른 걸음으로 다가왔다. 그녀의 얼굴에는 약속에 많이 늦은 미안함이 역력했다.

"많이 기다렸어?"

"아니야. 우리도 쇼핑하고 방금 왔어."

"미안해. 차가 워낙 막혀서. 주말에 압구정역부터 갤러리아까지 장난 아니잖아."

수진이 장난스럽게 웃으며 내 옆에 앉았다. 우리 둘 다 그녀가 테이블에 올려놓은 새 샤넬 백에 집중했다. 민희가 긴장하는 것으로 보아 그녀도 알지 못하는 최신상 라인이 분명했다. 나도 저런 디자인의 백은 본 적이 없다.

"샀어?"

"아, 응."

민희는 '누가 사줬어?'라고 묻고 싶은 게 분명했다. 수진인 분명히 잘사는 편이었다. 민희만큼은 아니더라도 나만큼 명품 백을 갖고 있었다. 그러나 주로 평생 들 수 있는 기본 라인이 대부분이었다. 이건 유행이 한번 지나가면 들기 뭣한 특이한 디자인의 신상이다. 내가 알기로 수진인 오 년간 이런 고가의 백을 산 적이 한 번도 없었다.

"나 월급 받았잖아. 질렀지."

"이거 얼만데?"

"잘 기억 안 나. 카드로 긁어서."

"네가 산 건데 기억이 안 나?"

"야, 너도 가격 안 보고 살 때 많잖아."

하지만 너와 나의 집안 수준이 비슷하진 않잖아. 민희는 분명 그 말을 하고 싶을 것이다. 은행 창구 직원 월급이 그렇게 많단 말이야? 나는 그렇게 묻고 싶었다. 그러나 나와 민희는 입을 닫고 샤넬 백을 빤히 바라보기만 했다.

이 친구들과 같이 어울리기 시작했을 때, 나는 같은 또래 여자아이들이 그렇게나 '브랜드'에 민감하다는 것을 처음 알았다. 첫 학기가 끝날 무렵, 나는 나를 제외한 세 친구들의 이야기 속에서 같은 나이와 지역에도 불구하고 전혀 다른 문화가 존재한다는 사실을 알았다.

혜지는 아는 남자애의 소개팅 이야기로 나를 충격에 빠트렸다. 자신의 친구가 소개팅을 했는데 상대방 여자애가 얼굴도 예쁘고 성격도 착하고 다 마음에 들었다더라. 그런데 늘 입고 나오는 옷에 나뭇잎이 그려져 있어 저게 도대체 무슨 상표인가 궁금했더란다. 훗날 알고 보니 그 상표는 '마루'였다. 그 여자애는 '마루', '지오다노' 등 중저가 브랜드의 티셔츠를 입고 '스포츠 리플레이' 같은, '그들'이 한물갔다고 생각하는 브랜드의 청바지를 입고 다녔던 것이다.

"××야, 나는 네가 마음에 들지만, 자꾸 그런 스타일로 옷을 입으면 쪽팔려서 널 만날 수가 없다."

남자애는 그 말을 마지막으로 여자에게 '개조'와 '이별' 중 양자택일을 하라 했단다.

나는 그 이야기에 가볍게 웃을 수가 없었다. 내 장롱 속에는 그때까지 '그들'이 무시하는 브랜드의 옷들이 잔뜩 쌓여 있었다. 나는 한 번도 그 옷들이 촌스럽다고 생각한 적 없었지만, '그들' 기준에 맞춰 그 옷들을 긴급처분하지 않을 수 없었다.

수진의 이야기는 간단했다. 자신이 처음으로 아르바이트를 했던 건 고등학교 2학년 때였는데, 남자 친구 생일 선물로 '구찌' 운동화를 사주기 위해서였단다. 집으로 돌아와 구찌 운동화 가격을 검색했을 때 정말로 '헉' 소리를 냈다. 열아홉에서 갓 스물에 접어든 아이들이 그렇게 비싼 운동화를 신고 다니리라고 상상조차 하지 못했다.

민희는 어디서부터 시작해야 할지 모르겠다. 민희가 다닌 예고 연극반 아이들은 그야말로 별세계 사람들이었다. 물론 민희의 이야기만으로 예고 연극반 아이들을 한 성향으로 일반화시키는 건 성급한 오류겠지만, 적어도 민희의 이야기 속에 등장하는 그들은 도저히 나와 같은 또래라고 생각할 수가 없었다.

그들은 '자신만의 교리'에 대한 확신으로 가득 찬 아이들이었다. 프라다 백, 샤넬 운동화, 연예인들이 들락거리는 청담동의 헤어숍, 수십만 원, 혹은 수백만 원을 넘어가는 파티가 그들의 일상 속에 있었다. 심지어 교복 치마 아래 신고 다니는 검정 반스타킹마저 '비비안 웨스트우드' 브랜드 로고가 새겨진 것을 좋아했다. 그들의 선배들도 그랬고, 선배들의 선배들도 그러했다. 민희의 한 선배는 친구의 결혼식장에 자기만 외제차가 아닌 택시를 타고 왔다는 이유만으로 생애 최고의 수치를 느끼며 친구들과 연락을 끊었다고 했다.

이런 이야기들은 익숙하진 않았지만, 분명 재미있었다. 머리를 흐트러지게 묶는 스타일까지 '비공식적으로 엄선된 스타일'이 존재한다는 것이 신기했다. 그리고 나도 그 스타일에 맞춰가기를 바랐다. 그때까지는 내가 한 번도 촌스럽다거나 시대에 뒤처진다고 생각한 적 없었다. 그러나 새로운 친구들과 이야기할 때마다 이들과 어울리기에 내가 모르는 것이 너무 많다고 생각했다. '강남 아이들 문화'는 분명 달콤했다. 거기에는 옷 스타일만으로도 자신의 가치를 몇 등급 올릴 수 있다는, 홈쇼핑 과대광고 비슷한 유혹이 존재했다.

"너 솔직히 말해. 방금 요 앞에서 너 내려준 벤츠 S클래스 누구 차야?"

"아……."

수진은 대수롭지 않은 일이라는 듯 간결하게 대답했다.

"아는 오빠."

나와 민희가 시선을 교환했다. 이 시간에 수진을 벤츠에 태워 약속 장소 코앞까지 내려다주는 남자는 단순히 아는 오빠 그 이상이다. 이건 여자의 직감이다.

"아는 오빠 누구?"

"그냥 아는 오빠. 말해도 너희 몰라. 나 어릴 때부터 알던 오빠라."

"그렇고 그런 사이야?"

"또 먼저 강을 건너신다."

"뭐하는 사람이야?"

"왜 그렇게 꼬치꼬치 물어?"

"나 소개시켜주면 안 돼?"

"그에 앞서 민희가 맞선봤다는 걸 일찌감치 밝혀둔다."

"야! 이유민!"

"뭐? 너 미쳤어?"

셋이 각자 다른 의미로 비명을 질러댔다. 옆자리에 앉은 사람들이 불쾌한 얼굴로 힐끔거리는 것이 느껴졌지만 상관없다. 나는 깔깔대며 내 어깨를 내리치는 민희와 투닥거렸다.

"뭐야, 강민희 너 유학 간다며?"

"갈 거야. 경험상 한번 봐본 거야."

"드디어 실성했구나. 맞선 얘기 하니까 갑자기 오 년은 늙은 기분이다."

"야. 너희가 몰라서 그래. 결혼정보회사에 등록된 우리 또래가 얼마나 많은 줄 알아?"

"그래서, 어떻든? 인생의 첫 맞선이?"

흠. 민희는 여전히 수진의 새 샤넬 백에서 시선을 떼지 못하면서 중얼거렸다.

"세상에 돈 많고 잘난 남자는 정말 많아."

민희의 목소리가 엄숙해졌다.

"하지만 그런 남자와 사랑에 빠지는 건 정말 어려운 일이야."

"당연하지. 엄마한테 웃는 얼굴로 애인 소개시키는 게 쉬운 일인 줄 알았어?"

"그래서 나는 때가 올 때까지 기다리기로 했어."

"무슨 때?"

"조건과 사랑 사이에서 가뿐한 결정을 할 수 있을 때."

나는 옆에서 민희의 말을 거들었다.

"동감이야."

"그래. 그때가 빨리 오기를 기도할게. 우리가 조건이 되는 여자가 되게 해달라는 기도는 영원히 썩혀놔야겠다."

수진이 그녀답게 시니컬하게 대답했다.

"그때가 왔을 때 너희 결정에 도움이 될 만한 한마디를 덧붙이자면……."

수진이 내 프라푸치노를 한 모금 마시더니 너무 달다며 이맛살을 찌푸리며 말했다.

"있는 놈도 변하고 없는 놈도 변하는 세상에서 차라리 있는 놈이 낫단다."

시니컬의 최고봉이다. 나와 민희의 이성을 깨우는 수진의 이런 면을 사랑한다.

"진리다, 진짜."

민희가 가늘게 실눈을 뜨며 엄지손가락을 추켜올렸다.

"혜지는?"

나는 대답 없이 어깨를 으쓱했다. 혜지 머릿속에 시간 개념이 없다는 걸 다들 알면서 왜 이렇게 굳이 챙기려 드는지 모르겠다.

"그런데 이거 너무 튀는 디자인 아니야? 나 같으면 차라리 이거 살 돈으로 다른 걸 샀을 거야."

민희가 조심스레 스타일의 여왕다운 충고를 시작할 찰나, 수진이 난데없이 테이블을 세게 내리쳤다.

"혜지!"

"왜 자꾸 찾아? 걔 연락 안 된다니까?"

"뒤돌아!"

수진의 목소리가 듣기 싫을 정도로 갈라졌다. 나와 민희는 동시에 고개를 돌렸다. 벽면에 걸린 TV에서 유명 청바지 브랜드 광고가 한창이었다.

"난 저 브랜드 싫어. 값만 오질나게 비싸고. 저거 살 돈으로 차라리 얼 진이나 프랭키B를 사는 게……."

헉! 나와 민희 모두 입에 물고 있던 초록색 빨대를 놓았다. 그제야 수진이 새된 비명을 질렀던 이유를 깨달았다. 혜지가 청바지 광고 속에서 신나게 몸을 흔들고 있었다. 그녀의 트레이드마크인 긴 생머리를 섹시하게 휘날리며. 그녀답게, 역시 메인으로.

“진짜 방송될 줄은 몰랐어.”

혜지는 자신을 노려보다시피 하는 세 쌍의 눈동자에게 변명하듯 얘기했다.

“너네 저번에 ‘매스’에서 봤던 오빠 알지! 그 오빠 따라 간 거야. 저녁에 심심해서 연락했더니 자기 청바지 CF 찍는다고 오라잖아. 에어에서 찍는다기에 압구정 나갈 겸 들렀지.”

“그러다 너도 같이 찍게 된 거야?”

“컨셉이 그냥 클럽에서 춤추고 노는 거더라고. 그날 새벽 내내 그 CF만 찍는다고 클럽이 아예 운영을 안 하더라? 그런데 일반인들 입장을 딱히 제한 안 했어. 그래서 쫄래쫄래 걸어 내려갔더니 촬영 쉬는 타임이야. 오빠랑 얘기 좀 하고 있는데 광고 감독이라는 사람이 오더니, 시간 있으면 같이 찍고 가래. 그래서 내기 돈 주는 것도 아닌데 힘들게 여기서 왜 춤추고 있냐고 했더니, 사무실로 통장 계좌 팩스로 넣으면 돈 넣어주겠다고 하잖아? 긴가 민가 싶어서 그냥 가려다가, 그날 딱히 할 일도 없고 해서 알겠다고 했어. 그러다가……”

“그러다가 메인이 된 거야?”

“앞으로 나오라고 하더라고.”

잘못한 사람은 아무도 없는데 우리 셋은 취조관이 되어 혜지를 심문했다. 혜지는 어울리지 않게 웅얼거리는 목소리로 CF 메인 모델이 된 과정을 설명했다. 그 과정은 예능 프로그램에서 들었던 연예인들의 데뷔 계기와 너무도 흡사해서, 혜지가 낯설게 느껴졌다.

"이건 뭐…… 보아도 아니고."

"보아?"

"왜, 보아도 오빠 오디션 따라갔다가 자기가 대신 합격한 거라잖아."

"내가 무슨 오디션 봤냐? 어쩌다 CF 한 편 찍은 건데."

"원래 계약되어 있던 모델들은 다 오디션 보고 뽑힌 사람들일 거 아냐."

"그렇겠지……."

"넌 그 자리에 우연히 따라갔다가 덜컥 메인된 거고."

수진의 목소리에 날이 서 있다고 느껴지는 건 나의 예민한 착각일까? 혜지가 술자리에 합류한 후로 우리 중 누구도 잔을 들지 않았다. 그러다 수진이 먼저 반쯤 채워진 소주잔을 비웠다. 꾸며낸 흥분과 어색한 침묵이 초 단위로 오가는 묘한 기류 속에서, 민희가 손뼉을 짝짝 치며 통통거리는 목소리로 입을 열었다.

"그러면 혜지 이제 연예인 되는 거야?"

볼 장 다 본 친구의 갑작스러운 브라운관 데뷔는 생각보다 충격적이지 않았다. 올 것이 왔구나 하는 담담한 마음에 설명 못할 불쾌한 물이끼 같은 것이 덕지덕지 달라붙은 기분이다.

"너 연예인은 안 하겠다며?"

"별로 관심 없었는데…… 그 CF 감독이 나를 잘 봤나봐."

"남자야?"

"응. 촬영 끝나고 회식 자리에서 이것저것 묻더라고. 계약된 회사는 없냐, 모델 경력은 없냐, 어디 사냐, 그러다 현재 뭐하냐고 묻더라? 그래서 솔직하게 논다고 대답했어. 그러니까 감독이 혀를 차면서 젊음의 유한성이니 바람과도 같은 청춘이니 또 사람 가르치는 책에나 나올 법한 얘기를 꺼내잖아. 고기나 드시라고 웃어 넘겼는데, 지면 광고는 해볼 생각 없냐는 거야."

"처음 만난 자리에서? 뻥 아니야?"

"나도 그냥 입 발린 소리인 줄 알았지. 광고니 모델이니 하는 미끼로 나 어떻게 해볼 심산일 수도 있고. 그래서 그냥 무시했어. 그런데 삼십 분쯤 지났나?"

혜지가 잔잔하게 찰랑거리던 소주잔을 비웠다. 본의 아니게 이야기의 극적 긴장감을 키운 셈이다. 우리 셋은 엄마에게 듣던 전래동화 속 주인공이 생사의 갈림길에 선 직후 이야기가 끊겨 짜증내는 어린애들 같은 얼굴을 했다.

"김태현이 들어오는 거야."

"김태현? '그' 김태현?"

"그래. The 김태현. 디 원. 그분 말이야."

대한민국 톱스타 김태현에 관한 설명은 생략하고 싶다. 십대, 이십대 대상 남자배우 선호도 1위, 삼십대 여성 대상 결혼하고 싶은 남자 1위, 사십대 여성 대상 재혼하고 싶은 남자 1위, 별명은 The 김태현. 절대자에게만 붙는 칭호다.

"그리고?"

"잠깐 정신을 잃었던 것 같아."

혜지가 기절하는 모션을 취하며 장난스럽게 웃었다.

"그리고…… 김태현 매니저에게 명함을 받았어. 요 며칠 동안은 그 일 때문에 바빴어. 몇 번 따로 만나고 기획사 이사라는 사람도 뵙고 그랬거든."

"설마, 기획사 들어가거나 뭐 그러기로 한 거야?"

"그렇게 됐어. 김태현의 최면이랄까. 그분이 회식 자리에서 그랬거든. 우리 기획사 좋다고. 신인들 덤핑으로 끼워 넣는 영화나 드라마도 많고 기회도 많은 편이니까 잘 생각해보라고."

"김태현이 너한테 그랬다고?"

"응. 지면 광고 찍게 되면 파트너로 찍게 될 수도 있어."

후아, 내가 가장 먼저 길게 숨을 내쉬며 딱딱한 나무 의자에 기댔다. 지금까지 혜지의 이야기에 집중하느라 숨도 제대로 못 쉬고 있었다. 우리 앞에서 어묵을 꼬치에서 빼내는 데 혼신의 힘을 쏟고 있는 혜지는 우리가 알던 모습 그대로였다. 커다란 후드를 뒤집어 쓴 사고뭉치.

그런 그녀가 하루아침에 대한민국 톱스타와 유명 청바지 광고를 찍게 되었다는 사실이 쉽게 받아들여지지 않았다. 운 좋게 떼샷 광고에 출연했다가 메인으로 발탁되는 스토리까지는 그럴 듯했다. 그러나 톱스타와 광고 감독의 추천으로 거대 기획사에 정식 오디션도 없이 계약하게 된 혜지의 이야기는, 차라리 드라마나 영화 소재로 더 어울릴 것 같았다. 현실감 제로에 가능성 전무. 그러나 상대가 혜지라면 그저 꿈으로 끝날 이야기는 아니다. 그래, 이야기의 주인공은 내가 아니라 혜지였다.

한참 전에 삼켰던 소주의 쓴맛이 축축한 목구멍에 딱지처럼 말라붙었다. 어릴 때 혀의 구조에 대해 배운 적 있다. 기다랗고 징그러운 혀가 칠판에 크게 그려져 있었고, 목구멍으로 넘어가는 혀의 뿌리 부분에 커다랗게 '쓴맛'이라고 적혀 있었다. 나는 사탕이나 초콜릿 같은 음식도 그 부분에 닿으면 쓰디쓴 약처럼 변하는 상상을 자주 했다. 그 후로 나의 혀뿌리는 닿아서는 안 되는 금기의 땅, 문둥병 환자의 몸처럼 고독하게 살아갔다. 그러다 내가 스트레스를 받거나 무의식적으로 괴로움을 느낄 때면, 복수심으로 포효하듯 쓴 맛을 입 안 전체에 퍼뜨리곤 했다.

그러나 지금은 아니다. 한참 전에 마셨던 소주의 쌉쌀함이 굳이 지금 넘어올 필요는 없다. 나는 내가 가장 사랑하는 친구의 환상적인 연예계 진출 소식을 접하는 중이었다. 지금은 혀뿌리가 아니라 단맛을 가장 잘 느낀다는 뾰족한 혀끝이 몸부림칠 타이밍이다.

그러나 입 안은 여전히 썼다.

"그래. 솔직히 말하면 김태현 얘기는 핑계야. 그거보다는 나 스스로 무언가를 느꼈다고 할까?"

"뭘?"

"그냥……. 말로 설명하기 복잡하네."

말을 못하고 머뭇거리는 건 혜지답지 않다. 거의 동시에, 우리 모두 감탄을 겸비한 한숨을 내쉬었다. 오랜만에 넷이 만난 자리가 왜 이리 칙칙한 걸까.

"……아무튼 축하해. 정식으로 계약은 한 거고?"

"응."

"야, 왜 말 안 했냐? 섭섭하게! 계약 끝날 때까지 입 싹 닫고 있었던 거야?"

"이해해주라. 진짜 바빴어. 계약이니 계약금이니 하는 문제가 생각보다 복잡하더라고. 거기에 우리 엄마 알지? 자기가 무슨 내 개인 매니저라도 되는 듯 굴어서 얼마나 짜증났는지 알아?"

"아, 맞다. 어머니는 뭐라고 하셔?"

"굳이 말리진 않으셨어. 갑자기 내 선배라도 된 것처럼 잔소리 퍼부어대는데, 미치겠어. 평생 방목시키다가 이제 와서 웬 사육이래."

하긴, 혜지의 어머니도 여배우 출신이 아닌가. 이런 모습을 볼 때마다 딸의 인생은 엄마를 따라간다는 전설 아닌 전설이 떠올라 무섭기까지 하다. 문득 우리 엄마의 스물넷이 궁금해졌다. 엄마는 4년제 여대를 졸업하고 2년의 공백 기간 후 소개팅으로 만난 아버지와 결혼했다.

2년의 공백 기간. 갑자기 숨이 턱 막혔다. 2년 동안 막내 작가로 온갖 고초를 겪었을 영미와, 집에서 조용히 신부 수업을 받았을 엄마, 그리고 아침마다 출근하기 싫어 눈물로 자연재해를 기도하는 내 모습이 묘하게 겹쳐졌다.

아니야. 닮은 건 전혀 없어. 나도 모르게 몸을 부르르 떨었다.

"너 계약금은 얼마 준대? 나 아는 언니도 기획사랑 계약하면서 꽤 많이 받았다던데. 그 언니 3년 계약했는데 지금 1년 반 남았어. 1년 반 동안 음반 준비하다 엎어지고 지금은 그냥 대형 마트 생활 가전 쪽 지면 광고 찍더라."

"아직 받지는 못했는데 삼천만 원 받을 거 같아."

"우와!"

아, 나의 감탄사는 왜 이다지도 어색하단 말인가.

"삼천? 신인인데?"

보통 일로는 놀라지도 않는 수진마저 눈을 동그랗게 뜨고 '삼천'을 반복했다. 갑자기 수진의 연봉이 궁금해졌다. 그러나 이 자리에서 묻는 건 예의고 자시고를 떠나서 절대로 해선 안 될 일이다.

"잠깐만, 전화 좀 받고 올게."

혜지는 과장된 손짓으로 핸드폰을 가리키며 문으로 뛰어나갔다. 텅 빈 혜지의 자리가 유난히 커 보인다. 우리들의 대화가 혜지를 중심으로 돌고 돌았기 때문일까.

"난 연예인들이 길거리나 친구 따라 간 자리에서 우연히 캐스팅됐다는 말 다 뻥인 줄 알았어."

"뻥 많아. 내가 아는 언니도 쇼 프로그램에서 압구정동 길거리에서 캐스팅돼서 데뷔했다고 하던데, 순 거짓말이야. 그 언니가 예고에서 내 X 언니였거든. 고2 때부터 연예인 하겠다고 성형하고 기획사 찾아다니고 난리도 아니었어."

"그런데 그중 진짜 뻥 같은 스토리라인 대로 데뷔하는 사람이 있는 거지. 그런 걸 백 명 중 한 명 나올까 말까 한 행운아라고 부르는 거야."

수진의 목소리가 어쩐지 엄숙하게 들린다. 수진은 소주잔을 빠르게 비웠다.

"혜지 진짜 대단하다……. 저렇게 데뷔하고 싶어 하는 애들이 세상에 얼마나 많은데. 내 예고 동창들만 해도 말로만 데뷔 7년 차인 애들 있어. 그런데 혜지는 진짜 그쪽 세상에는 관심 없어 보여서……."

"야, 상식적으로 생각을 해봐. 혜지가 어릴 때부터 제일 많이 듣고 자란 말이 '커서 미스코리아 해라' 일걸? 그런 애들은 은연

중에 언젠가는 연예인이 되겠지 하고 막연하게 생각하면서 살
게 돼 있어.”

수진이 또 특유의 분석을 시작한다. 약간 빠르게 술을 마신 탓
인지 양쪽 볼이 붉다.

“무의식적으로 보험을 들어놓은 거야. 아, 살다 안 되면 연예
인이나 하지 뭐, 이렇게. 그러니까⋯⋯.”

수진은 잠시 말을 멈추고 무릎에 올려놓은 샤넬 백을 가까이
끌어안았다.

“⋯⋯그러니까 혜지는 그렇게 막 살 수 있었던 거야. 무의식
적으로 믿는 구석이 있었으니까.”

우리 셋은 각자 팔짱을 끼고 있다. 무언가 세상에 대해 아니꼬
운 구석이 있는 여자들의 자세다.

“그리고 그 믿는 구석대로 됐잖아.”

“잘된 거지.”

민희가 미리카락을 손가락으로 비비 꼬며 목소리를 높였다.

“ ‘혜지처럼 살다가’ 저렇게 되면 운 좋은 거지 뭐.”

“ ‘혜지처럼 사는 애들’ 대부분은 도대체 엔딩이 어떻게 난대
니?”

사회에서 가장 배척당하는 된장녀의 교본이자 압구정 죽순이
라는 주석은 예의상 삭제했다.

“정신 차리고 자기 살길 찾던가, 아니면 끝까지 그 세계에 엉

288

덩이 문대지. 나중에 보면 엔터테인먼트 쪽에서 일하는 사람이 제일 많더라. 남자들은 가라오케 많이 하고. 여자들은 인터넷 쇼 핑몰 정도?"

"결국은 겉포장이야."

수진이 또다시 엄숙한 목소리로 결론 내렸다.

"한번 쉽게 사는 데 맛 들리면, 끝까지 그렇게 살기 위해 발버 둥치는 거야. 겉으로 보기에 멋진 세상에서 절대로 발 못 빼는 거라고."

그 속이 어떻든 간에 말이야……. 그때 혜지가 통화를 마치고 빠르게 걸어왔다.

"야, 미안해. 나 지금 가봐야 될 거 같아."

"진짜? 왜! 우리 넷이 모이기 얼마나 힘든지 알아? 나 오늘 올 나이트 하려고 작정하고 나왔단 말이야!"

"일 때문에. 그 청바지 광고 감독인데, 시안 나온 거 보라잖 아. 다른 데 있다고 할 걸 압구정에 있다고 하니까 바로 튀어나 오래."

"설마 김태현도 있는 거야?"

"너 그러다가 김태현이랑 썸씽 나는 거 아니야?"

나와 민희가 일 초 만에 만들어낸 망상으로 새된 비명을 질렀 다.

"진정하게, 친구들."

혜지는 가방을 챙기더니 몸을 숙이고 조용히 속닥거렸다.

"그 청바지 광고 감독이랑 김태현이 그렇고 그런 사이라네."

혜지는 진지한 얼굴로 입술에 손가락을 가져갔다. 우리 셋은 충격으로 얼어붙었다.

"비밀이다. 커밍아웃 하실 생각은 없대."

이로서 지구상의 여자들은 만인의 연인을 또 한 명 잃었다…….

혜지가 나간 후 우리 셋은 한동안 입을 벌린 채 서로의 눈치만 보았다. 그러다 민희가 먼저 웃음을 터뜨렸다. 웬일이야, 말도 안 돼, 그러면 그때 그 스캔들은 뭐야? 조잘거리는 세 여자의 목소리가 복작거리는 술집의 공기 속으로 뒤섞인다. 우리는 소주 한 병을 더 시키고 옆 테이블에 질 새라 목소리를 높였다.

♥

"우린 영원한 친구야! 맞지? 맞지?"

"또 시트에다 토하지 말고. 아저씨 조심히 운전해주세요!"

술에 만취한 민희가 거머리처럼 내 팔에 달라붙는다. 나는 가까스로 민희의 머리를 뒷좌석으로 밀어 넣었다. 대리 운전기사는 이 정도 취객은 별거 아니라는 가뿐한 얼굴이다. 뒷문을 닫고 차 뚜껑을 탕탕 쳤다. 민희의 빨간색 미니 쿠퍼가 황금빛 가로등

불빛이 쏟아지는 도로 속으로 사라진다.

"택시 타고 갈 거지?"

"그래야지……. 버스 다 끊겼어. 잠깐만 앉았다 가자."

수진은 우리 중 가장 술이 세다. 그리고 오늘 가장 많이 마셨다. 나는 그녀를 부축하며 버스 정류장으로 데려갔다. 우리는 정류장 의자에 나란히 앉았다. 끊긴 버스를 기다리는 모습이, 오지도 않을 무언가를 기다리는 모습이 약간 서글프게 느껴졌다.

갑자기 우리 둘이 1학년 때 공연했던 〈고도를 기다리며〉가 떠올랐다. 과제로 발표했던 연극이었는데, 내가 블라디미르였고 수진이 에스트라공을 맡았다. 〈고도를 기다리며〉는 대표적인 부조리극으로 연극 내내 '고도'를 기다리기만 한다. '고도'가 무엇인지는 누구도 모른다. 심지어 작가인 사무엘 베케트도 모른다. 노벨문학상 수상자인 그분께서는 '고도'가 도대체 뭐냐는 질문에 '알면 작품에 썼지'라고 답하셨다. 그러니 누가 알겠는가. 혹자는 고도는 꿈이라고 한다. 누구는 자유라고 하고, 희망이라고도 한다. 한 개인이 원하는 모든 것일 수도 있다.

두 주인공은 극이 끝날 때까지 고도를 기다리기만 한다. 절대로 찾아 나서지 않는다. 올 것이라는 확실치 않은 약속만 믿고 끝끝내 한 자리에서 기다리기만 한다. 지금 같아서는 존재하지도 않는 두 사람 앞에 쭈그리고 앉아 물어보고 싶다.

뭘 기다리시는 거예요? 왜 직접 찾아 나서진 않는 거죠? 진짜

그게 오긴 올 거라고 믿으세요?

우스꽝스러운 무대 의상을 입고 단조로운 대사를 읊던 나를 회상하고 있는데, 수진이 실실 웃으며 말을 붙였다.

"지금 제일 행복한 게 뭔 줄 알아?"

"뭔데?"

"내일이 일요일이라는 거……."

으아! 나와 수진은 동시에 비명 비슷한 소리를 내질렀다. 일주일 내내 일요일처럼 사는 사람과 일요일만을 기다리며 사는 사람 중 누가 더 행복한 사람일까?

"웃기지 않니?"

수진의 초점 없는 눈이 갤러리아 백화점을 향했다. 외관을 감싼 조개 모양의 유리 디스크들은 화려한 조명 쇼를 끝낸 지 오래였다.

"난 매일 새벽 여섯 시에 일어나. 아침 여덟 시 조금 안 되게 미금역에 있는 은행으로 출근을 해. 한 시간 동안 청소를 하고 이것저것 오픈 준비를 해. 그리고 하루 종일 일, 일, 또 일이야. 공과금 납부, 통장 개설, 예금, 출금, 카드 내역이 잘못 나왔다고 우기는 사람들까지, 하루에 몇 백 명을 상대하는지 모르겠어. 그리고 네 시가 조금 넘으면 은행 마감에 들어가. 두 시간 넘게 하루 종일 그날 거래된 돈을 확인해. 일 원이라도 틀리면 처음부터 다시 시작하는 거야. 이 시간에는 차라리 내가 계산기가 되었으면 하고 생각해. 아니면 슈퍼컴퓨터가 되든가…… 운이 좋아서 일찍 끝났다 쳐도 고객 관리 교육을 또 따로 받아. 난 아직 들어온 지 얼마 안 된 신입이니까. 이 교육이 또 만만치 않아. 그리고 퇴근하면 아홉 시, 열 시야. 야근도 밥 먹듯이 해. 월말은 말하기도 싫어. 정말이지…… 너무 지친다."

수진은 혀가 꼬이는지 입을 다물고 화장으로 번들거리는 눈덩이를 손으로 비볐다.

"……그리고 주말에는 비싸고 예쁜 옷을 입고 몇 백만 원짜리 가방 들고 굳이 이 동네까지 기어 나와서 논다는 게…… 그냥 웃기다……."

공허한 웃음이 차가운 공기 속으로 번진다.

"유민이 너 알지? 나…… 계약직인 거."

안다. 수진이 지나가는 말로 자신은 비정규직으로 일하는 것이라고 얘기했었다.

"요즘 내 인생 목표가 뭔 줄 알아? 정규직이 되는 거야……."

"……."

"그리고 우리 넷이 '매스'에서 술 마시면서 했던 약속 기억나? 저기서 남자 없이 쇼핑할 수 있는 당당한 여자가 되자고 했던 거."

수진이 눈짓으로 갤러리아를 가리켰다. 저곳은 판도라의 상자라고, 수진이 우스갯소리로 그렇게 얘기한 적이 있었다. 차라리 몰랐다면 마음 편한 곳이었다고.

"지금보다 더 꿈이 작아질 수도 있을까……?"

"처음부터 거창한 꿈꾸는 거, 허세 아니야? 작은 꿈 하나씩 이루어가면서 꿈도 차차 커지는 거지."

포털 사이트의 오늘의 추천 글에 등록되어 있을 법한, 분명히 맞는 말이지만 이상하게 가슴에는 와 닿지 않는 말로 수진을 위로했다. 차라리 꿈조차 없는 나의 암담한 현실을 까발리는 게 훨씬 효과적이겠지만, 말하지 않아도 비참한 마당에 굳이 나의 우울한 현실을 확인하고 싶진 않았다.

"난 좀 더 멋진 꿈을 꾸고 싶어, 유민아. 진심이야."

"꿔! 꾸면 되잖아. 우리 아직 어려. 스물넷밖에 안 됐잖아?"

"알아. 나 어린 거. 아직 할 수 있는 거 많다는 거. 내 나이에 밑바닥부터 시작해서 밑바닥이 보이지 않는 곳까지 올라가는 사람들도 분명히 있다는 거. 그런데…… 자꾸 내가 밑바닥에서 부터 시작하는 게 너무 억울해. 왜 그런지 모르겠어. 밑바닥에서 부터 성실하게 일해서 올라가려는 내 건강한 생각을 자꾸 비웃게 돼.

너 알지? 미니홈피가 여자들 세상을 어떻게 바꾸어 놓았는지. 부모 잘 만난 그 애는 에르메스 백을 색깔별로 갖고 있고 심심할 때마다 쇼핑하러 홍콩 간다더라. 이런 얘기를 소문으로 듣는 거랑 눈으로 직접 보는 거랑은 천지 차이야. 심심하면 해외여행에,

명품 쇼핑에, 파티에, 클럽에서 즐기기 바쁜 애들의 일상을 보다가 나의 일상을 바라보면…… 그냥 초라해져. 그리고 나도 모르게 그런 삶이 멋진 삶이라고 규정해버리는 거야. 그리고 생각하지. 아, 난 지금 성실히 살고 있어. 열심히 공부해서 은행 텔러 자격증도 땄고, 좋은 은행에 취직도 했어. 하지만 성실하게 산다고 해도 끝내 저렇게 될 수는 없겠지.

그래, 언젠가 운이 좋아 굉장한 부자가 될 수는 있어. 그러나 내 인생에서 가장 반짝거리고 예쁜 나이는 이미 지나가버린 후겠지. 그래. 나는 평생 저렇게 될 수 없다. 결국 이 결론에 도달하게 되는 거야. 그리고 평생 흉내 낼 수 없는 삶들을, 우린 너무 쉽게 접할 수 있는 세상에 살고 있어…….

그래. 다른 세계 이야기지. 세상에 그런 사람들도 있고 그럴 수 없는 사람들도 있는 거야. 될 수 없는 삶을 동경하면서 시간 축내는 짓은 그만두고 네 삶에 집중해라. 그 말이 맞아. 나도 동의해. 하지만 지금 내가 사는 세상은 십 년 내내 저축하고 돈 모아도 서울에 집 한 채 사기 힘든 세상이란 말이야. 너 그 만화 알지? 개미와 배짱이가 있었습니다. 개미는 일 년 내내 열심히 일을 해 꽤 많은 돈을 벌었습니다. 그리고 배짱이는 일 년 내내 놀고먹었지만 아파트 값이 폭등해 개미의 수십 배가 되는 돈을 벌었답니다. 이게 그냥 우스갯소리 같니? 내가 가장 힘든 게 뭔 줄 알아? 기운이 안 난다는 거야. 열심히 살고자 하는 힘이 안 나.

내 청춘을 성실하게 바치면 그에 맞는 보상이 돌아오리라는 믿음이 안 생겨. 난…… 정말 모르겠어. 내가 이상한 걸까?"

수진은 속이 점점 꼬인다는 듯 명치를 주먹으로 탕탕 내리쳤다. 토하고 싶어? 걱정스러운 내 목소리에 고개를 젓는다.

"남들보다 크게 노력하지 않아도 하는 일 다 술술 풀리는 애들, 난…… 꼴도 보기 싫다."

수진은 숨을 몰아쉬며 토해내듯 말했다. 말 한마디 한마디에 섞인 거친 숨소리 때문에 그녀가 걱정되기까지 했다. 평소 늘 이성적이던 수진은 술을 마실 때마다 감성적으로 돌변하곤 했다. 지금 그녀의 감성은 온통 어둡고 부정적이다. 나는 그 이유를 이미 알고 있다. 지금까지 말로 꺼내지 않았을 뿐이다.

"……혜지 같은 사람은 세상에 1프로밖에 안 돼."

우리 셋 중 과연 누가 혜지를 진심으로 축하하면서 그녀의 행운에 감탄했을까?

"알아. 난 단지…… 그 1프로가 나의 베스트 프렌드만큼은 아니길 바랐을 뿐이야."

수진은 서글프게 웃었다. 그녀가 어떤 생각을 하는지 알 것 같았다.

"……유민아, 처음에 내가 은행 텔러가 됐다고 했을 때, 무슨 생각했어?"

"잘됐다고 생각했지. 우리 중에 네가 가장 먼저 취직했잖아."

"거짓말. 학교 다니는 내내 붙어 다녔는데 너희 표정도 못 읽을까봐? 너흰 은행 텔러라는 직업이 뭔지도 몰랐어."

"우리가 세상 직업을 다 알 수는 없잖아."

나는 약간 짜증스럽게 대꾸했다. 술에 취한 것을 빌미로 내가 과거에 했던 행동을 죄라도 되는 듯 몰아세우는 수진의 태도가 마음에 들지 않았다.

"은행 창구 직원이라고 했을 때…… 민희 표정이 얼마나 경악스러웠는지 알아? 너랑 혜지 둘 다 황당하다는 표정 짓고 있었어. 그래, 황당할 만도 하겠지. 사 년 내내 남자들 외제차 얻어 타고 잘나간다는 클럽 VIP로 드나들고 장차 부잣집 마나님 될 것처럼 하고 다니다가 뜬금없이 재미없는 유니폼 입고 남들 통장이나 개설해준다고 하니까, 당연히 황당했겠지."

"그렇게 얘기하지 마. 왜 자신을 깎아내려?"

"너흰 나를 진심으로 축하해주지 않았어."

오늘 우리가 혜지를 진심으로 축하하지 않았듯이. 언제부터 우리 관계에 진심이란 것이 없어진 걸까? 너희밖에 없다며 서로를 끌어안고 외로움을 달랬던 시간들은 다 무엇이었을까? 정말로 여자들이란, 서로 같은 환경과 처지가 아니라면 진실한 우정을 공유할 수 없는 것일까?

"……너 취했어. 택시 잡아줄 테니까 먼저 타고 가."

수진을 부축한 채 한쪽 팔을 번쩍 들었다. 택시는 빠르게 우리 앞에 멈춰 섰다. 나는 택시 번호를 핸드폰에 저장한 후 수진을 뒷좌석에 태웠다.

"가장 먼저 정신 차려야 할 사람은 너야, 유민아. 알지?"

수진은 뒷문을 닫으려는 내 손을 가만히 잡았다.

"민희는 평생 일 안 해도 먹고살 정도로 부자야. 혜지는 이미 우리와 다른 세상에 살고 있고."

"……들어가면 꼭 문자 보내. 언니 걱정시키지 말고."

"너는 아니야, 유민아."

"……"

"우리는 아니야."

수진은 제 손으로 뒷문을 닫았다. 갑작스레 출발한 택시의 뒤꽁무니에서 불쾌한 매연이 쏟아졌다. 갑자기 속이 울렁거린다. 나는 가슴을 두드리며 다시 정류장 의자에 앉았다. 갤러리아 백화점의 불 꺼진 유리 디스크들이 아까보다 더욱 기괴하게 보였다. 나는 고개를 축 늘어뜨리고 낮은 한숨을 토해냈다.

누군가의 품에 안겨 마구 울고 싶어졌다…….

주인을 잃은 다이아

"다리를 늘리다 못해 국수 기계에서 아주 뽑아냈네, 뽑아냈어."

민희가 콜드 스톤 스트로베리 맛 아이스크림을 할짝거리며 인정할 수 없다는 목소리로 쏘아붙였다.

"가슴에도 뭐 넣었어."

수진은 껌을 질겅질겅 씹으며 실눈을 떴다.

"혜지 원래 가슴에 뭐 넣었잖아."

내 말에 두 사람이 동시에 웃음을 터뜨렸다. 오래된 친구 사이에서는 성형 사실조차 깜빡 잊는다.

우리 셋은 나란히 무언가를 먹으며 거대한 광고판을 올려다보고 있었다. 혜지의 첫 번째 지면 광고가 압구정동 로데오 거리의 건물 광고판에 실렸다. 김태현의 손이 혜지의 허리를 끌어안고 있다. 그가 게이라는 사실로 애써 위로하지만 역시 배가 아프다.

"혜지 아닌 것 같다."

"다리를 저렇게 늘렸으니까 그렇지! 누가 보면 기형안 줄 알겠다."

"저기 저렇게 걸려 있으니까 우리 친구가 아닌 것 같다고."

나는 버블티를 쪽 빨아마셨다. 달짝지근한 알갱이가 이 사이에서 사정없이 찢겨진다.

"결국 혜지가 공식적으로 압구정동을 지배하는구나."

수진의 엄숙한 말투에 실소를 터뜨렸다. 그러나 과연 그녀 말대로 거대 광고판에서 아래를 내려다보고 있는 혜지의 얼굴에서는 여왕과도 같은 권위가 느껴졌다. 혜지는 이 동네에서 나고 자라 화려한 황태자비 세월을 보내다 드디어 왕좌에 등극한 것이다.

"혜지랑 잤던 남자들이 이 길거리 지나다니면서, 저걸 보며 무슨 생각을 할까?"

"뻔하지. 옆에 누가 있으면 혜지와 잤던 얘기를 독립군 모험담처럼 늘어놓을 거고, 옆에 누가 없으면 바로 누군가한테 전화를 건 후에 모험담을 시작하겠지."

"스캔들이라도 나면 어떡해?"

"장난해? 연예인 중에 혜지만큼 논 애들이 한둘이냐?"

하긴. 우리는 다시 한 번 광고판을 올려다보았다. 그리고 알 수 없는 의미의 한숨을 한 번씩 쉬고는 가던 길을 갔다. 광고판을 보자마자 호들갑을 떨며 혜지에게 전화를 걸었지만, 혜지의 전화기는 꺼져 있었다. 혜지에게 마지막으로 전화를 걸었을 때 그녀는 《엘르》와 《앙앙》의 화보 촬영을 하게 되었다고 대수롭지 않게 얘기했다. 아마 다음 달 우리는 광고판을 올려다보는 대신 서점에서 잡지를 내려다보게 될 것이다. 혜지는 이제 클럽 올나이트가 아닌 일 때문에 바쁜 친구가 되었다. 왠지 서글픈 속을 달래며 길을 걷던 중, 나도 모르게 몸을 숙이고 전봇대 뒤로 숨었다.

"뭐야, 연쇄살인범이야?"

"아니!"

갈까 말까 망설이며 쳐다보던 네일샵 바로 옆 가게에서 낯익은 누군가가 걸어 나왔다. 노아였다.

"내가 저번에 말했던 동창 있지? 텐프로 하다가 결혼한 애!"

"아, 이름 특이했는데, 뭐였지? 모세?"

"노아!"

"죄 지은 거 있어? 왜 숨어?"

"……그러게."

게다가 이 전봇대가 내 어깨를 가릴 리도 없지 않은가. 머쓱하게 몸을 일으켰지만 노아에게 아는 척을 하진 않았다. 졸업한지 오 년이나 지났는데도 여고생 시절의 버릇은 여전하다. 학교 유명인사와 마주치면 어색하게 눈인사를 나누는 대신, 그녀의 행동을 관찰한 후 다음 날 학교에서 개인적인 감상을 곁들여 그녀의 최신 사생활을 업데이트 하는 짓 말이다. 등교할 고등학교도 없는데, 뭐 하는 짓인지 모르겠다.

"내 취향은 아니지만 예쁘다. 쟤 어릴 때 무용했대? 얼굴 크기 장난 아니다."

"결혼식장에서 보니까 어머니가 얼굴 작으시더라."

"뭘 팔았을까?"

"뭐?"

"명품 중고샵에서 나왔잖아. 뭘 사진 않을 것 같은데 뭘 팔았을 거 아냐."

"가보자."

민희가 망설이지 않고 앞장섰다. 예쁜 얼굴로 결혼 잘한 과서술집 여자의 취향이 궁금한 것이 분명했다.

"가방 내려드릴까?"

그놈의 명품 가방, 가방, 가방. 우리는 들어오자마자 유리 선반에 진열된 명품 가방에 혼을 빼앗겼다.

"아니요. 그냥 구경하는 거예요."

새것과도 다름없는 에르메스 백을 구경하다 그 옆 선반의 구두 컬렉션으로 시선을 돌렸다. 그리고 유리 진열장 속 지갑과 시계를 마지막으로 탐색했다. 압구정동의 중고 명품샵은 '중고'라기보단 '약간 쓰다 질린' 물건들의 컬렉션에 가깝다. 민희는 과거 고등학생 때의 명품 사재기 시절이 떠오르는지 아련한 표정으로 지갑 하나를 가리켰다.

"내가 처음으로 선물 받았던 루이비통 지갑이야. 열여덟 살 때 만났던 연대생 오빠였지. 스물 하나인가 그랬어. 지금 생각해보면 머리에 피도 안 마른 놈인데 그땐 어찌나 어른스럽고 멋져 보이던지. 루이비통 쇼핑백을 꺼낼 땐 이 남자와 결혼하겠다고 맹세했었어."

"너무 세속에 찌든 고등학생이었다."

"난 요즘 고등학생들이 궁금해. 그래도 우리 때는 대놓고 화장은 안 했었거든? 요즘 지나가는 고딩들 보면 아이라인이 나보다 자연스러워."

"우리 때랑 엄청 다르대. 예고 선배들이 그러는데, 내 기수가 군말 없이 기합 받는 마지막 기수였대. 요즘 애들은 집합 한 번 걸리면 바로 학교로 엄마 군단 부른다는 거야."

"엄마 군단 오면 무조건 무릎 꿇어야지."

"그러니까! 요즘 애들 진짜 무서운 거 없어."

"자꾸 십대, 십대 그러지 마라. 우리도 정신연령은 아직 십대거든."

"그런데 벌써 고3들이랑 다섯 살 차이 난다는 거."

아악! 우리는 약속이라도 한 듯 쉿소리를 냈다.

"그래서, 도대체 스물넷에 시집간 네 친구는 뭘 판 건데?"

아아, 우리는 그제야 이 가게에 들어온 목적을 되뇌며 계산대로 촐랑촐랑 걸어갔다.

"저, 이런 거 물어봐도 되나요?"

"예?"

"방금 나간 여자 있잖아요. 하얀 바네사 브루노 티셔츠에 돌체 앤 가바나 스카프 두르고 디올 선글라스 쓰고 온 여자요."

새삼스럽게 민희의 브랜드 감별력에 경의를 표한다…….

"아아, 그 아가씨."

"혹시 뭐 팔고 갔나요?"

"팔고 가긴 했는데……."

주인은 약간 의심스러운 눈으로 우리 셋을 훑어보더니, 새벽녘에 닌자 복장으로 사세 털러 올 위인들로는 안 보였는지 금세 물건을 보여주었다. '그 물건'은 지금까지 우리가 훑어보던 섹션과 전혀 다른 곳에 있었다. 그 섹션은 아직 우리 또래가 관심을 가질만한 품목은 아니었다. 그러나 가장 고가였기에, 가장 안전하고 튼실한 유리 진열장 안에 따로 고이 모셔져 있었다.

"이거에요."

헉. 민희가 짧게 숨을 들이마셨다. 우리 셋 다 그것이 무엇을 의미하는지 알았다. 특히나 나는 더. 피로연 때 우리 테이블에 잠시 들린 노아의 손가락에서 그것을 보고 감탄을 금치 못했다.

그것은 1캐럿짜리 다이아반지였다. 노아는 결혼반지를 팔고 간 것이다.

♥

"뭐래?"

"한 시간만 기다려. 견적 다 나오게 되어 있어."

우리는 불타는 입을 진정시키기 위해 메밀국수를 먹으러 '하루'를 찾았다. 살얼음 동동 띄워진 메밀국수 두 개를 앞에 놓고 '가십걸'에게 바로 연락을 때렸다. 민경은 이상할 정도로 진지한 목소리로 잠시만 기다리라며 통화를 바로 끊었다. 사건 전말을 알게 되는 건 이제 시간문제다.

"아무리 사회가 빠르다지만 이건 너무 초스피드다. 신혼여행 갔다 오자마자 이혼 소송? 말도 안 돼. 네 친구한테 산부인과 다녀오라고 전해줘. 임신까지 초스피드로 해치웠을지 누가 알아?"

"신혼여행으로 '레테의 강' 다녀오셨나 보다. 진짜 완벽한 '사랑의 기억의 망각'이네."

"결혼식 애스톤 하우스에서 했다며? 그 돈 다 어쩔 거야?"

"돈이 문제가 아니지. 걘 이제 이혼녀잖아. 그것도 만남에서 결혼을 거쳐 이혼까지 반년 안에 해치워버린 초스피드 이혼녀. 이건 〈사랑과 전쟁〉감이야. 익명으로 사연 보낼까?"

수진과 민희는 번갈아가며 열을 내며 떠들었다. 그리고는 목이 타는지 다시 메밀국수를 후루룩 삼켰다.

"아직 이혼한 건지 확실하게 모르잖아. 이혼이 그렇게 쉬운 일도 아니고."

"결혼도 쉽게 한 애가 이혼이 퍽이나 어렵겠다. 그리고 딱 보면 견적 나오잖아. 걘 이혼 '당한' 거야."

"부부싸움으로 노아가 홧김에 반지 판 걸지도 모르고……."

"유민아. 우리 부모님 알지? 그렇게 싸우면서도 우리 엄마, 아빠가 준 거 뭐 하나 판 적 없어. 싸움은 싸움이고 받은 보석은 보석대로 아껴줘야지."

"하지만……."

"정신 차려 유민아! 다이아야! 다이아를 팔 정도로 싸운 거면 이미 남편은 살해당했을지도 몰라!"

"집안 사정이 어려워서 갑작스럽게 반지를 팔게 된 걸지도……."

"너 추리소설 작가는 절대로 하지 마라. 집안 사정 어려워진 애가 온갖 명품 몸에 휘두르고 반지 하나 팔러 왔다고? 그리고 애스톤 하우스에서 초호화 결혼식 올려주는 집안이 그사이 잘도 폭삭 망해서 며느리 반지까지 팔게 하겠다!"

돗자리를 까세요……. 나는 민희의 확고한 이혼 결론에 한마디도 반박하지 못했다. 노아의 행복에 한 표 던져주고 싶은 마음은 아니다. 단지 노아가 누군지도 모르는 그녀들이 노아의 불행을 신나게 떠드는 모습이 약간 보기 싫었을 뿐이다.

"여보세요?"

민경의 전화는 생각보다 빠르게 걸려왔다. 그리고 그녀에게서 기다렸던 사건의 전말을 들었을 때, 이상하게 놀랍다기보다는 그냥 담담했다. 민경의 속보는 그 결혼식에 참석했던 우리들이 한 번쯤 품었을 의문의 답이자, 시꺼먼 분노의 대가였다. 속보를 전하는 민경의 목소리는 어딘가 떨리고 있었다.

"이혼 맞대."

나는 담담한 목소리로 내 친구들에게 한 어린 여자의 이혼 소식을 전했다.

"수진이 네 말이 맞아. 이혼 당했대. 신혼여행에서 돌아왔는데 신랑 친구들이 노아 과거를 알았나봐. 그런데 그 과거가 신랑보다 조부모님 귀에 먼저 들어가서…… 지금 풍지박살 났대. 노아 부모님도 이제 아셨나봐. 딸이 술집 다녔던 거."

선글라스 속에 감춰진 노아의 눈은 어떤 표정이었을까? 죄책감? 억울함? 아니면 속 시원함?

"당연한 거야."

내가 생각 외로 너무 담담하게 말하자, 민희는 호들갑을 떠는 게 어색한 듯 목소리만 높였다.

"텐프로는 2차 안 나간다고 누가 그래? 걔네들이 얼마나 무서운 족속들인데? 남자 후리면서 돈 벌었으면 됐지, 행복한 결혼이 말이나 되니? 그건 도덕적으로도 절대 안 될 일이야. 난 그년들 행복하게 사는 꼴은 죽어도 못 봐. 그것들은 얼굴 다 사진 찍어서 인터넷에 까발려야 돼."

허로 노아를 절단 낼 줄 알았던 수진은 의외로 조용했다. 그녀는 아무 말 없이 젓가락으로 그릇을 휘저었다.

"남편 속인 건 잘못한 거지……."

왜 나는 당당하게 노아를 비난하지 못하는 걸까? 내가 말끝을 흐리며 턱을 괴자, 민희가 놀란 눈으로 내 손목을 꽉 붙들었다.

"뭐야? 그 연민의 눈빛은? 사기 결혼한 술집 여자한테 동정의 여지 따윈 필요 없어. 이건 주관적 의견이 아니라 객관적 진실이다, 너?"

민희의 말은 절대적으로 옳다. 사기 결혼한 술집 여자에게 동정의 여지가 있을 리 없다. 하지만 '정말' 당당하게 비난할 수 있는 여자가 몇이나 될까?

예를 들어 매춘을 한 한국 남자가 적발되면 주변 남자들의 반응은 한결 같다. **재수 없는 놈이네.** 물론 이중적 의미의 '재수 없는 놈'이다. 사람들은 자신이 이해할 수 있는 죄를 지은 사람에겐 연민의 눈빛과 은밀한 동질감을 보낸다. 그러나 똑같이 명백한 죄이면서도 자신이 이해할 수 없는 죄를 지은 사람에겐 정정당당하고 양심에 거리낌 없이 비난하는 것이다.

비난의 기준은 개인의 가치관에 따라 바쁘게 자리를 옮긴다. 그리고 나는, 남자들이 술집에서 펑펑 써대는 돈으로 화려한 생활을 유지하다 거짓말로 결혼한 노아를 당당하게 비난하지 못하는 가치관을 갖고 있었다. 명백히 비뚤어진 가치관이다. 이 가치관이 어떻게 형성되었는지는 나도 모르겠다. 다만 이렇게 자라버린 나 자신과, 나 같은 여자들의 비난을 한몸에 받을 노아가 착잡할 뿐이다.

"난 그냥, 마음 한구석으론 노아의 사기 결혼을 은근히 부러워했으면서 이제 와서 고소하다고 얘기하는 건 좀 아닌 것 같아서……."

"부러워하기야 쉽지! 과거가 어쨌든 억대 결혼식장에서 신부 행진 하고 있는데 부럽지 않을 여자가 어디 있어? 그렇다고 양심의 가책 느끼는 건 웃긴 거야. 그건 여자로서 당연한 본능적인 질투지만, 네 친구가 저지른 짓은 차원이 다른 문제잖아!"

"잘못된 걸 동경하는 거랑, 진짜 잘못을 하는 사람의 차이가 뭔데?"

"이성이지! 까놓고 말해서 어떤 여자가 못된 생각 한 번 안 하고 살겠어? 그런 생각을 하는 거랑 실행에 옮기는 건 전혀 다른 문제야. 보통 여자들은 잘살기 위해서 물불 안 가리고 몸 내던지는 짓은 죽어도 안 한다고!"

"그런 식으로 따진다면 민희 너도 맞선 봤잖아. 그건 잘못 아니야?"

전혀 다른 잘못이지만, 누군가에게 거짓말을 했다는 건 피차 마찬가지다. 자신이 한 잘못은 생각조차 안 하면서 알지도 못하는 사람을 당당하게 비난하는 민희에게 약간 짜증이 났다.

"네 친구랑 잤던 남자 중엔 유부남도 있었을 거야."

민희는 물러설 수 없다는 듯 내 의견을 계속 반박했다.

"그래. 내가 남자 친구 속이고 맞선 본 건 맞아. 하지만 그건 여자로서, 그리고 친구로서 몇 번쯤 묵인해줄 만한 잘못이잖아. 난 내가 네 친구와 비교될 잘못을 저질렀다곤 생각하지 않아."

남자들의 입장에선 말도 안 되는 최악의 거짓말이, 여자들의 입장에선 몇 번쯤 눈감아줄 귀여운 거짓말이 되기도 한다. 우리는 애인이 있으면서도 엄마가 소개시켜 준 남자와 맞선을 보고, 돌아오는 길에 애인에게 전화해 사랑한다고 말할 수 있는 여자로 자라버렸다.

무엇이 사랑이고 무엇이 나의 의지이며 무엇이 잘못인지 모든 것이 혼란스러운 요즘, 아무도 비난하고 싶지 않다. 단지 그것뿐이다.

"걘 가정 파괴범이었어. 그 짓으로 돈을 벌었고. 도대체 뭘 비교하는 거야?"

"유민인 뭘 비교하거나 그 애한테 잘못이 없다는 게 아니야. 그 친구를 옹호하는 건 더더욱 아니고."

수진이 민희의 말을 가로막았다. 그녀의 목소리는 조용했고, 나의 착각이 아니라면 아주 약간 떨리는 것 같기도 했다.

"단지, 자기한테 친구를 비난할 자격은 없다고 생각하는 거야……. 그리고 나도 비난하고 싶은 생각 없어."

수진은 정말 그녀답지 않게, 따뜻한 배려인지 여자로서의 관대함인지 알 수 없는 말을 중얼거렸다.

우리는 서로 다른 생각을 하며 하나의 메밀 그릇을 젓가락으로 휘저었다. 그 누구도 아닌 나 자신에게 가장 큰 연민을 느꼈다. 노아는 명백한 잘못을 저질렀다. 그런데도 나는 공식적인 악녀의 해피엔딩을 보지 못해 어딘가 씁쓸한, 말로 설명 안 될 묘한 감정을 느끼고 있었다. 비난해야 마땅한 것을 비난하지 못하는 나 자신에게서, 건강하게 교육 받고 자란 인간이라면 반드시 갖춰야 할 무언가가 하나 빠진 것만 같았다.

그것이 나를 두렵게 했다.

(2권에 계속)